Emily Martin

Der Sommer, als du wiederkamst

W0286061

Emily Martin

Der Sommer, als du wiederkamst

Roman

Aus dem amerikanischen Englisch
von Michaela Kolodziejcok

dtv

Ausführliche Informationen über
unsere Autoren und Bücher
www.dtv.de

MIX
Papier aus verantwortungsvollen Quellen
FSC® C083411

Deutsche Erstausgabe
2017 dtv Verlagsgesellschaft mbH und Co. KG, München
© 2016 Emily Martin
Titel der amerikanischen Originalsausgabe: ›The year we fell apart‹,
2016 erschienen bei Simon Pulse
An imprint of Simon & Schuster Children's Publishing Division
© für die deutschsprachige Ausgabe:
2017 dtv Verlagsgesellschaft mbH und Co. KG, München
Umschlaggestaltung: Zeichenpool
Gesetzt aus der Adobe Garamond 11/14˙
Satz: Fotosatz Amann, Memmingen
Druck und Bindung: CPI – Ebner & Spiegel, Ulm
Gedruckt auf säurefreiem, chlorfreiem gebleichtem Papier
Printed in Germany · ISBN 978-3-423-74028-9

Für Jim

1

Manchmal glaube ich, dass die Weißeiche in jener Augustnacht gelauscht hat. Dass sie von den Versprechen weiß, die wir uns oben in unserem Baumhaus gaben. Dass sie weiß, dass ich meines nur halb gehalten habe.

Ich umrunde den Stamm der Eiche, betrachte das aufgesprühte orangefarbene X und warte darauf, dass Cory mich einholt. Die Farbmarkierung sollte Erleichterung auslösen: Bald wird der Baum verschwunden sein und mit ihm eine weitere Erinnerung an jene Nacht mit Declan.

»Alter!« Cory beugt sich vor und stützt die Hände auf die Knie. »Was ist denn mit *dir* los?«

Meine Fingerspitzen wandern über die Rinde. »Sie werden ihn fällen.«

»Wie? Harper, ich hab gerade fast einen Herzschlag gekriegt. Welcher halbwegs normale Mensch springt denn aus einem fahrenden Auto?«

Pah! So schnell war's jetzt auch wieder nicht. »Die Bäume an der Straße sind alle gekennzeichnet, aber ich hab nicht sehen können, wie weit die Markierungen in den Wald reinreichen. Ich musste wissen, ob unserer auch ein X hat.«

»Hey, ich hab eine Idee. Was, wenn du das nächste Mal einfach wartest, bis ich anhalte, bevor du wie eine Irre in den Wald rast?«

Die Sonne fällt schräg durch die Bäume und taucht das Unterholz in goldenes Licht. Ich habe unzählige Nachmittage in diesem Teil des Waldes verbracht, aber heute fühlt es sich irgendwie anders an. Als gehörte dieser Ort nicht mehr mir.

Ich schließe die Augen und horche auf das Zischen einer Spraydose oder irgendwelche anderen Lebenszeichen der Leute, die für die Markierungen verantwortlich sind, doch ich höre nur Corys Schnaufen und das Rascheln der Blätter.

»Glaubst du, wir sind dran schuld?« Ich blicke zu unserem Baumhaus hinauf, dem Unterschlupf, den Cory, Declan und ich vor sechs Jahren gebaut haben, als wir elf waren. Mehrere Monate lang hatten wir unser Geld für den Kauf der nötigen Materialien zusammengekratzt und das ganze Schuljahr über den Bau akribisch geplant, mit besonderem Augenmerk auf die Stützbalken, um den Baum zu entlasten. Am Ende war der Boden trotzdem schief und in dem Schindeldach klaffte ein Loch von der Größe einer Vierteldollarmünze. Aber es gehört uns.

Cory zeigt auf das gleiche curryfarbene X an den Bäumen ringsum. »Ich glaube nicht, dass das wegen dem Baumhaus ist. Vermutlich roden sie das Gebiet, weil hier gebaut werden soll oder so.«

»Oh.« Ich fahre mit der Hand über eins der Bretter, die wir als Behelfsleiter an den Stamm genagelt haben. Das Holz ist an den Kanten gesplittert und ich pule daran herum. Ich versuche mich an die Dinge zu erinnern, die wir da oben zurückgelassen haben – ein Kartenspiel, vielleicht das Fernglas, das Declan aus der Garage seiner Eltern gemopst hatte. Und eine Decke. Eine kratzige Wolldecke, ebenfalls aus Declans Haus. Alles liegt ordentlich bereit und wartet darauf, dass wir bald zurückkommen. Am liebsten würde ich auf der Stelle raufklettern und nachsehen, ob alles noch da ist, aber das werde ich nicht tun. Das kann ich nicht. Das habe ich seit dem letzten Sommer nicht mehr getan. »Ich hab angenommen, der Baum ist krank.«

Cory zieht die Nase kraus, um seine Brille ein Stück nach oben zu befördern. Er blickt zum Baumhaus hoch. Endlich. Dann sieht er wieder zu mir, mit einem Lächeln im Gesicht, das eine Spur zu mitfühlend ist. »Wir sollten uns auf den Weg machen. Meine Mutter will, dass ich zum Essen zu Hause bin.«

Das will meine auch. Aber nach dem aufwühlenden Familiengespräch gestern Abend kriege ich vielleicht nie wieder etwas zum Abendbrot herunter.

»Hör mal, Harper …« Cory schlägt eine Mücke tot und tritt auf der Stelle. Das nasse Laub unter seinen Füßen macht ein schmatzendes Geräusch. »Es tut mir echt leid … du weißt schon, wegen deiner Mutter.«

Meine Finger erstarren in der Bewegung. Ich habe es ihm noch nicht erzählt, aber ich bin nicht weiter überrascht, dass er es schon weiß. Unsere Mütter sind gut befreundet und obendrein ist Bridget Ärztin.

Ein Kloß bildet sich in meiner Kehle. Ich schlucke und schlucke noch mal, dann schiebe ich meine Hände in die Potaschen meiner Jeans. »Danke.«

Er stupst mit den Fingerknöcheln die Brille auf seiner Nase hoch. »Ist alles okay mit dir?«

Meine Augen wandern noch mal den Stamm hinauf und landen auf dem Fenster seitlich am Baumhaus. Eine Erinnerung steigt in mir hoch, wie Declan, Cory und ich mit Wasserpistolen bewaffnet dort oben sitzen, wild entschlossen, unser Revier zu verteidigen.

Ich schüttele den Gedanken ab und stiefle los Richtung

Straße. Es hat gestern den ganzen Tag geregnet und mit jedem Schritt spritzt Schlamm gegen meine Waden.

»Kannst du mich bei Sadie absetzen?«, frage ich.

Er antwortet erst, als sein uralter silberner Honda zwischen den Bäumen hindurchschimmert. »Meinst du, das ist eine gute Idee?«

»Jep. Danke.«

Auf dem Weg zurück durch die Stadt reden wir kein Wort. Die Klimaanlage in Corys Auto hat schon bessere Tage gesehen und so lehne ich mich aus dem Fenster und lasse mir das Haar von der schwülen Brise zerzausen. Das Sonnenlicht wird von den Ladenfenstern entlang der Ninth Street und den Scheiben der anderen Autos so grell gespiegelt, dass ich die Augen mit der Hand beschirmen muss, damit sie nicht tränen.

Als wir vor Sadies Haus anhalten, befeuchte ich meinen Daumen mit Spucke und reibe mir etwas Schmutz von den Beinen. Cory dreht am Radio und stellt schließlich einen Indie-Rock-Sender ein. Aber seine Finger trippeln in einer Tour auf dem Lenkrad herum, und ich spüre, wie er mich aus den Augenwinkeln beobachtet ...

»Würdest du bitte aufhören, mich so anzusehen?«

»Wie denn?«

»Als wäre ich ein Vogel mit einem gebrochenen Flügel.«

Er kneift die Augen fest zusammen. »So besser?«

Ich knuffe ihn in die Schulter und hebe meine Tasche vom Boden auf, genau in dem Moment, als Sadie ihre Haustür aufwirft. Sie kommt zu uns rübermarschiert, beugt sich zu meinem offenen Fenster herunter und stützt die Unterarme auf. Ihr Blick fällt auf meine schlammbespritzten Beine und sie verzieht das Gesicht. »Na zum Glück haben wir noch ein paar Minuten Zeit, bis die Jungs aufkreuzen.«

Ich hätte mich vorm Herkommen hübsch machen sollen. Mir die Wimpern tuschen und das schwarze Spitzentop anziehen, das Sadie mir zu meinem letzten Geburtstag geschenkt hat. Und vor allem etwas mehr Begeisterung an den Tag legen, denn das ist unser letzter Sommer vorm Abschlussjahr, und so hatten wir es geplant.

Das Auto macht einen kleinen Satz vorwärts. Sadie springt zurück und Cory unterdrückt mit Mühe ein Grinsen. »Sorry. Mein Fuß ist vom Pedal gerutscht.«

Sadie starrt ihn wütend an, und ich öffne schnell meine Tür, bevor er noch weiteren Schaden anrichten kann. »Bis später, okay?«

Als Abschiedsgeste hebt Cory lässig zwei Finger vom Lenkrad.

»Unsere Verabredung für den Baggersee morgen steht noch?«, frage ich über meine Schulter hinweg.

»Ja, klar.«

Ich steige aus und sehe ihm vom Bürgersteig aus hinterher, wie er davonfährt. Sadie zieht mich mit sich ins Haus und die Treppe hinauf in ihr Zimmer. Sie schnappt sich eine Packung Abschminktücher von ihrer Frisierkommode und drückt sie mir in die Hand. »So. Er hat wieder nach dir gefragt.«

Das Tuch färbt sich dunkel, als ich damit meine Waden abwische. »Wer *er*?«

»Kyle Marcell. Er kommt auch heut Abend, zusammen mit Will.«

»Kyle«, wiederhole ich.

Ich versuche, mich auf diesen neuen Namen zu konzentrieren, aber meine Gedanken sind über ganz Carson County verstreut. Am Esstisch, an dem meine Familie jetzt ohne mich sitzt. Im Baggersee, wo ich unter Wasser schreien kann, ohne dass mich jemand hört. Und vor allem im Baumhaus mitten im Wald, wo ich noch immer den Geist des Mädchens spüren kann, das ich früher einmal war.

Sadies Telefon vibriert auf ihrer Kommode. Sie liest die Nachricht und ein Lächeln kriecht über ihr Gesicht.

Dass ich nicht lächele, fällt ihr nicht auf.

Ein abgetakelter Ford Mustang hält am Straßenrand. Wills Mustang. Kyle steigt aus und klappt den Beifahrersitz nach vorn. Sein kantiges Gesicht ist zur Hälfte von einer teuer aussehenden Sonnenbrille verdeckt und sein schmaler Mund ist zu einem süffisanten Grinsen verzogen. Ich werfe Sadie einen raschen Blick zu und klettere auf die enge Rückbank. Kyle quetscht sich neben mich.

Er ist vor einem Jahr nach Carson gezogen, und obwohl wir letztes Schuljahr zwei gemeinsame Kurse hatten, haben wir kaum mehr als ein Dutzend Wörter miteinander gewechselt. Einmal hat er sich einen Stift von mir ausgeliehen und ihn nie zurückgegeben. Und er spielt Lacrosse. Doch das ist schon alles, was ich über Kyle Marcell weiß.

Er trägt ein T-Shirt mit dem Umriss von Michigan und der Aufschrift *America's High Five.*

Ich zeige auf das Logo. »Kommst du da ursprünglich her?«

Kyle zieht am Saum des T-Shirts und sieht an sich herunter, als hätte er vergessen, was er anhat. »Oh. Nein.«

Das Gespräch stirbt den Sekundentod. Währenddessen macht Sadie ihre Tür zu, und der Geruch von Marihuana, vermischt mit Kyles beißendem Rasierwasser, bleibt im Wageninneren hängen. Wo es außerdem noch nach etwas Süßlichem riecht – ein Ananas-Duftbäumchen baumelt am Rückspiegel. Die ersten Anzeichen von Kopfschmerzen brauen sich hinter meiner Stirn zusammen, und ich gehe dazu über, durch den Mund zu atmen.

Kyle nimmt die Sonnenbrille ab und fläzt sich neben mir in den Sitz, seine Augen sind gerötet und leicht verquollen. Sein Knie fällt zur Seite und knallt gegen mein Bein.

Will legt den Gang ein. »Wozu habt ihr zwei Hübschen denn so Lust heut Abend?«

Irgendwie habe ich das Gefühl, hier genauso in der Falle zu sitzen wie zu Hause. Aber jede Flucht hat ihren Preis und in der Not schmeckt jedes Brot. Deshalb rücke ich auch nicht weg, als sich Kyles Arm um meine nackten Schultern legt. Ich sitze ganz still da und starre aus dem Fenster.

»Zu allem.« Sadies Stimme nimmt diesen trägen Tonfall an, den Jungs immer unwiderstehlich finden. Sie dreht den Kopf zu Will herum. »Wir sind zu allem bereit.«

Wie praktisch, dass Wills Eltern bis nächsten Dienstag verreist sind. Wir fahren zu ihm nach Hause. Er mopst eine Flasche Wodka aus der Hausbar und Sadie steuert noch zwei Dosen Boomerang Energy Enhancement bei.

Boomerang, nur damit das klar ist, schmeckt ein bisschen wie Spülmittel und Parfüm. Aber Sadie ist gnadenlos süchtig danach und im Moment bin ich nicht allzu wählerisch.

Ich leere ein Schnapsglas Wodka mit einem Schuss Boomerang. Sadie rückt an mich heran und benutzt mein Telefon als Spiegel, um ihren Lipgloss aufzufrischen. Sie beugt sich kurz vor und drückt mir einen Kuss auf den Mund, und ich verteile den Glossrest, den sie zurückgelassen hat, auf meinen Lippen. Und schon – zackbumm – hängen die Jungs voll am Haken.

Dieses Kokettieren ist Standard bei Sadie, bei mir jedoch wirkt es gezwungen. Aber Sadie ist vieles, was ich nicht bin: glamourös, hemmungslos, frech und blond etwa. Rechnet man dann noch ihr C-Körbchen dazu, ist ihre Wirkung auf Jungs wohl kein Wunder.

Circa neunzig Sekunden später nimmt Will Sadies Hand und sie verschwinden zusammen in sein Zimmer. Ich trinke noch einen Kurzen.

Wills Küche ist modern, überall blitzblanker Edelstahl. Ein Leuchtturm-Kalender hängt über dem Lichtschalter an der Wand. Mom hat den gleichen. Ich gieße mir zum dritten Mal ein, schlendere zum Kalender rüber und blättere von Mai zu Juni. Dann beginne ich eine selbst geführte Tour durchs Haus. Auf der anderen Seite der Küche liegt ein kleines, schummrig beleuchtetes Wohnzimmer. Gegen den Türrahmen gelehnt, kippe ich mir den Wodkamix auf ex hinter die Binde und schließe das Glas in meiner Faust ein, dann gehe ich in die Küche zurück, wo Kyle an der Kochinsel auf einem Barhocker sitzt. Er beobachtet mich, will anscheinend aber nicht so recht näher kommen. Vermutlich weil ich, abgesehen von dieser ersten verunglückten Frage nach Kyles Heimatort, kein einziges Wort gesagt habe, seit die Jungs uns vor über einer Stunde abgeholt haben.

»Komm her«, sage ich und versuche nicht mal, lasziv zu klingen wie Sadie.

Er lässt sich Zeit, als gäbe es ein Dutzend anderer Dinge, die er jetzt lieber täte. Klar doch.

Kyle bleibt vor mir stehen und strafft die Schultern. Er ist ungefähr so groß wie ich, vielleicht zwei Zentimeter kleiner. Keine Ahnung, ob er schon immer diesen Schlafzimmerblick hatte oder ob er nur einfach bekifft ist. Ich deute mit einem Nicken auf die Couch. »Setz dich.«

»Spielst gern die Bestimmerin, was?«

Er zögert noch einen Moment lang, dann schiebt er sich an mir vorbei und setzt sich auf das schwarze Ledersofa. Seine Augenbrauen heben sich, als warte er auf seinen nächsten Befehl.

Ich stelle das leere Glas auf den Couchtisch und trete näher an ihn heran. Kyle sieht ganz passabel aus, wenn man auf den Typ Sportlerschnösel-macht-auf-Hipster steht. Seine Jeans sind für meinen Geschmack einen Tick zu eng, aber wozu sich über Kleinigkeiten aufregen?

Kyle plötzliches Interesse an mir geht wohl eher auf die Gerüchte über den Swimmmingpool-Vorfall vom letzten Sommer zurück als auf die Tatsache, dass ich ihm mal einen Stift geliehen habe. Und seit der Pool-Geschichte bin vorsichtig geworden, entschlossen, meinen Mitschülern keine weitere Munition zu liefern. Das Problem heute Abend ist nur, dass es mir egal ist.

Heute Abend brauche ich Ablenkung. Und so lasse ich mich ohne ein weiteres Wort auf die Couch sinken und setze mich rittlings auf Kyles Schoß. Sein megacooles Gehabe ist auf einen Schlag wie weggeblasen.

Er kommt mir auf halbem Weg entgegen, sein Mund bewegt sich zunächst langsam auf meinem, legt dann aber an Tempo zu, während eine Hand in mein Haar greift.

An sich ist Kyle kein schlechter Küsser. Nur eben nicht mein bevorzugter Style. Bestes Beispiel: Was macht seine Zunge da eigentlich? Vielleicht probiert er diese Sache aus, bei der man mit der Zungenspitze das Alphabet nachmalt? Allerdings hat er anscheinend nur widerspenstige Buchstaben wie *k* und *z* auf Lager. Oder vielleicht weiß er nicht, dass es in Schreibschrift sein soll?

Er presst sich gegen meine rechte Hüfte und dreht sich so, dass er halb auf mir draufliegt. Ich ringe leicht nach Atem und Kyle scheint das als positives Zeichen zu werten. Seine Beine verschlingen sich mit meinen und seine Hand wandert seitlich an meinem Körper hoch.

Die Klimaanlage springt an. Ich lausche auf das verhaltene Rauschen. Dann bellt draußen ein Hund. Ich habe immer einen Hund gewollt, aber Dad ist allergisch. Und Mom würde niemals mit dem Schmutz und der Unordnung klarkommen, und außerdem: Haustiere werden älter und sterben.

Vermutlich an Krebs.

Nirgends eine Uhr im Zimmer. Ich stemme mich ein Stück hoch und ziehe Kyles Hand von meinem Hintern weg, damit ich an mein Telefon rankomme und schauen kann, wie spät es ist. Er betrachtet dies als eine Einladung, sich über meinen Hals herzumachen. Was mir, ganz ehrlich, auch lieber ist.

Aber es ist schon später, als ich gedacht habe, und das Abendessen, zu dem ich hätte zu Hause sein sollen, ist schon längst vorbei, also beschließe ich, dass es Zeit ist, Sadie herbeizutrommeln.

»Ich muss los.« Ich hüpfe von der Couch runter.

Kyles Hand, die eben noch meine Hüfte gestreichelt hat, verharrt nutzlos in der Luft. »Im Ernst jetzt?«

Ich klopfe an Wills Tür und rufe Sadie zu, dass wir langsam losmüssen, dann gehe ich in die Küche und warte.

Kyle kommt angeschlendert und lehnt sich gegen den Küchentresen, er sieht weit weniger begeistert aus als eben noch. »Warum die Eile?«

»Ich muss zu einer bestimmten Uhrzeit zu Hause sein.«

Er schaut aus dem Küchenfenster. Es wird gerade erst dunkel. Er rückt an mich heran und hakt einen Finger in eine meiner Gürtelschlaufen ein.

»Komm schon, ist doch noch früh. Nur ein bisschen noch, ich bring dich dann auch nach Hause.«

Ich rutsche von ihm weg außer Reichweite und rufe noch mal nach Sadie. Kyle verschränkt die Arme und lässt sich mit dem Rücken gegen die Kühlschranktür fallen.

Sadie macht dem Ganzen in Rekordzeit ein Ende und kämmt sich mit den Fingern noch durchs Haar, als sie in die Küche kommt. Will huscht hinter sie und packt sie an der Taille. Sie kichert und quiekt, was anscheinend genau die Reaktion ist, die Will hören will.

»Können wir gehen?«, frage ich.

Will schießt mir einen bitterbösen Blick zu und schiebt sich die blonden Ponysträhnen aus der Stirn. Die Haare bleiben aufrecht stehen, und ich stelle mir vor, dass seine Finger jetzt ganz schmierig sind. Sadie sieht ihn an und verdreht die Augen, folgt mir aber zur Garagentür.

Auf dem Weg nach Hause sitzt Kyle am Steuer und ich bin Beifahrerin, während Sadie mit Will auf der Rückbank beschäftigt ist. Mein Fuß zählt wippend die Sekunden mit, während wir uns durch die Stadt schlängeln. Mir bleiben noch zehn Minuten. Dann fünf. Dann keine mehr und wir sind immer noch vier Querstraßen entfernt.

Das Auto biegt auf unsere Einfahrt ein und ich werfe einen Blick über meine Schulter nach hinten. Riesenfehler. Schnell drehe ich mich wieder um, weil das auf dem Rücksitz nichts ist, was ich sehen möchte.

Ich mache die Tür auf.

»Hey.« Kyle fasst mich am Arm und zieht mich für einen letzten schmallippigen Kuss zu sich heran, bei dem ich die Augen offen lasse. Er lässt mich los und grinst selbstgefällig. »War lustig heut Abend«, sagt er, was wohl so ein Spruch ist, den Jungs anbringen, wenn sie sich die Möglichkeit für eine zweite Runde offenhalten wollen.

Ich schiebe mir die Haare hinter die Ohren und rutsche auf meinem Sitz Richtung Tür. »Ja, hat Spaß gemacht.« Ich steige hastig aus und blicke noch mal ins Wageninnere. »Sadie? Kommst du noch mit rein?«

Sie lässt von Will ab und lächelt. »Alles bestens. Gute Nacht, Süße.«

»Okay.« Ich bleibe noch einen Moment stehen, die Tür in der Hand. Wenn sie doch nur mit reinkommen würde. »Fahrt vorsichtig.«

Auf dem Weg zu unserer Veranda höre ich ein paar Meter rechts von mir einen Schlüsselbund klappern. Mit zusammengekniffenen Augen versuche ich zu erkennen, wer das ist.

Meine Füße bleiben stehen.

Er spaziert Corys Einfahrt nebenan hinunter und lässt dabei den Schlüsselring um seinen Zeigefinger kreisen. Er sieht größer aus. Also, er war schon immer groß, aber jetzt ist er deutlich über eins achtzig. Und kräftiger. Er war früher so schlaksig. Jetzt hat er breite Schultern und muskulöse Arme und sein Haar ist länger als je zuvor, es geht ihm bis zum Kinn. Alles ist anders. Aber er ist es.

Mein Herz wummert so laut wie ein Helikopter, das Blut rauscht durch meine Adern. Aber ich bleibe wie angewurzelt stehen, während Bilder meines Kindheitsfilms vor meinem geistigen Auge aufblitzen.

Er hält meinen Blick fest, als wir aneinander vorbeigehen. Oder besser gesagt, als er an mir vorbeigeht, denn ich stehe immer noch da wie vom Donner gerührt und starre ihn entgeistert an.

»Nacht, Harper.« Seine Stimme ist weich. Ein krasser Kontrast zu seinem kernigen Äußeren.

Will setzt rückwärts aus der Einfahrt. Ich sehe mich nach dem Auto um und kann von hier sogar im Dunkeln noch erkennen, wer vorne im Auto sitzt.

Ich frage mich, wie viel Declan wohl gesehen hat.

Als ich mich wieder zu ihm umdrehe, ist sein Blick auf den Boden gerichtet. Und dort bleibt er, bis Declan seinen am Straßenrand geparkten Wagen erreicht hat.

»Gute Nacht«, rufe ich und zwinge mich dazu, meine

bleischweren Beine in Bewegung zu setzen. Ich spähe noch einmal über meine Schulter, bevor ich ins Haus gehe.

Declan fährt bereits davon.

2

Meine Eltern rufen mich zu sich ins Wohnzimmer, kaum dass ich zur Tür herein bin. Sie sitzen aneinandergekuschelt auf der Couch, teilen sich eine Decke. Vor ihnen auf dem Tisch stehen leere Weingläser, daneben liegt ein gelber, mit Notizen vollgeschriebener Block.

Ich lehne mich mit der Hüfte gegen das Bücherregal und warte darauf, dass Dad mich zusammenscheißt, weil ich zu spät komme. Wobei meine neue Ausgehzeit ein Witz ist und ich nur sechs Minuten drüber bin.

»Ist alles okay mit dir?«, fragt er stattdessen.

Mom sieht besser aus als gestern, als sie meinen Bruder und mich zu sich rief, um es uns zu sagen. In ihre Wangen ist etwas Farbe zurückgekehrt, wobei das auch vom Wein rühren könnte. Sie lehnt sich nach vorn, um mich anzusehen, und mein Blick fällt zu Boden. Ich kann es in ihren Augen sehen, egal, wie sehr sie sich auch bemüht, es zu verbergen. Sie hat Angst.

Gestern hat sie das ganze Abendessen über versucht, uns das Gegenteil zu beweisen, und erzählt, es ginge ihr *primaganzprima;* dass man es früh entdeckt habe – nur zwei kleine Knötchen – und dass sie *ruckzuck* wieder auf den Beinen sein werde. Nur woher will sie das wissen?

Sie will, dass es die Wahrheit ist. Ich spüre, wie sehr sie es will. Aber das heißt noch lange nicht, dass es so sein muss.

Denn die Wahrheit ist, dass niemand von uns weiß, ob sie wieder auf die Beine kommt. Und je mehr sie von Tumoren und Behandlungsplänen spricht, desto schwieriger wird es, daran zu glauben.

Mit mir ist nicht alles okay. Nichts davon ist okay. Aber ich sehe Dad an und nicke.

»Hattest du Spaß heute Abend?«, fragt Mom.

Noch mehr Nicken.

Offenbar haben sie genauso wenig zu erzählen wie ich, und so verkünde ich nach einem angemessen erscheinenden Zeitraum, dass ich ins Bett gehe.

»Gut, Schatz.«

»Harper.« Ich drehe mich zu Dad um. Er lächelt sanft und sieht dabei aus wie früher. Wie die Version, bevor ich aufhörte, sein kleines Mädchen zu sein. »Wir haben dich lieb.«

Ich verlagere mein Gewicht. »Hab euch auch lieb.«

Oben entledige ich mich meiner Klamotten, schneide eine Grimasse, als ich das T-Shirt über meinen Kopf ziehe und mir dabei Kyles Rasierwasser in die Nase kriecht. Ich setze mich auf die Bettkante und blicke mich in meinem Zimmer um, betrachte die Schwimmmedaillen und Mannschaftsfotos, die allesamt aus einem anderen Leben stammen.

Die Arme um die nackten, angewinkelten Beine geschlungen, halte ich mein Telefon mit beiden Händen krampfhaft fest. Ich scrolle durch meine Kontakte, bis ich auf seinen Namen stoße. Mein Daumen schwebt über der Wählen-Taste. Ich schließe die Augen und stelle mir vor, ihn anzurufen, lege mir im Kopf zurecht, was ich sagen würde. Meine Finger umklammern das Telefon so fest, dass es wehtut.

Ich öffne die Augen und lockere meinen Griff, dann scrolle

ich wieder hoch zum Buchstaben *C*. Cory geht nach dem dritten Klingeln ran.

»Du wusstest, dass er zurück ist?«

»Wie wär's erst mal mit Hallo?«

»Mensch, Cory. Eine kleine Vorwarnung wäre ganz nett gewesen.«

»Hm, aber hätte das irgendeinen Unterschied gemacht?«

Ich ziehe ein finsteres Gesicht und lege auf. Dann lasse ich mich rücklings auf die Matratze fallen. Ich will einfach nur, dass dieser Tag vorbei ist, aber ich weiß, dass ich noch stundenlang wach sein werde.

Schließlich lande ich draußen auf dem kleinen Dachvorsprung vor meinem Schlafzimmerfenster und lausche dem Gesang der Zikaden. Der Nachthimmel ist mehr blau als schwarz, und die Sterne funkeln, was das Zeug hält. Perfekt, um sich etwas zu wünschen, wenn ich an so was noch glauben würde.

Ein kühler Wind streicht sanft über mein Gesicht und klärt mir den Kopf.

Meine Finger nesteln an dem Unendlichkeitsanhänger an meiner Kette, während ich mich frage, wo die unsichtbare Grenze verläuft. Die Grenze, die festlegt, welche Teile unserer Vergangenheit noch nah genug sind, um zu ihnen zurückzukehren und sie wieder in Ordnung zu bringen, und mit welchen Teilen wir für immer leben müssen.

Meine Mutter pfeift vor sich hin. Wie kann sie jetzt nur so eifrig Blumen arrangieren und dabei ein Lied pfeifen? In drei Tagen beginnt die Chemotherapie. Sie hält immer noch daran fest, so zu tun, als hätte sie keine Höllenangst.

Ich tappe die letzten Meter bis in die Küche. »Morgen …«

»Da ist sie ja!«, sagt Dad.

Mom lächelt und hält mir ein Glas frisch gepressten Orangensaft hin. Ich nehme es nicht. Ich steuere geradewegs die Kaffeekanne an und gieße mir einen Becher von dem Raketendiesel ein, den meine Eltern immer brauen.

Es ist kurz nach zehn und das Thermometer draußen vorm Küchenfenster zeigt bereits knapp über 32 Grad an. Ich schwinge meinen Hintern auf den kühlen Granittresen, nehme den Kaffeebecher in beide Hände und trommele mit den Fingern gegen die Seiten. Niemand sagt etwas über den riesigen, bösartigen Elefanten im Raum.

Kurz erwäge ich, BRUSTKREBS! zu schreien, nur um ihre Reaktion zu sehen. Aber dieses Jahr habe ich schon für genug Ärger gesorgt. Das Mindeste, was ich tun kann, ist, bei diesem Affentheater mitzuspielen.

»Wie geht's dir heute, Mom?«

Sie hält in ihrem Tun inne und sieht zum Garten hinaus, so als würde sie über meine Frage gründlich nachdenken. »Mir geht's prima.« Sie legt den Kopf schräg und sieht mich an. »Ich glaube, es wird ein schöner Tag.«

Dann zieht sie scharf die Luft ein und verscheucht mich mit einem Klaps auf mein Bein vom Counter. Ich hüpfe hinunter und stehe Schulter an Schulter neben ihr, während ich meinen Kaffee schlürfe. Sie legt mir eine Hand auf den Kopf und seufzt. Mom tut immer noch gern so, als wäre sie größer als ich, aber der Zug ist schon lange abgefahren. Mein Bruder und ich schlagen in puncto Körpergröße nach der Familie meines Vaters, dafür habe ich meiner Mutter den fast schon durchscheinenden Teint und den Rotstich in meinem braunen Haar zu verdanken.

»Schläft Graham noch?«

»Nein, er ist schon los, eine Runde Golf spielen«, sagt Dad. »Und was hast du heute vor?«

Ist ja nun nicht gerade so, als wäre ich Anwärterin auf den Preis der Tochter des Jahres, trotzdem bin ich überrascht, dass mein älterer Bruder sich davor drückt, Zeit mit der Familie zu verbringen. Und auch ein bisschen erleichtert. Denn wenn er aushäusig ist, brauche ich kein schlechtes Gewissen zu haben wegen meiner Verabredung mit Cory. In Zeiten wie diesen ist Cory so ziemlich der einzige Mensch, der mich vorm Durchdrehen bewahrt.

»Ich geh gleich rüber nach nebenan.«

Dad schlägt eine Ecke seiner Zeitung zurück. »In dem Aufzug?«

Ich blicke auf mein Sporttop und meine Laufshorts hinunter und verdrehe genervt die Augen. Zugegeben, die Bedenken meiner Eltern kommen nicht von ungefähr. Dieser Unterwasser-Fehltritt von mir, er ist stets gegenwärtig und gehört zu mir wie die Sommersprossen auf meiner Nase. Aber im Ernst jetzt, ein Sporttop? *Mach aus einer Mücke keinen Elefanten, Dad.*

»Das ist nur Cory.«

»Und Cory ist inzwischen ein siebzehnjähriger Junge. Zieh dir was Richtiges an, bevor du gehst.«

»Hast recht. Wir gehen eh schwimmen. Ich zieh mir einen Badeanzug an, sobald ich meinen Kaffee ausgetrunken habe.«

Er grunzt und widmet sich wieder seiner Zeitung, sein Schnurrbart biegt sich an den Mundwinkeln verärgert nach unten. Ich setze mich ihm gegenüber an den Tisch und beäuge die Tüte mit Bagels, die zwischen uns liegt.

»Dann trainiert ihr zwei heute Morgen?«, fragt Mom, während sie eine Grapefruit in zwei Hälften schneidet.

Ich blicke auf den Inhalt meines Kaffeebechers und trinke noch einen Schluck, bevor ich antworte. »Wir gehen nur an den Baggersee.«

Sie macht ein leicht enttäuschtes Gesicht. »Oh, okay.« Und

dann, weil sie nun mal einfach nicht aus ihrer Haut kann, legt sie das Messer hin und sagt: »Es wäre aber gut für dich, mal wieder ins Becken zu steigen, meinst du nicht?«

Ich breche ein Stück Salzbagel ab und beiße hinein. Schnell holt Mom einen Teller aus dem Schrank und gibt ihn mir. Krümel sind der Erzfeind.

»Ich wüsste nicht, welchen Sinn das hätte.«

»Es hätte den Sinn, dass du dich im Herbst wieder qualifizieren musst. Und du kannst nicht erwarten, dass sie dich ins Team zurücklassen, wenn du nichts dafür tust.«

Moms Lieblingswitz ist, dass ich geschwommen bin, noch bevor ich krabbeln konnte. Das ist etwas, was ich getan habe, solange ich denken kann, zuletzt als Kapitän der Mädchenmannschaft der Carson High. Bis zu meinem Rauswurf.

Ich bin nicht sicher, was schlimmer ist für meine Eltern: die Tatsache, dass ich in den Frühjahrsferien betrunken und halb nackt zusammen mit einem ihnen unbekannten Jungen im Swimmingpool der Schule erwischt worden bin, oder dass ganz Carson davon weiß. Wie auch immer, Mom hat sich auf die Idee versteift, dass ich meinen Teamplatz zurückerobern muss, als wäre dies das letzte Puzzlestück, das mich endlich wieder vollständig machen wird.

Ein Jammer, dass ich diesbezüglich keinerlei Ambitionen hege.

Mom schnappt sich einen Löffel und fängt an, wie wild in ihrer Grapefruit rumzustochern. »Und mir wär's wirklich lieber, du würdest aufhören, so viel Kaffee zu trinken.«

Sie sagt es zu mir, sieht dabei aber Dad an, der meine Kaffeesucht vor ein paar Jahren angefixt hat. Anders als bei Cory schaltet meine innere Uhr nie vor Sonnenaufgang in den Weckmodus. Als wir anfingen, mit der Highschool-Mannschaft zu trainieren, brauchte ich den Kick, um für die Morgenbahnen in Schwung zu kommen. Dad zwinkert mir zu und hebt die Zeitung ein Stück höher.

»Es gibt Schlimmeres«, tönt seine Stimme hinter dem Blatt hervor. »Ihrem Wachstum hat's offenbar nicht geschadet.«

»Also morgen werde ich auf jeden Fall Koffein brauchen«, sage ich. »Warum muss dieser beknackte Kurs eigentlich so früh anfangen?«

Offenbar war Hausarrest für den Rest des Junior-Schuljahres nicht Strafe genug gewesen, und so entschieden meine Eltern, dass ein Sommerferienkurs zu unchristlicher Stunde genau die angemessene erzieherische Maßnahme sei, um den Swimmingpool-Vorfall zu sanktionieren. Es hatte geheißen, entweder das oder ein Ferienjob. Zwar werde ich bei dem Kurs kein Geld verdienen, aber so beschränkt sich meine Strafe wenigstens auf zwei Tage die Woche.

Moms Löffel landet klirrend auf dem Küchentresen und sie dreht sich zu mir um. »An deiner Stelle würde ich mich weniger auf die Dinge konzentrieren, mit denen ich unzufrieden bin, und mir stattdessen mal vor Augen halten, was für ein tolles Leben du hast.«

Mein Magen krampft sich zusammen. Ich starre in meinen Kaffee. Ich sage immer das Falsche.

Dads Zeitungsgeraschel zerreißt die Stille.

Ich stelle meinen Becher auf den Tisch und schiebe meine Hände unter die Schenkel. Dann zwinge ich mich dazu, Mom anzusehen.

»Tut mir leid«, sage ich vermutlich zum tausendsten Mal, seit ich letzten März erwischt worden bin.

Mom richtet sich auf und kommt zu mir rüber. Sie schlingt ihre Arme um mich und ich schmiege mich automatisch an sie. »Ich weiß, Schätzchen. Mir auch.« Sie weicht ein Stück zurück und nimmt mein Gesicht in die Hände. Ihre Augen blicken mich eindringlich an, als wollte sie ihre Entschuldigung noch bekräftigen. Ich nicke und sie tätschelt mir die Wange und lässt dann ihre Hände herunterfallen. »Es ist ein herrlicher Tag draußen. Viel Spaß mit Cory.«

Ich schiebe einen Klamottenstapel zur Seite und lümmele mich auf Corys Bett.

Er unterbricht sein Konsolenspiel und dreht sich auf dem Bürostuhl zu mir um, stupst seine Brille den Nasenrücken hinauf. »Anstrengende Nacht gehabt?«

Mit einem Bein mehr oder weniger in seine Richtung auszuholen ist die einzige Erwiderung, die ich zustande bringe.

Licht sickert durch die Ritzen des Vorhangs, der sein Zimmer im Dämmerzustand hält. Schulnotizblöcke liegen über dem Boden verstreut und ein Berg schmutziger Wäsche quillt aus seinem Schrank hervor. Cory würde es geordnetes Chaos nennen, und ich muss zugeben, ich liebe das Durcheinander.

Mom würde mich umbringen, wenn ich mein Zimmer dermaßen verlottern ließe. Ich kassiere bereits einen Giftblick von ihr, wenn ich nur ein Wasserglas auf meinem Nachttisch stehen lasse. »Dein Zimmer fängt an, ein bisschen verwohnt auszusehen«, sagt sie dann immer.

Aber ich war dabei, als Cory die Schwimmpokale gewann, die kreuz und quer auf seinem Schreibtisch stehen, und ich habe fast alle Bücher gelesen, die sich in dem Regal darüber zu wackligen Stapeln türmen. In seinem Zimmer fühle ich mich zu Hause.

Ich rappele mich wieder hoch und drücke mir sein Kissen an die Brust. »Können wir los?«

»Los …« Corys dunkle Brauen ziehen sich für einen Moment zusammen, dann schließt er die Augen. »Scheiße, der Baggersee.«

»Du hast es vergessen?«

»Ja … und ich hab Declan praktisch versprochen, ihm beim Streichen ihres Hauses zu helfen. Aber ich kann ihn auch vertrösten.«

Ich schlinge meine Arme fester um das Kissen. »Nee, ist schon okay. Ich bin heute sowieso total im Eimer.«

Er rückt wieder seine Brille zurecht. »Na ja, warum kommst du nicht einfach mit?«

»Ich passe.«

»Siehst du, das ist ein Riesenfehler. Ich sag dir auch, warum: Es wird ein Mordsspaß. Viel besser als der alte Steinbruch. Möglicherweise gibt's sogar Pizza, wer weiß.«

»Versuch bloß nicht, mich einzuwickeln.« Ich zupfe an einem losen Fädchen am Kissenbezug. »Und, für wie lange ist er diesmal da?«

»Keine Ahnung. Habt ihr schon geredet?«, fragt er. Ich schleudere ihm einen Blick zu und er seufzt. »Weißt du, die Wahrscheinlichkeit, dass ihr zwei die Dinge zwischen euch wieder ins Reine bringt, ist statistisch gesehen höher, wenn du endlich aufhören würdest, ihm aus dem Weg zu gehen.«

»Ich geh ihm nicht aus dem Weg.«

Cory wirft mir einen *Wer's-glaubt-wird-selig*-Blick zu.

Okay, möglicherweise habe ich um Declan einen großen Bogen gemacht, als er zu Weihnachten aus dem Internat nach Hause kam. Aber das war nicht leicht gewesen. Und jetzt, zwei Tage nachdem ich das mit Mom erfahren habe, erscheint es mir noch viel schwerer, mich den ganzen Sommer lang von ihm fernzuhalten. Doch ich habe keinen Grund anzunehmen, dass er mich sehen will. Nicht mehr.

»Ich wünsche euch beiden viel Spaß beim Streichen.« Ich werfe das Kissen an seinen alten Platz zurück. »Vielleicht gehen wir ja Dienstag zum Steinbruch?«

»Da habe ich Schwimmtraining.«

»Ach so … richtig. Natürlich.« Die Stille zwischen uns ist drückend. Belastet vom Verlust dessen, was uns überhaupt erst zu Freunden werden ließ.

Cory steht auf und kratzt sich am Arm. Das Chlor trocknet die Haut aus. Ehrlich, es fehlt mir nicht.

»Morgen?«, fragt er.

»Sommerkurs.«

»Ah ja.« Er nimmt seine Brieftasche vom Schreibtisch. »Welchen Kurs hast du noch mal belegt?«

»Fotografie.«

»Genau. Tja, klingt doch gar nicht so schlecht. Vielleicht lernst du ein paar coole Leute kennen.«

»Klar, ist bestimmt das Ereignis des Jahres«, kontere ich.

Wir gehen nach unten und gemeinsam aus dem Haus, doch auf dem Rasen trennen sich unsere Wege. Vielleicht ist es besser so, dass er anderweitige Pläne hat. Denn eigentlich will ich mich nur wieder in mein Bett verkriechen und niemals wieder hervorkommen.

3

Mein Plan, mich für immer unter meiner Bettdecke zu verstecken, platzt bereits am nächsten Morgen. Um sieben Uhr dreißig rauscht Mom mit einem Thermoskaffeebecher in der Hand in mein Zimmer.

»Aufstehen.«

»Will nicht«, nuschele ich. »Ich nehme einen Tag Urlaub.«

Sie zieht mir die Bettdecke weg. »Aufstehen«, sagt sie noch einmal. »Oder ich hole eine Wasserpistole.«

Und das würde sie auch. Also, hoch mit mir.

Als ich den Kunstsaal des Carson-Gemeindezentrums betrete, fühle ich mich geradewegs in meine Grundschulzeit zurückversetzt. Die weißen Betonziegelwände sind mit Porträts in Pastellkreide zugepflastert und an den Schrankwänden kleben Bleistiftzeichnungen von jüngeren Kindern.

Der durchdringende Geruch von Farbe hängt im Raum. Und genau wie am ersten Tag an einer neuen Schule kenne ich hier keine Menschenseele. Unglaublich, dass so etwas an einem Ort wie Carson überhaupt möglich ist. Doch offenbar bin ich die Einzige, der es so geht. Ganz hinten sitzen ein paar Leute zusammen und erzählen sich von den ersten Ferientagen. Vermutlich sollte ich versuchen, Anschluss zu finden …

Ich lasse mich auf den nächstbesten Stuhl fallen und hole einen Block und einen Bleistift aus meiner Tasche. Ich fange an rumzukritzeln, gebe mich beschäftigt, während ich der Unterhaltung lausche. Ein paar Minuten später setzen sich zwei Mädchen auf die freien Plätze links von mir.

»… nachher noch einen Salat oder einen Döner essen«, sagt eine hübsche Blondine. Ihre ebenmäßigen Gesichtszüge verleihen ihr etwas Puppenhaftes, sie erinnert mich an Betty aus den Archie-Comics. »Oh! Oder vielleicht Pizza.«

»Solange wir nicht in diesen Laden auf der Ninth Street gehen«, erwidert ihre Freundin. »Die nehmen so komischen Käse.« Sie hat ihr schwarzes Haar zu einem festen Knoten hochgedreht. Die dunklen Augen sind mit schwarzem Kajal umrandet und ihr Mund ist grellrot. Sie ertappt mich dabei, wie ich sie anstarre. Schnell drehe ich den Kopf weg und blicke wieder auf das Stück Papier vor meiner Nase.

»Stimmt. Vielleicht ist der ja vegan«, sagt die Blondine.

Ich halte den Kopf gesenkt, aber die gruselige Dunkelhaarige beobachtet mich immer noch. Ich kann es spüren. »Hey.« Sie beugt sich zu mir herunter. »Ich bin Gwen. Hast du zufällig Kaugummi?«

»Oh, ähm … ja.« Ich greife in meine Tasche und halte ihr ein Päckchen hin.

»Uäh! Bubblegum.«

Trotzdem greift sie zu.

Die Blondine schüttelt den Kopf, dass die Haare wedeln. Sie ist von Kopf bis Fuß in Vintage-Klamotten gekleidet und sogar ihr Pferdeschwanz hat diesen Korkenzieherschwung der Sechzigerjahre-Barbies. Ihr kleiner, herzförmiger Mund verzieht sich zu einem freundlichen Lächeln. »Nimm es Gwen nicht übel, sie ist einfach nur oralfixiert. Ich bin Mackenzie.«

»Harper.«

Die beiden wechseln einen Blick. »Bist du auf der Carson High?«, fragt Mackenzie.

Ich schlucke und nicke. Diese Mädchen gehen nicht mal auf meine Schule. Ich wünschte, niemanden hier zu kennen würde automatisch bedeuten, dass keiner etwas über mich weiß. Mackenzie scheint gleich noch eine Frage hinterherschieben zu wollen, aber Gwen grätscht dazwischen.

»Danke für den Kaugummi. Tut mir leid, dass ich etwas schroff war, aber ich kann mir das Blasenmachen immer so schwer verkneifen, wenn ich Bubblegum kaue.«

Sie macht eine Kaugummiblase und lässt sie in ihrem Mund zerplatzen. *Alles klar.*

Ich nicke mitfühlend, als wüsste ich genau, wie es sich anfühlt, wenn man seinen Blasenmachdrang einfach nicht unterdrücken kann.

»Und, fotografierst du schon lange?«, fragt Mackenzie.

»Ehrlich gesagt, ist das mein erster Kurs.«

»Oh!«, sagt Mackenzie. »Meiner auch! Ich war voll nervös, dass alle bereits so supererfahren sind wie Gwen.«

»Zum x-ten Mal, Fotografieren liegt nicht in den Genen«, sagt Gwen. »Meine Mutter ist freiberufliche Fotografin«, fügt sie mit einem Augenrollen hinzu.

»Wow, das ist cool.«

Gwen zuckt mit den Schultern und mich überkommt die Ahnung, dass die meisten Leute in diesem Raum hier wirklich sein *wollen*.

Der Kursleiter, Mr Harrison, steht vorn vor der Klasse und bittet alle, sich hinzusetzen. Ich drehe meinen Stuhl so, dass ich ihn ansehen kann, aber Mackenzie lehnt sich über den Tisch zu mir rüber, während sie sich eine honigblonde Strähne um den Finger wickelt.

»Kennst du zufälligerweise einen Typen namens ...«

»Declan!«

Ich sehe zu Gwen und folge ihrem Blick über meine Schulter hinweg. Declan setzt sich auf den Platz neben mich. Mein Declan.

Er rückt seinen Stuhl näher heran. So nah, dass ich zwangsläufig mit dem Kopf an seine Schulter stieße, würde ich mich nach meiner Tasche bücken.

Ich wende mich wieder meinem Block zu. Setze an, das Datum in die obere linke Ecke des Blatts zu schreiben, aber die Spitze meines Druckbleistifts bricht ab. Ich drücke zweimal auf das Ende mit dem Radiergummi und lege den Stift hin.

Declan sagt kein Wort. Er sitzt nur da und starrt mich an. Und jetzt starre ich zurück. Als ich mich endlich wieder daran erinnere, wie Sprechen funktioniert, hat der Kurs bereits begonnen. »Was machst du hier?«

Declan ignoriert mich. Grüßt Mackenzie und Gwen mit einem Nicken. Neben der Tatsache, dass sich hier alle untereinander kennen und diese Mädchen offenbar weiß der Himmel was über mich gehört haben, irritiert mich am meisten, dass Declan anscheinend nicht im Geringsten überrascht ist, mich hier zu sehen.

Ich reiße meine Aufmerksamkeit von seinem Gesicht los und richte sie wieder auf den Kursleiter.

Da es ein Einführungsvortrag ist, habe ich erst am Ende der Stunde erneut die Möglichkeit, mit Declan zu sprechen.

»Nächste Woche machen wir eine Exkursion ins Naturschutzgebiet. Vergessen Sie nicht, Ihre Kamera-Akkus aufzuladen!«, ruft Mr Harrison, während alle ihre Sachen zusammensuchen.

Ich packe mein Zeug langsam ein und sammle dabei Mut für einen neuen Anlauf. Als ich endlich so weit bin und mich zu Declan umdrehe, ist er bereits von seinem Platz aufgestanden.

Und hat seine Arme um Mackenzie geschlungen.

»Declan! Ich hab gar nicht gewusst, dass du in diesem Kurs bist.« Sie drückt ihn fest und macht einen Schritt rückwärts.

»Hat sich in letzter Minute ergeben. Es ist jemand abgesprungen und sie konnten mich reinnehmen.«

Meine Augen werden schmal. Cory hat gewusst, dass wir zusammen diesen Kurs haben würden. Mag sein, dass er's leid ist, das Schweinchen in der Mitte zu sein, trotzdem wird er dafür büßen, dass er es mir verschwiegen hat.

Gwen und Declan geben sich die Gettofaust, und dann unterhalten sich alle drei über irgendeine Jazz-Band, von der ich noch nie etwas gehört habe. Ich schlinge mir meine Tasche um die Schulter und bewege mich Richtung Tür.

Declan folgt mir. »Wir quatschen ein andermal weiter, okay?«, höre ich ihn hinter mir sagen.

»Klar!«, sagt Mackenzie. »War nett, dich kennenzulernen, Harper.«

»Ja, ebenso.« Mein Versuch, rückwärts zu laufen, endet damit, dass ich voll gegen den Türrahmen knalle. Ich drehe mich wieder um, verziehe schmerzvoll das Gesicht und klammere mich an meiner Tasche fest. Ich marschiere durch den Korridor und schaffe es unfallfrei durch die Eingangstür auf den Parkplatz hinaus. Declan hält die ganze Zeit mit mir Schritt.

Mein Blick wandert über die Autoreihen. Plötzlich kann ich mich nicht mehr erinnern, wo ich geparkt habe. Und das Einzige, was mir spontan zum Reden einfällt, ist das mit unserem Baum, der gefällt werden soll. Vermutlich nicht der beste Gesprächsaufhänger, wenn man bedenkt, was das letzte Mal passiert ist, als wir dort zusammen waren.

»Tja … die Stunde war interessant, nicht? Oder zumindest weniger langweilig als erwartet.« Ich erspähe mein Auto und hole tief Luft. »Was meinst du?«

Er dreht sich zu mir um, mit gelassener Miene. Beinah so, als hätten wir nicht neun Monate lang kein Wort miteinander gewechselt.

Oder so, als hätte er mich nicht mal vermisst.

»War nicht übel.«

Ich beiße mir ins Wangenfleisch. »Woher kennst du Mackenzie und Gwen?«

»Wir waren im selben Zeichenworkshop.« Er kratzt sich unter seinem Hemdkragen. »In den Winterferien.«

Wir erreichen mein Auto und ich lehne mich gegen die Fahrertür. Sie fühlt sich warm an und ist mit einer Schicht gelber Pollen bedeckt, die zu dieser Jahreszeit überall durch die Gegend fliegen. »Ich wusste gar nicht, dass du dich mittlerweile so für Kunst interessierst.«

»Du hast nie gefragt. Ob du's glaubst oder nicht, es gibt so einiges, was du über mich nicht weißt.«

Ich schaukele auf den Fersen in eine aufrechte Position und mache die Autotür auf. Ein Schwall stickiger, heißer Luft schlägt mir entgegen, und als ich mich zu ihm umblicke, bin ich um eine möglichst lässige Haltung bemüht. »Ja, sieht ganz so aus.«

Er winkt kurz mit seinem Notizblock und tritt einen Schritt zurück.

»Declan, warte.« Verflucht noch mal.

Die Worte sind jetzt heraus und mit ihnen geht eine Erwartung einher. Eine, von der ich nicht weiß, wie ich sie erfüllen soll. Ich sollte etwas Bedeutungsvolles sagen, etwas, das die Kluft zwischen uns ein Stück kleiner werden lässt. Wie seine haselnussbraunen Augen mich ansehen, habe ich das Gefühl, er würde eine Ewigkeit warten, um mich das Richtige sagen zu hören.

»Willkommen zu Hause.«

Falls er enttäuscht ist, zeigt er es nicht. Doch irgendwas, eine Art neugieriges Interesse vielleicht, lässt seinen Mundwinkel zucken. Und für diesen einen Augenblick bin ich einfach nur ich und er ist Declan. Der Junge, mit dem ich zusammen aufgewachsen bin. Mein bester Freund.

Aber viel zu schnell ist der Augenblick wieder vorbei und Declan ist weg. Und zurück bleibt nur eine schmerzvolle Leere, die bis dahin mit all den Versöhnungsszenen ausgefüllt war, die ich mir in den letzten neun Monaten ausgemalt hatte.

4

Wir waren vierzehn und Sophomores im zweiten Highschooljahr, als Declans Mom starb. Cory, Declan und ich waren alle im selben Bio-Kurs, und an jenem Wintertag sollten wir Erdnüsse verbrennen und ihre Kalorien ausrechnen. Ich war so eingenommen von der Laboraufgabe, von dieser neuen, erstaunlichen Erfahrung, dass man uns im Unterricht mit Streichhölzern hantieren ließ, dass ich nur am Rande mitbekam, wie der Beratungslehrer reinkam und Declan holte. Doch dann tauchte er weder beim Mittagessen auf noch nach Schulschluss am Bus, und ich fing an, mir Sorgen zu machen. Cory meinte, ich würde überreagieren. Declan hätte bestimmt nur einen Arzttermin.

Doch sobald wir aus dem Bus auf den matschigen Bürgersteig getreten waren und Mom und Bridget sahen, die bereits dastanden und auf uns warteten, wussten wir beide, dass er mit seiner Vermutung falschgelegen hatte. Cory und ich saßen Seite an Seite auf seinem Wohnzimmersofa, als Bridget uns sagte, dass der andere Fahrer betrunken und die Straße vereist gewesen sei und dass Natalies Auto sich mehrfach um die eigene Achse gedreht habe, bis die Leitplanke sie schließlich gestoppt hatte. Meine Augen verfolgten das Rautenmuster auf

Corys Wollsocken. Beobachteten, wie er seine Füße am Boden krümmte und streckte und den Rücken gegen das Polster stemmte, sich einen Tick zu spät innerlich wappnete. Dann stand ich auf, wollte nur noch Declan sehen, denn bestimmt würde er mir sagen, dass sie es falsch verstanden hatten. Natalie konnte nicht tot sein.

Ich schwankte einen Schritt auf die Tür zu und Moms Arme umfingen mich. Sie hielt mich fest an sich gedrückt und wir schluchzten gemeinsam. Ich presste mir meinen Ärmel auf den Mund, während mir der Kopf raste. *Declan-Natalie-Declan-Natalie-Declan.* Mein Körper zwang mich zum Atmen und bei jedem Lufholen drang mir der penetrante Geruch von verbrannten Erdnüssen in die Nase, der noch in meinem Pulli hing.

Das nächste Mal, dass wir Declan sahen, war bei der Beerdigung.

Von meinem Platz zwischen Cory und meinen Eltern aus ließ ich ihn keinen Moment aus den Augen. Es war der graueste Morgen, an den ich mich erinnern kann, die Sorte von Grau, die einen bis auf die Knochen frösteln und das Herz spröde werden lässt. Ich zog meinen Wintermantel fest um mich herum und hörte zu, wie eine Person nach der anderen versuchte, den kalten Mauern der Kapelle Wärme einzuhauchen, indem sie von Natalie Scotts Freundlichkeit erzählten, ihrem Humor und ihrer einmaligen Art, mit der sie das Leben von uns allen bereichert hatte. Declan saß wie versteinert da, bis Bridget das Wort ergriff.

Seine Schulter begannen zu zucken, und es war der schrecklichste Moment meines Lebens, hilflos mitansehen zu müssen, wie mein bester Freund zusammenbrach, und zu erkennen, dass zum allerersten Mal Cory und ich vermutlich nicht genügen würden, um ihn wieder aufzurichten.

Als es vorbei war, umarmte ich ihn so fest, wie ich konnte. Flüsterte ihm ins Ohr, dass alles gut werden würde, dass wir es gemeinsam durchstehen würden. Er griff meine Hand und ließ sie in den folgenden Stunden nicht mehr los.

Natalie tot unter Erde, Declans Gesicht bei ihrer Beerdigung, daran denke ich, als Mom zu ihrem ersten Chemo-Block aufbricht. Denn Declan weiß, wie schnell die Welt um einen herum einstürzen kann. Dass alles, was einen bis dahin ausgemacht hat, einfach verpuffen kann. Er weiß, wie leicht es passieren kann, dass man jemanden verliert.

Ich habe heute Morgen noch keinen Fuß aus meinem Zimmer gesetzt. Ich brauche dringend frische Luft und so klettere ich hinaus auf den Dachvorsprung und lehne mich mit dem Rücken gegen die Hauswand. Graham ist unten im Erdgeschoss. Vermutlich könnte ich versuchen, mit ihm über Mom zu sprechen, aber er vertritt die Auffassung, dass alle Dinge aus gutem Grund geschehen. Die Leute hier in der Gegend betrachten gern alles als gottgewollt. Aber man kann Jahre, ja sogar sein ganzes Leben darauf warten, dass die restlichen Dominosteine umfallen. Am Ende wird es nie einen Sinn ergeben, dass gute Menschen zu jung sterben. Und genauso wenig kriege ich es auf die Reihe, wie ausgerechnet meine Mutter so etwas bekommen kann. Ich meine, hallo, die Frau benutzt jeden Abend Zahnseide. Ich kapier's einfach nicht.

Und ich weigere mich, mir online Rat zu suchen, wie ich mit Mom umgehen soll. Einmal hatte ich einen dunklen Fleck auf der Zunge und das Internet sagte mir, ich würde sterben, wo doch in Wahrheit die Pastille gegen Sodbrennen, die ich gelutscht hatte, an der Verfärbung schuld war. Schön verarscht, Internet.

Mit Declan reden kommt leider auch nicht infrage. Abgesehen von dem offenkundigen Problem, dass es knapp ein Jahr her ist, dass wir länger als fünf Minuten miteinander gesprochen haben, hätte ich keine Ahnung, wie ich dieses Thema überhaupt anschneiden sollte. Ich kann ja schlecht nach der Fotokurs-Stunde zu ihm hingehen und sagen: »Hey, Declan, weißt du noch, als deine Mutter gestorben ist? Vielleicht sind wir ja bald beide im selben Club!«

O Gott, der bloße Gedanke daran. Ich komme geradewegs in die Hölle.

Jemand klopft an meine Tür. Noch bevor ich durchs Fenster in mein Zimmer zurückkann, steckt Sadie den Kopf herein.

»Graham hat mir aufgemacht.« Sie zieht die Tür hinter sich zu, dann klettert sie aus dem Fenster und setzt sich neben mich. Wir lehnen uns beide gegen die Fassade.

Ich fische eine Tannennadel aus der Regenrinne und zerbreche sie in kleine Stückchen, die ich nacheinander wegschnippe. Das bisschen Schatten, das der Baum draußen vor meinem Fenster spendet, kann gegen die drückende Schwüle heute nichts ausrichten. Die Hitze prasselt von allen Seiten auf uns ein, sie hängt im Wind und steigt von den schwarzen Dachschindeln auf. Sie staut sich in meinen Kniekehlen und unter meinen nackten Fußsohlen, Körperstellen, von denen ich nicht mal gewusst habe, dass sie so abartig schwitzen können. Sadie sieht mir beim Zerstückeln einer weiteren Tannennadel zu, dann lehnt sie sich nach vorn.

»Willst du irgendwo hinfahren?«, fragt sie. »Um auf andere Gedanken zu kommen?«

Sadie ist nicht der Typ für Umarmungen. Was mir nur recht ist, da sie null Körperfett hat und nur aus Rippen und spitzen Ellbogen besteht. Aber sie beherrscht die Kunst der Ablenkung wie keine Zweite. Wir sind seit dem ersten Highschooljahr miteinander befreundet, doch erst nach Natalies Tod lernte ich dieses spezielle Talent von ihr zu schätzen. Sadie war für mich auf eine andere Weise da als Declan. Immer dann, wenn ich für eine Weile jemand anders sein musste.

»Wohin denn?«

Sie grinst und kriecht zurück durch mein Schlafzimmerfenster. Fordert mich auf, ihr zu folgen. Und das tue ich. Das tue ich immer.

Zwei Stunden später trete ich aus Wills Haus heraus und rufe Cory an.

Ich kann nicht fassen, dass Sadie mir das antut. Wieder mal. Jeden Freitag die gleiche Nummer. Wir gehen zusammen aus und sie verzieht sich mit irgendeinem Typen, woraufhin ich zwangsläufig dessen Freund an der Backe habe. Mit dem Unterschied, dass ich diesmal stinksauer bin.

»Hey«, sagt Cory, als er abhebt.

»Kannst du mich abholen?«

Er seufzt. »Adresse?«

»Sieben acht vier Beverly Drive.«

»Du schuldest mir was.«

Hinter mir geht die Haustür auf und Kyle schlappt heraus. Er zündet sich eine Zigarette an und hält mir die Schachtel hin. Ich nehme eine heraus, hauptsächlich, um die Wartezeit zu überbrücken, bis Cory endlich da ist.

Kyle hält das Feuerzeug mittig zwischen uns. Ich beuge mich vor, damit er mir Feuer geben kann, und werde wieder mit einem Schwall seines grauenhaften Rasierwassers belohnt.

Ich schlendere über die Einfahrt und lehne mich gegen das Garagentor, fülle meine Lungen mit krebserregenden Substanzen. Wetten, dass meine Mutter noch nie in ihrem Leben eine Zigarette geraucht hat? Sie benutzt auch niemals Plastikbehälter, wenn sie Essen in der Mikrowelle warm macht. Und sie trinkt kaum jemals mehr als ein Glas Wein. Aber wir leben in einer Welt, in der ständig schöne Menschen hässliche Tode sterben. Eine Welt, die an einem Januartag einen kurzen Abstecher zum Supermarkt in einen Haufen Blech und Glasscherben verwandelt und wieder einem Kind die Mutter nimmt. Eine Welt, die Natalie aus einer Familie herausreißt, die sie liebt.

Ich nehme noch einen Zug und inhaliere. Meine Brust brennt, aber ich halte die Luft an, bis sich das sengende Gefühl in meinen Lungen ausbreitet, und versuche mir dabei auszurechnen, wie lange Cory für den Weg hierher braucht. Schätzungsweise sind es noch zwölf Minuten, die ich totzuschlagen habe, und drei, bis ich Kyle daran erinnern muss, dass die Antwort noch immer nein lautet.

Es dauert nur zweieinhalb. Kyle stellt sich neben mich, stützt sich am Garagentor ab, in aggressiver Pose mit nach vorn gebeugtem Oberkörper, so wie jemand, der es gewohnt ist, seinen Willen zu bekommen. Eine Abfuhr zu kriegen liegt offenbar jenseits seines Vorstellungsvermögens. Fairerweise muss man jedoch sagen, dass ich in letzter Zeit nicht gerade dafür bekannt bin, Nein zu sagen.

»Ich mag den Rock an dir.« Er schnippt Asche von seiner Zigarette und taxiert meine Beine. »Ohne würdest du mir allerdings noch besser gefallen.«

Seine Finger wandern an meinem Oberschenkel hoch. Ich rücke von ihm ab. »Verpiss dich, Kyle.«

»Oh Mann, kann man dir nicht mal ein Kompliment machen, ohne dass du gleich aggro wirst?«

»Freut mich, dass ich das als Kompliment auffassen soll.« Ich überkreuze meine Knöchel.

Er denkt kurz darüber nach. Ein Auto biegt in die Straße ein, aber meine Hoffnung wird jäh zerschlagen, als es an uns vorbeifährt.

»Also, ich würde es als Kompliment sehen, wenn du wolltest, dass ich mich entblättere«, erklärt er.

Ich nehme einen langen Zug von meiner Zigarette und puste ihm den Rauch ins Gesicht. »Das glaub ich dir aufs Wort.«

Kyle kneift die Augen zusammen und sein Grinsen wird breiter. »Du bist echt verdammt launisch.«

»Gut möglich.«

»Gefällt mir.«

Meine Lider schließen sich und ich lasse den Kopf nach hinten gegen das Garagentor sinken.

»Jetzt im Ernst mal, alles okay mit dir?«, fragt er.

Ich öffne die Augen und sehe so was wie aufrichtiges Interesse in seinem Blick. »Als ob dich das kümmern würde.«

»Hey, du wirkst einfach irgendwie nachdenklich. Dachte, ich könnte dir helfen, dich ein bisschen abzulenken.«

»Kannst du nicht.« Ich sehe auf meine Zigarette hinunter. »Aber … danke. Oder so.«

Er zuckt mit den Schultern, und ich richte mich auf, als nicht Corys, sondern Declans Wagen auf der Einfahrt zum Stehen kommt.

»Scheiße.« Ich werfe die Kippe weg und zerre am Saum meines Rockes.

Cory springt vorn aus dem Wagen und winkt mich mit ausholender Geste heran.

»Du musst mir nicht den Beifahrersitz überlassen.«

»Ach«, sagt er, beugt sich runter und wirft Declan einen giftigen Blick zu. »Da hab ich was anderes gehört.«

Ich schnalle mich an, und Cory wirft mit einem lauten Knall meine Tür zu, bevor er sich zum Schmollen auf die Rückbank verzieht.

»Danke fürs Abholen«, sage ich und werfe Declan einen verstohlenen Blick zu.

»Kein Problem.«

Er sieht an mir vorbei aus dem Seitenfenster zum oberen Ende der Einfahrt, wo Kyle steht. Dann dreht er den Kopf und schaut wieder geradeaus, aber ich merke, dass er aus dem Augenwinkel mein Outfit registriert.

Warum nur habe ich mich von Sadie bequatschen lassen, einen dermaßen kurzen Rock anzuziehen? Ich seh sicher total lächerlich aus in dem Ding. Ich ziehe den Saum ein Stück nach unten und verschränke die Arme darüber.

»Na, Harper, wer ist denn dein Freund da?« Cory lehnt sich zwischen den Sitzen nach vorn, um durch mein Fenster zu spähen. »Oh, das ist ja Kyle Marcell!« Er winkt ihm superaffig zu und ich schlage seine fuchtelnde Hand von meinem Gesicht weg. »Reizende Wahl.«

Ich lasse mich gegen die Tür sinken und massiere meine Schläfen. »Halt die Klappe, Cory.«

»Warum lässt du sie heute Abend nicht einfach mal in Ruhe?«, sagt Declan, als er den Gang einlegt.

Cory schiebt sich wieder zwischen uns. »Du musst es einfach eine Weile lang selbst erleben, Declan. Dann siehst du, wie schnell man's überhat, ihren Chauffeur zu spielen und sie besoffen durch die Stadt zu kutschieren.«

Im Prinzip ist es das verbale Gegenstück zu einer Hosenrunterziehaktion in der voll besetzten Cafeteria. Was nicht so furchtbar überraschend ist in Anbetracht dessen, wie Cory über all die Dinge denkt, die ich Declan verschwiegen habe. Über die Geheimnisse, die er um meinetwillen für sich behalten musste. Aber öffentlich bloßgestellt zu werden ist nichts Neues für mich, und ich weigere mich strikt, Cory zu zeigen, wie sehr es mich trifft. Also ziehe ich meine Boxhandschuhe an und spiele mit.

»Ich bin ja nicht mal besoffen. Außerdem sagte ich bereits, halt die Klappe.«

»Apropos Kyle, eine kleine Anekdote am Rande«, fährt er fort, offenbar Declan zuliebe. »Letztes Jahr stand ich mal hinter ihm in der Essensschlange, als er sich lautstark gewundert hat, wie wohl Essiggurken schmecken, die nicht in Essig eingelegt sind. Ich hab versucht, ihm zu erklären, dass sie nach Gurke schmecken, worauf er gemeint hat, das könne er sich ja jetzt so gar nicht vorstellen.«

Ein kleines Lächeln zuckt um meine Mundwinkel. Declan scheint den Stimmungswechsel zu spüren.

»Damit willst du also sagen, dass Harpers Ansprüche mächtig gestiegen sind, seit ich weg bin?«

Meine Brust krampft sich zusammen. Declan zieht die Nase kraus und wirft mir ein entschuldigendes Grinsen zu, so als befürchte er, übers Ziel hinausgeschossen zu sein. Ich zwinge mich dazu, mein Lächeln aufrechtzuerhalten, obwohl es mich jetzt noch mehr Mühe kostet als davor.

»Ihr seid beide solche Arschlöcher«, sage ich. »Ich ruf dich nie wieder an, dass du mich abholst.«

»Du bist ein Arschloch«, gibt Cory zurück. »Und du rufst mich gefälligst immer an, wenn ich dich holen soll.«

An der nächsten Biegung verlassen wir das Viertel. Declan sieht zu mir rüber. »Weißt du, was wir jetzt tun sollten?«

Ich betrachte meine Fingernägel. »Für immer aus Carson verschwinden?«

»Oder Eis essen gehen.«

»Ray's«, sagen Cory und ich gleichzeitig.

Declan gibt mir sein Telefon. »Wärst du so nett, Mackenzie eine Nachricht zu schreiben und ihr Bescheid zu sagen?«

»Oh.« Ich sehe auf das Telefon runter. Meine Wangen werden heiß. »Ja, sicher.«

Im Ernst, das hätte ich kommen sehen müssen. Die süße, quirlige Blondine, na klar ist Declan an der interessiert.

Wir parken am Bordstein und treffen Mackenzie und Gwen vor der Eisdiele, am Ende der langen Warteschlange. Doch Ray's ist es wert. Die Leute kommen von weit her, um die Geschmackssorten zu kosten, die es nur bei uns gibt. Kardamom, Nugat-Crunch, Pfirsich-Crumble. Ray ist eine Institution in Carson und davon abgesehen der einzige Laden neben Frank's Diner, der abends noch nach neun offen hat.

»Du weißt ja, wie viele Sorten die haben«, höre ich Gwen gerade sagen, als wir zu ihnen stoßen. »Fang also jetzt schon an zu überlegen, was du willst, sonst müssen wir hier übernachten.«

Mackenzies Aufmerksamkeit bröckelt, als sie Declan sieht. »Hey! Danke für die Einladung! Das ist echt der perfekte Abend für Eis. Super Idee.« Sie dreht sich wieder zu Gwen um. »Ich glaube, ich will irgendwas mit Schokolade.«

»Was die Auswahl auf etwa zwanzig Sorten eingrenzt«, erwidert Gwen.

Declan stellt Cory vor und ich nutze die Gelegenheit, ein Stück von den anderen abzurücken.

Mit zusammengekniffenen Augen studiere ich die Angebotstafel über der Theke – sie haben wirklich eine irrwitzige Auswahl – und lasse den Blick erst wieder sinken, als ich ganz vorn in der Schlange stehe. Cory ist schon am Bestellen und Declan steht vor mir. Er tritt einen Schritt zur Seite, um bei jemand anders zu bestellen, und ich entdecke hinter der Theke meinen gigantischen Was-zum-Teufel-habe-ich-mir-bloß-dabei-gedacht-Pool-Ausrutscher vom letzten Frühjahr. Jake Thornton.

Jake hat mir den Rücken zugewandt, aber die Menge lichtet sich, als eine Familie den Weg nach draußen antritt, und jetzt trennen uns nur noch wenige Meter.

»Oh-oh«, sagt Mackenzie.

»Sag jetzt nicht, dass sie nicht deine Lieblingssorte haben.« Gwen folgt Mackenzies Blick zur Angebotstafel, auf der eine

Handvoll Sorten durchgestrichen ist. Sie hebt abwehrend die Hand, als Mackenzie sich mit Schmollschnute zur ihr umdreht. »Bitte nicht.«

»Aber was ist das denn für eine Eisdiele, der Mint-Chocolate-Chip ausgeht? Ich dachte, das wäre so ein toller Laden ...«

Jake hat sich noch nicht umgedreht. Ich kann immer noch die Kurve kratzen. Ich versuche, unauffällig den Rückzug anzutreten. »Wisst ihr, eigentlich will ich gar kein Eis. Ich bin sowieso latent laktoseintolerant.«

Declan blinzelt mich an. »Hä? Nein, bist du nicht.«

»Nein ... bin ich nicht.« Ich schiebe mir das Haar hinters Ohr und werfe einen Blick zu Jake rüber, genau in dem Moment, als er sich zu mir umdreht.

»Hey, Sloan.« Jakes Augen gleiten an mir herunter und ich verschränke die Arme vor der Brust. »Lange nicht gesehen.«

Ich schiele zu Declan rüber. Er beobachtet Jake mit gerunzelter Stirn.

»Was darf's denn sein?«

»Eine Kugel Java-Chip im Becher, bitte«, sage ich.

»Ein Erdbeermilchshake!« Ein Typ in einer schokobeschmierten Schürze hält Declans Bestellung am ausgestreckten Arm bereit. Declan wirft mir einen letzten Blick zu, bevor er rübergeht, um den Becher entgegenzunehmen, worauf niemand mehr da ist, hinter dem ich mich verstecken könnte. Ich drehe mich wieder zu Jake um, der mir gerade mein Eis hinhält.

»Wie viel?«, frage ich.

»Ich lade dich ein.«

»Oh. Danke.«

Er nimmt einen Löffel aus einem Behälter neben sich und reicht ihn mir. »Dir fällt doch ganz bestimmt was ein, wie du dich revanchieren kannst.«

Ich spüre, wie meine Schultern steif werden. Hitze sammelt sich in meiner Brust und kriecht mir den Hals hoch. Ich halte meine Augen auf den Löffel gerichtet.

Vielleicht würde ich an einem anderen Tag, an dem dies nicht das i-Tüpfelchen auf der schrecklichsten Woche meines Lebens wäre, oder an dem es nicht direkt vor Declan passieren würde, der mich nach allem heute vermutlich für eine Megaschlampe hält, seine Bemerkung einfach ignorieren.

Stattdessen lasse ich meine innere Sadie raus, drehe den Löffel in meiner Eiskugel und sehe ihn dabei durch die Wimpern hindurch an. Den Blick unverwandt auf ihn gerichtet, schiebe ich mir den Löffel zwischen die leicht geöffneten Lippen in den Mund und ziehe ihn dann langsam und verführerisch wieder heraus.

»Das würde dir gefallen, was?«, flüstere ich.

Er blickt über seine Schulter nach hinten, um sich zu vergewissern, dass niemand zuhört, dann legt er den Ellbogen auf die Glasabdeckung der Theke. »Na ja, ich finde, wir sollten zu Ende bringen, was wir im Pool begonnen haben«, sagt er mit gedämpfter Stimme.

»Verstehe.« Ich bohre den Löffel tief in mein Eis und hole eine Fünf-Dollar-Note aus meiner Tasche. »Aber weißt du was, Jake? Ich schulde dir einen feuchten Dreck.« Ich werfe ihm das Geld über die Theke hinweg zu und drängele mich an Mackenzie vorbei, die sich noch immer durch die Sorten kostet, und dann an Gwen, die, ihren hochgezogenen Augenbrauen und dem verblüfften Lächeln nach zu urteilen, die ganze Szene mitbekommen hat.

Declan hält mir die Tür auf und starrt über meinen Kopf hinweg. »Ist alles klar da vorn?«

Ich antworte, ohne mich noch einmal umzudrehen. »Jep. Alles bestens.«

Nach ein paar weiteren Kostproben entscheidet Mackenzie sich für Erdnussbutter und gesellt sich zu uns an den Picknicktisch, den wir draußen in Beschlag genommen haben.

»Ist lecker.« Sie rutscht neben mir auf die Bank. »Aber nicht so lecker wie Mint-Chocolate-Chip.«

»Nächstes Mal bekommst du Mint«, sagt Gwen.

Mackenzie isst einen weiteren Löffel Eis und lehnt sich über den Tisch zu Declan rüber. »Was hast du genommen?«

Auf die Unterarme gestützt, bietet sie Declan Einblick in ihr Dekolleté. Wobei ihre Bluse nicht sonderlich tief ausgeschnitten ist. Genau genommen wirkt ihr retro angehauchter Look des typischen amerikanischen Mädchens von nebenan geradezu solide. Kein Wunder, dass Declan sie mag.

Er hält ihr seinen Styroporbecher hin und sie trinkt einen Schluck. Mit seinem Strohhalm.

Ich lasse meinen Löffel in mein schmelzendes Eis rutschen.

»Mmm, gar nicht übel.« Sie zeigt auf ihren Becher. »Magst du mal von meinem probieren?«

Okay, jetzt sag nicht, dass sie vorhat, ihn mit dem Löffel zu füttern.

»Nein danke«, erwidert Declan. Aber dabei lächelt er sie an, als hätte sie ihm das netteste Angebot der Welt gemacht.

Cory starrt ebenfalls Mackenzie an. Eis tropft von seiner Waffel auf seine Hand. Ich knülle eine Serviette zusammen und werfe sie zu ihm rüber. Sie prallt an seiner Brust ab. Seine Stirn legt sich in Falten.

»Gern geschehen«, flöte ich.

Mackenzie blickt auf mein Eis und runzelt die Brauen. »Schmeckt dir deins nicht?«

»Nein, alles gut. Ich habe nur irgendwie heut Abend nicht so wahnsinnig Appetit.«

»Kenn ich. Hey, wir sollten das echt öfter machen. Wie

wär's, immer im Anschluss an unseren Kurs? Und du kommst dann auch, Cory.«

Corys Miene hellt sich auf. »Ja. Auf jeden.«

»Cool. Das nächste Mal zahle ich.« Sie lächelt und lehnt sich dann endlich auf der Bank zurück, um ihr Eis fertig zu essen.

O Mann, warum muss sie nur so nett sein? Das macht es echt schwer, sie zu hassen.

Unter lautem Schlürfen saugt Declan die letzten Reste vom Boden seines Bechers auf und stellt ihn auf den Tisch. Gwen ist auch fertig. Wir warten alle noch auf Mackenzie – langsamer essen geht nicht – und werfen gemeinsam unsere Becher in den Mülleimer. Mackenzie umarmt Declan und fällt plötzlich auch mir um den Hals.

»Wir sehen uns im Kurs!«

Ich tätschele ihr den Rücken. »Jep. Wir sehen uns.«

Sie hüpft zu Gwen hinüber und nach einem weiteren Abschiedswinken gehen die Mädchen über die Straße auf einen apfelroten Oldtimer zu.

»Whoa!« Cory stößt Declan mit der Schulter an. »Sie fährt einen Datsun?«

»Ja, einen 240Z. Von 1971, glaube ich. Sie hat den Motor selbst instand gesetzt.«

Außer wie man einen Reifen wechselt, habe ich keinen blassen Dunst von Autos. »Echt?«

Declan nickt.

»Krass«, sagt Cory. Er braucht praktisch ein Sabberlätzchen.

Mackenzie bringt den Wagen auf Touren und fährt los. Die Jungs warten, bis das Brummen des Motors verklungen ist, dann marschieren wir zu Declans Focus zurück.

Zehn Minuten später halten wir in meiner Einfahrt an. Cory verwuschelt mir vom Rücksitz aus die Haare, obwohl er genau weiß, wie sehr ich das hasse. Ich drehe mich halb um, um ihm eine zu scheuern, und er grinst mich breit an.

»Nacht, Leute.« Sein Grinsen wird sogar noch breiter, als hätte er mich gerade irgendwie ausgetrickst.

Er steigt aus und trabt zu seinem Haus rüber. Und dann waren es nur noch zwei.

Und ich weiß immer noch nicht, wie ich mit Declan reden soll.

»Also …«

»Also.«

Ich taste nach dem Gurtschloss und neige mich dabei zu ihm rüber. »Meine Eltern feiern am Sonntag eine Party zum vierten Juli.«

»Ach ja?«

»Sie würden sich sicher freuen, dich zu sehen«, sage ich, nach Kräften bemüht, nicht zu erwartungsvoll zu klingen. »Du solltest vorbeikommen. Wenn du Zeit hast.«

»Okay.«

Das ist so eine Art Ja.

Ich schnalle mich ab und schnappe mir meine Tasche, doch statt auszusteigen, starre ich einfach das Lenkrad an.

Er hat immer noch nicht wegen Kyle nachgefragt oder Jake oder Corys Arschlochkommentar zu meinen Trinkgewohnheiten. Was vermutlich heißt, dass es ihm egal ist.

Gut. Das alles geht ihn sowieso nichts an. Genau so soll es jetzt sein. Genau so habe ich es gewollt.

Stimmt's?

»Hör mal«, sage ich mit einer lässigen Kopfbewegung, so als wäre all dies ein Spiel. Ein großer Witz, über den ich am lautesten lache. »Ich weiß, was du nach heute Abend vermutlich denkst. Aber es ist nicht … Ich meine, die Leute sagen Sachen, die nicht …«

Der Rest löst sich auf meiner Zunge auf. Declans Finger streifen mein Schlüsselbein und greifen nach meiner Halskette. Er zieht sie unter dem Kragen meines T-Shirts hervor und rückt den Unendlichkeitsanhänger zurecht, bevor er ihn wieder loslässt.

»Ich weiß, wer du bist.«

5

Zack. Ein Stück Karotte schießt über den Küchentresen.

»Vorsicht!«, ruft Mom. Sie nimmt mir das Messer weg und drückt mir eine Schale mit Avocado in die Hand. »Ich schneide das Gemüse. Du kannst die Guacamole machen.«

Sie sieht mich an und zieht eine Augenbraue hoch, so als würde sie mir auch mit einer Gabel nicht recht trauen. Sie ist heute höllisch auf Zack, denn dieses Jahr feiern wir nicht nur den amerikanischen Unabhängigkeitstag: Die Party ist auch so was wie der letzte laute Hurraschrei, bevor die Chemo richtig hässlich wird. Mit anderen Worten, wir inszenieren das Bild einer perfekten Familie, weil unser wirkliches Leben komplett im Arsch ist.

Ich lege mich ins Zeug, aber Avocados zerquetschen wirkt nicht annähernd so befreiend auf mich wie das Zerhacken von Rohkost.

»War das ein positives oder ein negatives Seufzen?«, fragt sie.

Es war ein unabsichtliches Seufzen. »Weder noch. Ich bin einfach nur … es ist kompliziert.«

Alles war so viel einfacher, als wir noch Kinder waren. Als ich nur eine gute Freundin war. Bevor Declans Mom diesen Unfall hatte und alles anders geworden ist.

Die Trauer wirkte sich auf jeden von uns anders aus. Declans Dad wurde verschlossen, zog sich von seinem Sohn zurück, wo er an ihm hätte festhalten sollen. Declan seinerseits war voller Wut und erfüllt von einem Schmerz, der unter der Oberfläche schwelte und jedes Gespräch trübte, das wir über seinen Vater führten. Und mir selbst machte die Trauer Angst, vor dem Ungewissen, vor dem sogenannten Schicksal, wenn man so will. Angst davor, geliebte Menschen zu verlieren. Nach Natalies Tod verbrachte ich den Rest des Winters mit dem Versuch, mich nicht in Declan zu verlieben.

Was kein erfolgreiches Unternehmen war. Denn in Wahrheit war ich schon seit Jahren dabei, mich in ihn zu verlieben.

Vermutlich wird Declan heute Abend nicht mal kommen. Und mir sollte das eigentlich egal sein.

Ich verwandele noch ein paar Avocadoscheiben zu Mus. Mom sieht mir dabei zu. Sie ist dafür berüchtigt, Dinge zu erahnen, als habe sie ernsthaft hellseherische Kräfte, und ich fange an, mich unter ihrem beharrlichen Blick etwas nackt zu fühlen.

»Und du warst gestern Abend mit Declan unterwegs?«

Da haben wir's.

»Und mit Cory. Und noch zwei Mädels aus meinem Fotokurs.«

»Hat's Spaß gemacht?«

Ich nicke und widme mich wieder aufmerksam meiner Aufgabe.

Sie wischt sich die Hände an einem Geschirrtuch ab. »Bridget hat erzählt, er sei ein echter Hingucker geworden.«

Ich schwöre, Mom und Bridget übertrumpfen mit ihrer Tratscherei noch die Mädchen an meiner Schule. Und jetzt steht sie einfach nur da und beobachtet mit Adlerblick, wie ich reagiere.

»Ähm … Ist mir gar nicht so aufgefallen.«

»Dann bist du also nicht mehr in ihn verknallt?«

»Herrgottnochmal, Mom.«

»Ich will doch nur sagen, ihr zwei wart so süß zusammen.« Sie hört auf, die Gemüseplatte anzurichten, und sieht mich über den Rand ihrer Brille hinweg an. »Oder interessierst du dich immer noch für diesen Jungen von letztem Frühjahr?«

»Nein. Ich hab dir doch gesagt, dass ich nicht mehr mit ihm rede.« Wenn man gestern Abend nicht dazurechnet. Was ich nicht tue.

Dad kommt durch die Terrassentür herein und bleibt stehen, um Mom einen langen Kuss zu geben, der fast so was wie Fremdschämen bei mir auslöst.

»Weißt du, wo der große Eiskübel ist?«, fragt er sie.

»In der Garage.«

»Ah.« Er dreht sich zu mir. »Deine Mutter ist doch nie um eine Antwort verlegen, was?«

Mit größter Mühe bringe ich ein Lächeln zustande, statt die Augen zu verdrehen. Mom geduldet sich, bis Dad aus dem Zimmer ist, bevor sie mit ihrem Kreuzverhör fortfährt. Dieses Warten, bis wir allein sind, ist nichts anderes als ein Täuschungsmanöver, damit ich mich bei ihr in vertrauensvoller Sicherheit wähne. In Wahrheit wird sie später am Abend das gesamte Gespräch Wort für Wort an Dad weitergeben.

»Und gibt es irgendjemand anders, den du gerade magst?«

Die Erinnerung von Kyles Lippen auf meinen drängt sich in meinen Kopf. Nicht, dass mit Kyle rumzuknutschen irgendwie denkwürdig war. Dieser Geschmack nach Zigaretten und Käseflips. Prickelnd ist anders.

»Nein, gibt es nicht«, sage ich schließlich, denn sie wird nicht lockerlassen, bis sie nicht wenigstens die Bestätigung hat, dass ich ihr zugehört habe.

»Aber du würdest mir doch erzählen, wenn's dir ernst mit

jemandem ist oder du vorhast, sexuell aktiv zu werden, nicht wahr?«

Jesses, dieses Gespräch muss aufhören!

»Jep«, beeile ich mich zu sagen, »du wirst es als Erste erfahren.«

In Lichtgeschwindigkeit richte ich den Dipteller an und ergreife dann die Flucht. Draußen vorm Haus sitzt mein Bruder auf der Verandaschaukel.

»Vermutlich sollten wir uns langsam mal fertig machen«, sagt er, als ich mich neben ihn setze.

»Das geht ratzfatz. Mom hat bereits eine Vorauswahl von Kleidern getroffen, die ich anziehen darf«, entgegne ich.

»Das macht sie immer noch? Mann, bin ich froh, dass ich endlich an dem Punkt angelangt bin, wo sie mir zutraut, dass ich mir meine Sachen selbst aussuche.«

»Muss sich gut anfühlen.«

»Tja, das ist eine Sache des Vertrauens. Und Vertrauen muss man sich verdienen, Harper.«

»Hör auf.«

»Sich seine Sachen selbst auszusuchen ist ein Privileg und kein Recht.«

»Arschloch.«

Er grinst breit. »Hey, ich mach doch nur Spaß. Ich weiß, dass du deine Strafe abgesessen hast. Und wie's aussieht, hat sich inzwischen doch alles wieder normalisiert.«

Ich lasse meinen Kopf in den Nacken fallen und sehe in den Himmel hinauf. Ich picke mir eine Wolke heraus, die wie ein Eichhörnchen aussieht, und beobachte, wie der Wind sie verformt. »Normalisiert? Ähm, nein. So würde ich es nicht ausdrücken. Ich habe zwar keinen Hausarrest mehr, aber Mom und Dad bringen den Pool-Vorfall immer noch bei jeder sich bietenden Gelegenheit zur Sprache.«

»Sie werden drüber hinwegkommen.«

»Bestimmt. Vielleicht sogar noch vor meinem dreißigsten Geburtstag.« Ich zupfe einen Baumwollsamen von meinem T-Shirt und lausche auf das Gekreische der Kinder, die am Ende der Straße Fangen spielen.

Das einzige Mal, das Graham ansatzweise so was wie Ärger gekriegt hat, war, als er eine Drei minus in Trigonometrie geschrieben hatte. Und selbst da verbesserte er sich bis zum Ende des Schuljahres auf eine Zwei minus. Im Gegensatz zu mir hat er einfach nicht den Hang, Schande über die Familie zu bringen.

»Jedenfalls, die Stimmung ist ziemlich angespannt«, sage ich. »Und jetzt auch noch diese Sache mit Mom.«

»Ja, ich weiß.« Er kratzt sich an der Wange. »Hey, falls du das Gefühl hast, die Dinge wachsen dir über den Kopf … Ich meine, als ich Weihnachten hier war, hast du ziemlich angeschlagen gewirkt. Falls du mal das Bedürfnis hast, mit jemandem zu reden …«

»Danke.« Ich ziehe die Knie an und schlinge meine Arme darum. »Inzwischen geht's mir schon wieder besser. Echt.«

Wir verfallen in einträchtiges Schweigen, das nur vom Kindergelächter und dem hellen Flötenton des Kardinals unterbrochen wird. Ich entdecke sein rotes Gefieder in einer Kiefer neben der Veranda im selben Moment, als Mom rauskommt und mir sagt, ich solle mich umziehen gehen.

»Und du, Graham, warum ziehst du nicht ein nettes Hemd mit Kragen an?«, fügt sie hinzu, bevor sie wieder ins Haus verschwindet. Mein Mund kräuselt sich und ich presse die Lippen fest aufeinander, um ja nicht zu lachen, aber ich spüre Grahams Blick auf mir.

»Halt die Klappe.«

»Ich hab nichts gesagt.«

Von den drei Kleidern, die Mom mir rausgelegt hat, ist nur ein einziges annehmbar. Ein schlichtes grünes Sommerkleid mit Neckholder. Ich ziehe es an und gehe ins Bad, um meine Locken zu bändigen.

Nachdem ich ein und dieselbe Strähne viermal durchs Glätteisen gezogen habe – ohne nennenswerten Effekt –, tippe ich mit der Fingerspitze an die Keramikplatte, um auszutesten, ob sie überhaupt heiß genug ist.

»Oshitmistverdammter.« Mit einem Rums landet das Glätteisen im Waschbecken.

Ich zerre den Stecker aus der Dose und befördere das Glätteisen auf die Ablage, damit ich kaltes Wasser über meinen Zeigefinger laufen lassen kann.

Unten von der Veranda dringen Stimmen zu mir herauf und ich spähe durch die Jalousien. Von meiner Position aus ist nur Cory zu sehen, aber Declans Stimme erkenne ich immer und überall.

Ich sehe wieder in den Spiegel. Irgendwie ist mein Haar in den letzten paar Minuten sogar noch wirrer geworden. Der Glatt-Look ist eindeutig vom Tisch. Schön. Ist sowieso viel zu heiß draußen, um mit dem Glätteisen rumzuwerkeln.

Ich spritze mir kaltes Wasser ins Gesicht in dem Versuch, meine rot erhitzten Wangen loszuwerden. Dann binde ich mein Haar zu einem Pferdeschwanz zusammen, der leicht schief sitzt, aber zu mehr reicht die Zeit nicht, weil ich sie jetzt bereits im Haus hören kann und Mom mich jede Sekunde herunterrufen wird.

Ich drehe mich um, gebe einen Tropfen blumiges Parfüm auf die Innenseiten meiner Handgelenke und streiche damit über meinen Hals.

Die Jungs stehen unten in der Diele, jeder mit einem Beutel Eiswürfel in der Hand, und hören Graham zu, der seine ersten glorreichen Uni-Monate wiederaufleben lässt. Auf halber Treppe nach unten fange ich Declans Blick auf. Er mustert langsam mein Kleid. Seine eine Augenbraue wölbt sich nach oben und ich erstarre.

Ich sehe an mir herunter. Dieses Kleid hat seit letztem August ganz hinten in meinem Schrank gehangen. Ich hatte es schon völlig vergessen. Declan offenbar nicht. Und dann trifft es mich wie ein Schlag. Ich hatte es an dem Abend an, bevor Declan ins Internat weggefahren ist.

Mich jetzt umzuziehen wäre albern. Er hat mich bereits gesehen. Also umfasse ich das Geländer fester und gehe die letzten Stufen hinunter.

Graham sieht mich kommen. Er hängt seinen Arm um Declans Schulter und nimmt seine lässige Ich-bin-so-ein-krasser-Typ-Pose ein.

»Und, einer von euch immer noch scharf auf meine kleine Schwester?«

Ich knuffe ihn in die Schulter. Dann – für den Bruchteil einer Sekunde – kreuze ich wieder Declans Blick.

Graham reibt sich den Arm und grient mich an, ohne eine Spur von Reue. »Das hat übrigens wehgetan.«

»Hier, ich nehm dir das ab.« Ich reiße Declan den Beutel aus der Hand und stürze schnurstracks Richtung Terrassentür. Cory folgt mir mit dem zweiten Beutel nach draußen und wirft ihn neben meinen in die Eisbox. Er macht einen der Beutel auf und ich nehme mir einen Eiswürfel und halte ihn an meinen verbrannten Finger.

»Graham ist so ein Pfosten!«, sage ich.

»Er ist einfach nur ein großer Bruder, okay?«

»Hm, kann sein. Wobei er bei euch zweien ja wohl nichts zu befürchten hat.«

Cory ist eine Sekunde lang still. Er zupft am Kragen seines

T-Shirts, das wie alle seine T-Shirts über seinem Rücken und den Schultern spannt und locker um seine schmale Taille hängt. »Bist du da sicher?«

Das Eis beginnt zu schmelzen und ein kleines Rinnsal läuft an meinem Arm herunter. Zackbumm, werde ich zurück in den letzten Sommer katapultiert, in eine Zeit, als Declan und ich unzertrennlich waren.

Monatelang hatte ich versucht, mir keine falschen Hoffnungen zu machen, wenn Declan meine Hand hielt. Versuchte, es mir nicht zu Herzen zu nehmen, wenn er ein paar Zentimeter Extra-Abstand zwischen uns legte, sobald Cory in der Nähe war. Declan trauerte noch und seine Heilung war das Allerwichtigste. Also tat ich, was jeder gute Freund getan hätte. Ich hielt den Mund und meine Gefühle unter Verschluss. Aber wir gingen bereits so ineinander auf, dass ich mir nicht vorstellen konnte, einen Tag vergehen zu lassen, ohne ihn zu sehen. Und als dann der Frühling kam, hatte Declan aufgehört, den Abstand zwischen uns zu wahren.

Im letzten Sommer hatten wir ganze Nachmittage am Baggersee verbracht, und manchmal war es dermaßen heiß, dass uns selbst Schwimmen keine Abkühlung verschaffte. An solchen Tagen fischte Declan einen Eiswürfel aus der Kühlbox, hielt ihn mir an den Nacken und blies Luft auf das Wasser, das an meinem Rücken herablief.

Ein Schauer durchläuft mich, als Declan jetzt die Schiebetür öffnet und langsam zu uns rüberschlendert. Hastig werfe ich den Rest des Eiswürfels in Corys Richtung und trockne mir die Hände an meinem Kleid ab.

»Stör ich gerade bei irgendwas?« Declans Blick wandert zwischen mir und Cory hin und her und ich schüttele den Kopf.

Dad kommt von hinten angefegt und lässt seine Hand auf

Declans Schulter fallen. »Declan, mein Junge! Was für eine Freude, dich zu sehen! Wie geht es dir?«

»Kann mich nicht beschweren.« Declan lächelt Dad an, dann senkt er den Blick auf den Klinkerboden der Terrasse.

»Wie steht's um dein Golfspiel?«

»Gar nicht mal übel. Ich hab einen Job als Golfjunge gelandet, drüben in Forest Hill. Sind zwar nur ein paar Tage die Woche, aber ich kann zwischendurch immer mal spielen, wenn nicht viel los ist.«

»Das ist großartig. Und soweit ich gehört habe, gefällt's dir auch an deiner neuen Schule?«

Declan richtet sich auf. »Hat mein Vater das gesagt?«

Dad nickt. »Weißt du, ob er heute Abend auch kommt?«

»Ja. Er steht noch vorm Haus und bringt ein Arbeitstelefonat zu Ende. Aber bestimmt ist er gleich fertig.«

»Dann hat er das Memo zum freien Feiertagswochenende offenbar nicht gekriegt.«

Declan wirft mir einen Blick zu. Sein Lächeln ist kaum sichtbar, aber ich erkenne es. »Na ja, nur die Harten kommen in' Garten«, murmelt er.

Dad schenkt ihm ein schiefes, mitfühlendes Lächeln – so eines, das jeder Declan schenkt, der Natalie kannte – und klopft ihm noch mal auf die Schulter. »Schön, was kann ich euch Jungs zu trinken bringen?«

Ich husche ins Haus zurück, um den letzten Schwung Hors d'oeuvres in den Garten hinauszubefördern. Mom steht in der Küche und unterhält sich gedämpft mit Bridget, die unverkennbar in den Doktormodus geschaltet hat. Ich frage mich, ob sie Natalie jetzt wohl noch mehr vermisst. Denn wenn ich die beiden so ansehe, fällt mir vor allem Natalies Abwesenheit auf. Hätte Mom ihre Diagnose vor zwei Jahren bekommen, wäre Natalie da gewesen, um ihr beizustehen.

Sie werden extraleise, als sie mich bemerken. Es ist mehr als offensichtlich, dass sie mich nicht in ihre Unterhaltung mit einschließen wollen, also schnappe ich mir das erstbeste Tablett, das ich sehe, und verschwinde wieder nach draußen.

Ich beschäftige mich damit, Tiki-Fackeln und Citronella-Kerzen anzuzünden, und schon bald ist die Party voll im Gang. Dad steht auf der Veranda am Grill und trinkt Bier mit Declans Vater. Declan ist nicht in ihrer Nähe. Ich gehe zu ihnen rüber, um zu fragen, ob meine Hilfe noch weiter gebraucht wird.

»Also Harper …« Declans Dad legt die Stirn in Falten und dreht die Bierdose in seiner Hand. Beinah so, als wollte ihm partout nichts Unverfängliches einfallen, worüber er sich mit mir unterhalten könnte. »Wie läuft denn dein Sommer so?«

»Klasse bisher.«

»Freut mich zu hören.« Er lächelt, aber es ist ein schrecklich reserviertes Lächeln. Als wüsste er nicht mehr, dass ich dasselbe Mädchen bin, das er zum Basketballkorb hochgehoben hat, nur damit es gegen die Jungs einen Punkt erzielen konnte. Dasselbe Mädchen, für das seine Frau immer ein paar Kekse extra in Declans Lunchbox getan hatte.

Seit Declan das Internat besucht, sind die Gesprächsgelegenheiten mit seinem Vater rar geworden, genau wie die gemeinsamen Themen. Aber ich frage mich, was er wohl sieht, wenn er mich jetzt anschaut. Ob ich in seinen Augen noch irgendwas anderes bin außer einem schlechten Einfluss.

Dad wendet die Rippchen auf dem Rost und der Geruch von Barbecue–Soße und Holzkohle schwallt auf. Er klappt die Grillhaube herunter und tupft sich die Stirn mit einer Serviette ab.

»Brauchst du noch irgendwas, Dad?«

Der Blick meines Vaters scannt den Garten ab. In den letzten Jahren mussten Graham und ich immer gemeinsam mit meinen Eltern eine Willkommensrunde drehen und allen Gästen artig Hallo sagen. Das habe ich immer gehasst. Aber jetzt sind wir vermutlich über die Prahlerei mit mir hinweg.

»Genieß einfach das Fest und hab Spaß.«

Er lächelt. Wir alle lächeln. Und dann gehe ich Cory suchen.

Leider findet Mrs Malone mich zuerst.

»Oh, Harper, schön, dich zu sehen.« Sie taxiert meine nackten Beine, eine Augenbraue erhoben.

Mrs Malone ist bestimmt schon an die hundert Jahre alt und trägt immer noch jeden Tag volles Make-up und hochhackige Schuhe. Ihr Gesicht ist von einer dicken Schicht Puder bedeckt, der sich in ihren tiefen Wangenfalten abgesetzt hat, und ihre runzligen Lippen sind knallpink geschminkt.

Ich seufze leise. Mrs Malone hasst mich, seitdem sie mich mit neun Jahren dabei erwischt hat, wie ich in ihrem Garten Äpfel vom Baum klaute. Declan war auch mit dabei, doch sie gab allein mir die Schuld, denn in ihren Augen war ich schon immer ein gottloses, verkommenes Gör. In diesem Punkt war Mrs Malone ihrer Zeit voraus.

»Hi Mrs Malone. Wie nett, Sie zu sehen.«

Sie schlurft näher an mich heran und mustert mich mit zusammengekniffenen, wässrigen Augen. »Wie hast du die Sache mit deiner Mutter aufgenommen? Die Ärmste. Sie hat im vergangenen Jahr weiß Gott schon genug durchmachen müssen. Ich hoffe, du lässt mich wissen, wenn ich irgendwas für sie tun kann?«

Ich räuspere mich. Zweimal. »Natürlich. Wir tun alle unser Bestes. Und vertrauen ganz auf den Willen Gottes.«

Inzwischen habe ich den Dreh raus.

Sie schenkt mir ein seliges Lächeln und tätschelt mir den Arm. »Wie schön, das zu hören. Denn, weißt du …«

Oh-oh. Sie wankt so nah an mich heran, dass ich zwischen ihr und einer Hängeampel mit Geranien in der Falle sitze. Ich schaue mich verzweifelt nach einem möglichen Ausweg um und dabei trifft mein Blick auf Declan. *Preiset den Herrn!*, formt er stumm mit den Lippen, und mir entfährt ein halb ersticktes Prusten, das ich schnell mit lautem Husten kaschiere, als ich mich wieder zu Mrs Malone umdrehe.

»Junge Mädchen heutzutage haben anscheinend keine Moral mehr«, sagt sie spitz. Sie fächelt sich mit einem zusammengeknickten Pappteller Luft zu. »Man hört ja so allerhand.«

Oh ja. Das tut man.

Mein Lächeln schwindet, und ich überlege krampfhaft, was ich erwidern könnte. Noch bevor ich mir eine annähernd passende Antwort abringen kann, rauscht Declan heran und legt mir seine Hand auf den Arm.

»Tut mir furchtbar leid, dass ich unterbrechen muss, aber du wirst dringend gebraucht.«

Für eine Sekunde vergesse ich, wo ich bin, und starre ihn einfach nur an, während seine Worte in meiner Brust nachvibrieren. Er lässt ein Grübchenlächeln aufblitzen und Mrs Malone scharrt mit ihren Pumps über den Boden. Sie richtet ihr kurzes weißes Haar und lächelt Declan an.

»Es ist fast ein Jahr her, seit wir uns das letzte Mal gesehen haben, junger Mann!«

»Ich hoffe, Sie verzeihen, dass ich einfach so in Ihr Gespräch platze«, sagt er mit einer ganzen Wagenladung Charme. »Aber ich muss Harper mal kurz entführen.«

»Überhaupt kein Problem! Du besuchst mich einfach bald und bringst mich auf den neuesten Stand, ja?«

»Auf jeden Fall. Ich freu mich schon.«

Er fasst mich am Ellbogen und zieht mich zum Rand der Terrasse. Als wir aus dem größten Gewühl heraus sind, nimmt er seine Hand von meinem Arm.

Ich klemme mir eine verirrte Strähne hinters Ohr. »Danke für die Rettung.«

Er zuckt mit den Schultern. »Sah aus, als würdest du in der Klemme sitzen.«

»Ich versteh immer noch nicht, warum sie dich so mag. Du hast mehr Äpfel geklaut als ich.«

»Nur weil du mich dazu gezwungen hast. Mrs Malone hält mich einfach für einen gut erzogenen Christenjungen, der weiß, was richtig und falsch ist. Und außerdem habe ich ihr letzten Sommer ab und zu den Rasen gemäht.«

Okay, das … habe ich nicht gewusst.

»Ich schätze, das erklärt, warum sie dich ansieht, als wärst du ihr Held.«

»Keine Sorge. Die Tatsache, dass ich mich immer noch mit dir abgebe, wirft ein gutes Licht auf dich.«

Meine Stirn legt sich in Falten und augenblicklich schieben sich all die Dinge in mein Bewusstsein, die ich ihm nicht erzählt habe, die ich ihm nicht erzählen *kann*. Weil er recht hat. Er ist zu gut für mich.

Warum ist er überhaupt so nett zu mir? Seit er wieder in der Stadt ist, benimmt er sich, als wäre zwischen uns beiden alles in schönster Ordnung. Als hätten ihn die Trennung und die Tatsache, dass wir ein ganzes Schuljahr lang nicht miteinander gesprochen haben, nicht weiter gejuckt.

Vielleicht ist er ja wirklich drüber hinweg. Und über mich auch.

Was richtig spitze wäre. Wir könnten dahin zurückkehren, wo wir im zweiten Highschooljahr waren. Zum Befreundetsein. An mehr bin ich sowieso nicht mehr interessiert.

Ich stoße einen langen Atemzug aus und zeige mit einem Lächeln auf den Garten. Wir kommen an der Kühlbox vorbei und ich schnappe mir zwei Coladosen. »Hast du Cory gesehen?«, frage ich, als ich ihm eine der Dosen reiche.

»Danke. Er steht da drüben bei seinen Eltern.« Wir lassen uns auf zwei Gartenstühlen nieder, und er fängt an, an der hölzernen Armlehne rumzupulen. »Hey, wie findest du Mackenzie?«

Ich ziehe an der Lasche meiner Getränkedose, bis sie abreißt. »Ähm, keine Ahnung. Ich hab sie gerade erst kennengelernt.«

»Aber sie ist echt hübsch, nicht?«

Auf meinen Schoß hinunterstarrend schabe ich mit der Metalllasche über meinen Oberschenkel. Genau das tun Freunde, sie unterhalten sich über Leute, die sie mögen. Also nicke ich. »Sie ist sehr hübsch.« Ich trinke einen Schluck Cola. »Hättest du sie gern mitgebracht?«

»Nee, ich habe vorhin mit ihr gesprochen. Ihre Familie feiert heute selbst ein Fest.«

»Oh. Wie schade.« Ich werfe ihm einen verstohlenen Blick zu. In seinen Augen liegt heute so ein intensiver Grünschimmer.

Cory lässt sich auf den Stuhl neben mir fallen und stellt einen Teller mit Rippchen auf seine Knie. »Habt ihr die mal gekostet? *So* lecker!«

Er leckt sich Barbecue-Soße vom Daumen und ich mopse mir ein Stück Röstbrot von seinem Teller und zerbreche es in mundgerechte Stücke. Ich kann meine Finger einfach nicht still halten.

»Gleich fängt das Feuerwerk an«, sagt Declan. »Wir sollten irgendwohin und es uns ansehen.«

Cory schüttelt den Kopf. »Ich habe morgen Frühtraining.«

Ich überlege, ihn dumm von der Seite anzumachen, denn es ist noch nicht mal neun Uhr, und überhaupt, seit wann lässt Cory sich durch Frühtraining vom Rumchillen abhalten? Doch dann wendet sich Declan plötzlich mir zu.

»Harp? Bist du dabei?«

»Klar.« Ich bemühe mich, eine Pokermiene zu bewahren, aber stattdessen entschlüpft mir ein Lächeln.

6

Der Carson-Wasserturm ist viel höher, als ich es in Erinnerung habe.

Auf halbem Weg zur Spitze meldet sich mein Hirn und fängt an rumzujammern, dass dies vermutlich die bescheuertste Idee ist, die ich jemals hatte, und dass ich toter bin als tot, falls man mich erwischt. Aber ich bin schon halb oben und so klettere ich weiter.

Ich erreiche die schmale Plattform und setze mich hin, klammere mich mit beiden Händen an der Brüstung vor mir fest und lasse meine Beine über den Rand baumeln. Einen Moment später plumpst Declan neben mir zu Boden. Er schließt die Augen und zieht die Knie an die Brust.

Ich wische meine feuchten Handflächen an der Jeansshorts ab, die ich gegen mein Kleid getauscht habe, lege den Kopf gegen den kühlen Stahltank und versuche, wieder zu Atem zu kommen. Von hier oben kann man das ganze Stadtzentrum sehen.

Die Läden auf der Ninth Street und die gelb blinkenden Signallichter Ecke Broad Street. Den Park zwei Querstraßen weiter, in dem Familien dicht an dicht auf karierten Picknickdecken sitzen, um sich das Feuerwerk anzuschauen. Straßenlaternen sprenkeln die Viertel, die sich rund um das Zentrum in die Umgebung ausdehnen; ihr sanftes Leuchten verblasst weiter hinten im Westen, wo der Wald beginnt. Und irgendwo mitten in diesem Meer von Bäumen liegt der Baggersee verborgen.

»Eigentlich hätte ich wissen müssen, dass mit dir abhängen bedeutet, sich irgendwo unbefugt Zutritt zu verschaffen.«

Er sagt es nicht gemein. Aber tief in meinem Inneren sehne ich mich nach dem Davor. Als Declan das noch nicht von mir wusste.

»Dann hast du also davon gehört.« Ich lecke mir über die Lippen und versuche, ein Lächeln aufzusetzen. Klappt nicht. »Von dem Pool-Vorfall.«

»Ich meinte natürlich Mrs Malones Garten«, witzelt er. Er zuckt mit den Schultern und macht dabei fast ein gleichgültiges Gesicht. Aber nicht ganz. »Cory hat irgendwas erwähnt, dass man dich erwischt hat, als du heimlich auf die Poolanlage bist. Hast wahrscheinlich ein paar stressige Monate hinter dir, was?«

Ein paar. Oder neun. Aber wer zählt schon mit?

»Das kannst du laut sagen.« Ich wische mir noch einmal die Handflächen trocken. Mrs Malones vorwurfsvolles Gesicht poppt in meinem Kopf auf, gefolgt von der Sorge, dass Declan mehr über die Sache mit Jake weiß – oder, noch schlimmer, die Wahrheit von letztem Herbst –, als er sich jetzt anmerken lässt. »Und hat er dir noch irgendwas über diesen Abend erzählt?«

Declan dreht sich zu mir um. »Was meinst du?«

»Ich bin nur neugierig, welche Version du gehört hast.«

»Oh.« Er kratzt sich am Ohr. »Nein, das war eigentlich schon alles.«

Ich merke fast immer, wenn Declan lügt. Er ist sauschlecht

im Sichverstellen. Aber noch bevor ich dazu komme, in seinem Gesicht zu lesen, sieht er wieder zum Horizont und wechselt das Thema.

»Mir fehlt dieser Ort hier richtig.«

Die Umrisse der Gebäude unter uns verwischen sich zusehends. Es ist jetzt fast dunkel.

»Echt? Ich kann's kaum erwarten, aus Carson wegzukommen«, entgegne ich. »Und aus North Carolina, wenn wir schon mal dabei sind.«

»Früher hat's dir hier doch total gut gefallen. Wann hat sich das geändert?«

Als du weggegangen bist.

Ich sage es nicht laut. Aber er hört es.

»Aber du bist … na ja, abgesehen von dieser Woche vielleicht …« Er fährt mit den Händen über seine Jeans und blickt auf die sattgrünen Baumkronen hinab. »Geht's dir gut? Ich meine … bist du glücklich?«

Das Ding ist, dass Declan die Antwort bereits kennt. Er weiß von dem Vorfall am Pool im März. Plus dem, was Cory ihm erzählt hat. Und glückliche Menschen verzapfen nicht solchen Bockmist; sie sind nicht auf Ärger aus. Doch das ist nicht die Antwort, die jemand hören will, wenn er sich höflich erkundigt, wie's einem geht.

Auf meinem Arm juckt ein Mückenstich. Genau in der Beuge. Jetzt, da ich draufstarre, juckt er gleich zehnmal so doll. Alles juckt. Ich ziehe das Zopfgummi, das ich ums Handgelenk trage, ab und lasse es gegen meine Haut flitschen.

»Wusstest du, dass drei Wunderkerzen auf einmal genauso viel Hitze produzieren wie ein Schneidbrenner?«, frage ich.

Er reibt sich mit dem Finger über die Augenbrauen, hin und her, als hätte er Kopfweh, und legt die Unterarme wieder auf den Knien ab. »Nee, wusste ich nicht.«

»Ist echt wahr«, entgegne ich, weil es nun mal so ist, und weil ich ihm nicht sagen kann, ob ich glücklich bin oder unglücklich oder irgendwas anderes.

Der Wind frischt auf und Declan streicht sich die Haare aus dem Gesicht. Ich gebe ihm das Zopfgummi. Er bindet sich seine Haare zu einem kleinen süßen Knoten zusammen und ein paar zu kurze Strähnen lösen sich gleich wieder heraus und fallen ihm ins Gesicht.

»Mit dreizehn war der Aufstieg irgendwie leichter«, sagt er.

Auf meinem Handteller bildet sich eine Blase. Ich drücke mit meinem Daumen dagegen. »Tja, damals hattest du halt noch nicht so viele Haare, die dich aus dem Gleichgewicht gebracht haben.«

Er lächelt und lehnt sich zurück. Seine Schulter streift meine. »Das war ein guter Abend.«

»Es war mein Geburtstag«, sage ich.

Ich werde jetzt nicht an seinen letzten Geburtstag im Februar denken. Als ich versuchte, mit ihm wieder in Kontakt zu treten. Oder an die Tatsache, dass er darauf nie reagiert hat. Dass drei Wochen später mein Geburtstag kam und ging und ich kein einziges Wort von ihm hörte.

Hierherzukommen war eine dämliche Idee.

Etwa dreißig Meter unter uns ertönt ein Pfeifen. Eine grellrosa Funken-Chrysantheme leuchtet am Himmel auf und eine Sekunde später kommt der Knall. Und dann regnen Feuerschweife und funkelnde Fontänen in flirrenden Blau- und Orangetönen herab.

Ich stehe auf und lehne mich über die Brüstung, versuche, dem Himmel so nah wie möglich zu kommen. Declan rappelt sich ebenfalls hoch, tritt vorsichtig an den Rand der Plattform und umklammert das Geländer so fest, dass die Fingerknöchel bleich werden.

Seine Hand rutscht näher. Unsere kleinen Finger berühren sich.

Die Worte kommen wie von selbst über meine Lippen.

»Ist es inzwischen leichter geworden? Ohne sie zu leben, meine ich.«

Er zögert. Seine Kiefermuskeln spannen sich an und ich bereue, dass ich gefragt habe.

»In gewisser Hinsicht habe ich mich dran gewöhnt. Mit der Zeit ist es schon leichter geworden, würde ich sagen. Aber ich vermisse sie noch immer.«

Natürlich tut er das. Er hat im selben Jahr seine Mutter und sein Zuhause verloren. Und manchmal hasse ich seinen Vater dafür.

Sicher, sein Vater hatte seine Gründe, warum er ihn ins Internat gesteckt hat. Er ist mindestens zweimal pro Monat auf Geschäftsreise und wollte nicht, dass Declan so viel Zeit allein verbrachte. Corys Eltern hatten angeboten, dass Declan während seiner Abwesenheit bei ihnen wohnen könnte, doch er fand, dies sei eine zu große Belastung.

Jedes Mal, wenn eine Lösung vorgeschlagen wurde, ließ er sich eine neue Begründung einfallen. Er versuchte einfach, eine Abkürzung durch die Trauer zu finden. Davon kann sich wohl niemand ganz freisprechen. Und ich bin überzeugt, dass er nur das Beste für Declan wollte. Nur verstehe ich nicht, wie er annehmen konnte, es sei das Beste für seinen Sohn, ihn aus seinem Zuhause zu vertreiben.

Meine Finger krallen sich um das Metallgeländer, während sich neue Schuldgefühle wie ein bleierner Umhang um meine Schultern legen. Declan hat letztes Jahr so vieles verloren. Als er aus Carson fortging, war er tieftraurig wegen seiner Mutter, wegen seines Vaters. Und ich war seine Freundin; es war meine Aufgabe, ihm beizustehen, dafür zu sorgen, dass er darüber hinwegkam. Doch stattdessen sorgte ich nur dafür, dass er auch noch mich verlor.

»Aber du weißt schon, dass du deshalb keine Angst zu haben brauchst«, sagt er plötzlich. »Deine Mutter wird's schaffen.«

Die grünen, blauen und roten Lichtfunken fangen an, ineinander zu verschwimmen, und ich muss schnell wegschauen, lenke meinen Blick wieder auf den Mückenstich.

»Oh, ich weiß.« Ich nicke, zu hastig, um überzeugend zu sein, und drücke meinen Daumennagel in die juckende Quaddel, kerbe ein X in meine Haut.

Er verlagert sein Gewicht. Ich nicke immer noch wie eine Harper-Wackelkopffigur und bohre meinen Nagel fester ins Fleisch. Das X wird blau.

»Harp …«

Mein Bein schlenkert hin und her, nutzt jedes bisschen Platz aus, um die Panik unterm Deckel zu halten, aber trotzdem entweicht mir die erste Träne. Seine Hand berührt meinen Hinterkopf.

Distanz zwischen uns. Das ist es, was ich brauche. Ansonsten war das ganze letzte Jahr, in dem ich Declan tunlichst gemieden und mich dazu gezwungen habe, ihn loszulassen, völlig für die Katz. Anrufe und Textnachrichten, die ich nie beantwortet habe, Monate des Schweigens. Er macht all dies rückgängig. Doch nach allem, was wir durchgemacht haben, nach allem, was ich getan habe, verdiene ich es nicht, Trost bei ihm zu finden.

Aber ich bin selbstsüchtig genug, ihn trotzdem anzunehmen.

Meine Finger fassen an sein Hemd, ballen sich um den Stoff zur Faust zusammen. Er zieht mich näher an sich heran. Meine Wange liegt an seiner Schulter und er riecht noch immer nach

Citrus-Waschmittel und irgendwas Würzigem, sein typischer Declan-Geruch eben.

»Hey, *scht* … ist gut, Harp. Du und ich, wir stehen das durch. Versprochen.«

Wie oft haben wir schon Stirn an Stirn dagesessen und diese Worte gesagt? *Du und ich.*

Er und ich, so ist es immer gewesen. Und ich kann nicht leugnen, wie gut es tut, ihn jetzt hierzuhaben. Nur Declan kann dieses Gefühl verstehen, als wäre man an die Gleise gekettet und müsste hilflos zusehen, wie der Zug herandonnert. Nichts, was ich tue, wird etwas ändern. Ich kann nicht beeinflussen, wie Moms Krebserkrankung ausgehen wird, genauso wenig, wie ich Natalie von den Toten zurückholen kann.

»Alles wird gut«, sagt er.

Wenn ich es aus seinem Mund höre, kann ich ein klein bisschen mehr daran glauben.

Die Welt um uns herum explodiert weiter. Doch alles, was ich höre, sind die tröstlichen Worte, die er in mein Haar flüstert.

7

Eine Stunde. Mir bleibt noch eine verdammte Stunde, um meine Foto-Aufgabe zu beenden, als ich am Fluss ankomme.

Aber was sollen wir hier draußen überhaupt fotografieren? Darauf hat mich die National-Geographic-Website nicht vorbereitet. Wenn nicht wie durch ein Wunder gleich ein Otter aus den Fluten auftaucht und sich für mich in Pose wirft, bin ich voll aufgeschmissen.

Dem Fluss sieht man deutlich an, dass es in letzter Zeit nur wenig geregnet hat, und ich schieße eher lustlos ein paar Bilder von dem trägen Strom. Einige Meter weiter flussaufwärts entdecke ich eine schwarze Schlange, die sich am Ufer sonnt. Sie erscheint mir nicht sonderlich fotogen, also bleibe ich auf Abstand.

Ein paar meiner Mitschüler schließen zu mir auf. Gwen sondiert das Gelände und legt sich am Rand des Flusses bäuchlings auf den Boden. Declan steht ihr gegenüber auf der anderen Uferseite. Er lässt die Kamera sinken, eine Hand hat er in die Hosentasche geschoben, die andere umschließt das Objektiv. Das Sonnenlicht erwischt ihn genau im richtigen Winkel und malt helle Reflexe auf sein Haar. Ich kann nicht widerstehen und schieße ein Foto von ihm.

Fünf Tage ist es jetzt her, dass wir zusammen oben auf dem Wasserturm waren, und abgesehen von einer kurzen, holprigen Unterhaltung montags vorm Unterricht haben wir seitdem nicht mehr miteinander gesprochen.

Wobei ich auch nicht damit gerechnet hatte, dass dieser Abend groß etwas ändern würde. Eigentlich nicht. Er hatte einfach nur nett sein wollen und war für mich da gewesen, als ich ihn brauchte. Weil wir genau so etwas eben füreinander tun.

Oder er immer für mich getan hat.

Innerlich stöhnend marschiere ich weiter den Pfad hinunter, bis ich wieder allein bin. Mr Harrison sagte, wir sollen heute nicht darauf achten, was die anderen tun. Und außerdem habe ich nur noch … Himmel!, vierzig Minuten.

Ein Baumstamm, der mit leuchtend rosa und grünen Flechten bewachsen ist, erregt meine Aufmerksamkeit. Ich mache eine Nahaufnahme und gehe dann zu einem anderen Baum rüber, ein Stück abseits des Weges. Ein Herz ist in seine Rinde eingeritzt. In der Mitte stehen die Initialen MJ + TK. *Es gibt wirklich Leute, die so was machen?*, schießt es mir durch den Kopf.

Die beiden sind vermutlich nicht mal mehr zusammen. MJ hat TK vermutlich das Herz gebrochen. Oder andersrum. Doch bei dem Anblick geht mir auf, wie gern ich selbst so ein Herz hinterlassen würde, bevor ich sterbe. Als Beweis dafür, dass ich das Leben eines anderen Menschen schöner gemacht habe, allein dadurch, dass ich ein Teil davon war.

Nach dem Tod seiner Mutter ließ Declan oft tagelang kein einziges Lächeln sehen. Aber manchmal konnte ich ihm doch eins entlocken, und das war das tollste Gefühl der Welt. Dass er lächelte wegen mir.

Aber das ist lange her.

Ich lasse meine Finger über die Rinde gleiten, während ich

den Stamm umrunde, und entdecke zu meiner Überraschung auf der anderen Seite ein weiteres Herz. Das ist ein ganz schön flatterhafter Baum.

»Wollen wir zusammen zurückgehen?«

Beim Klang von Gwens Stimme zucke ich zusammen. »Ist es denn schon Zeit?« Ich gucke auf die Uhr an meinem Telefon. *Scheiße.*

Ein Lollistiel ragt seitlich aus ihrem Mund heraus. Sie wischt sich mit dem Bandana an ihrem Handgelenk die Stirn ab und nickt. Über ihre Schulter hinweg sehe ich Declan, der von Stein zu Stein hüpfend auf unsere Uferseite zurückkehrt. Gwen beobachtet, dass ich etwas beobachte.

Sie zieht sich den Lolli aus dem Mund – *plopp* – und dreht den Kopf zu ihm herum. »Was läuft da eigentlich zwischen euch beiden?«

»Meinst du mich und Declan?«

»Nein, dich und Mr Harrison.« Sie lässt ein Grinsen aufblitzen, das genauso schnell wieder verschwindet. »Jetzt im Ernst mal. Ungeklärte Geschichte?«

»Wir sind nur … Wir waren mal gute Freunde.«

Sie bleibt stehen, fotografiert eine Plastikflasche, die mitten in einem Waldblumenbeet liegt, und sammelt sie dann auf. »Hm. Hab ich mir doch gleich gedacht, dass mehr dahintersteckt.«

Der Kameragurt ist eklig warm um meinen Nacken. Ich rücke ihn zurecht und wische mir den Schweiß ab. Gwen und ich sehen beide zu Declan rüber, der oben am Pfad auf uns wartet.

Zuerst zehn Jahre Freundschaft. Und zwar die Art von Freundschaft, bei der man einander in- und auswendig kennt. An welchen Stellen sich Narben befinden und wie sie dorthin gekommen sind. Diesen schrillen Unterton in seinem Lachen nach übermäßigem Zuckerkonsum, oder welche Kaffeevariante ich am Ende eines miesen Tages brauche. Freunde, die satte zwölf Stunden mit Nichtstun verbringen können und sich trotzdem wünschen, es würde noch zwölf Stunden so weitergehen. Die zuhören, selbst wenn der andere falschliegt, selbst wenn sie nur Stuss reden. Freunde, die stinksauer auf das ganze Universum sein können, einander aber nie lange böse sind. Die sich bedingungslos lieben.

Dann sechs Monate das volle Programm. Ein Frühling voller Herzklopfen jedes Mal, wenn er mich seine Freundin nannte, dann der Sommer, in dem ich lernte, was es wirklich bedeutete, zu jemandem zu gehören. Sechs Monate, in denen ich herausfand, wie sein Herzschlag klingt, wenn mein Kopf auf seiner Brust liegt, und wie seine Zunge schmeckt, nachdem er etwas Salziges gegessen hat. Oder dass sein Atem stockt, wenn ich seinen Hals küsse, und dass es kitzelt, wenn er mit der Fingerspitze über mein Schlüsselbein fährt. Zwei Jahreszeiten lang hatte ich mich enger mit einem Menschen verbunden gefühlt, als ich es je für möglich gehalten hatte.

Und dann Oktober bis heute. Neun leere Monate des Garnichtsseins.

»Und du?«, frage ich. »Hast du einen Freund?«

Sie lächelt. »Jason. Er wohnt in Charleston.«

»Fernbeziehung, huh? Das ist hart.«

»So schlimm ist es nicht. Ich habe Familie da unten – es war sogar meine Cousine, die uns einander vorgestellt hat. Ich bin also mehrmals im Jahr da unten zu Besuch und ab und zu kommt er übers Wochenende hoch.«

Mackenzie geht mit federnden Schritten an uns vorbei, dann immer weiter bis zu Declan. Wir holen sie einen Moment später ein.

»Das hat total Spaß gemacht, nicht? Heute ist echt der perfekte Tag zum Fotografieren.« Mackenzie macht ein Foto von Gwen, die sie finster anfunkelt. Sie dreht sich zu mir um. »Was machst du dieses Wochenende?«

»Eigentlich nichts weiter«, sage ich. »Einfach ein bisschen rumhängen.«

»Und du?«, fragt sie Declan. »Hast du heute Abend schon was vor?«

Er deutet mit einem Nicken auf mich. »Cory hat mir von dieser Party erzählt, auf dem alten Campingplatz hinter der Landstraße?«

Cory, du Arsch. Da will er fast nie auf Partys gehen. Und kaum ist Declan wieder da, ist er plötzlich in Feierlaune?

Alle aus meiner Schule werden da sein. Einschließlich Kyle. Und vermutlich noch eine Handvoll weiterer Jungs, mit denen ich im letzten Jahr rumgemacht habe. Das sind zwei Welten, die auf keinen Fall miteinander kollidieren sollen.

»Ja super! Dann gehen wir da alle hin!« Mackenzies Blick pendelt zwischen uns hin und her.

Gwen stupst mich mit der Fußspitze an. »Bist du mit dabei?«

Declan betrachtet mich durch den Sucher seiner Kamera und ich verlagere mein Gewicht aufs andere Bein. Das Problem ist, ich habe Sadie bereits versprochen, dass ich hingehe. Jetzt sitze ich in der Falle. »Ähm … sicher.«

»Yeah!« Mackenzie klatscht allen Ernstes in die Hände und ich muss unwillkürlich lachen. »Aber das Wichtigste zuerst – ich bin hungrig. Mir ist irgendwie nach Thai. Oder vielleicht will ich auch nur ein Sandwich. Harper, kommst du mit essen?«

»Oh, ich …«

»Mann, natürlich. Sie wird ein Nein ohnehin nicht akzeptieren«, fällt Gwen mir ins Wort.

»Willst du damit etwa sagen, ich sei herrisch oder so?«

»Neiiin.« Gwen sieht Mackenzie an und schüttelt vehement den Kopf, dann dreht sie sich zu mir und nickt.

Wir marschieren alle zusammen zurück zum Parkplatz. Mackenzie und Declan gehen dicht nebeneinanderher, stecken flüsternd die Köpfe zusammen und verpassen sich gegenseitig spielerische Rempler. Gwen lässt sich zurückfallen, um neben mir zu gehen, und ich starre beharrlich auf die Stoßstangen der Wagen, an denen wir vorbeikommen. Ich nehme kaum Notiz davon, dass Declan sich den Nacken reibt und über seine Schulter zu uns nach hinten sieht.

Als wir seinen Wagen erreichen, tippt er Mackenzie am Arm an und raunt ihr etwas zu. Sie lächelt und federt zu ihrem Datsun rüber.

Declan lehnt sich gegen den Kofferraum seines Focus und nickt uns zu. »Tschüs, Gwen.«

»Bis später.«

Ich verlangsame meine Schritte, bis ich beinah auf der Stelle trete. »Kommst du nicht mit zum Mittagessen?«

»Diese Runde setze ich mal aus. Aber wir sehen uns heute Abend.«

»Unbedingt!«, sage ich. Und verfluche mich gleich darauf selbst, weil ich so übereifrig klinge. Warum kann ich nicht einfach meine Klappe halten? »Ich meine, cool. Bis später.«

Nope. Auch nicht besser.

Er steigt ins Auto und ich winke, weil ich meine Hände offenbar genauso wenig unter Kontrolle habe wie meinen Mund.

Gwen mustert mich, fährt sich mit der Zunge über die Oberlippe und sieht aus, als würde sie sich krampfhaft das Lachen verkneifen.

»Was?«, frage ich einen Tick zu pampig.

Sie schüttelt den Kopf. »Los geht's, lass uns fahren. Ich verhungere gleich.«

Wir entscheiden uns für das Broad Street Deli. Mackenzie und Gwen verschwinden nach drinnen auf die Toiletten, und ich bleibe draußen, um unseren Tisch zu bewachen. Keine Minute später steht er bereits unter Beschuss.

»Hey, Miststück.«

Ich blicke hoch und mache ein finsteres Gesicht. Lindsay Sullivan. Sie verschränkt die Arme vor der Brust und starrt böse zurück. Hinter ihr entdecke ich Mel Hendrickson, die eine dunkle Sonnenbrille auf der Nase und ein verschlagenes Lächeln im Gesicht hat. Und dann sehe ich Jenny.

Ich lecke mir über die Lippen. »Hi Jen.«

Sie sieht mir in die Augen. Was unser direktester Kontakt ist, seitdem es passiert ist. Ihr Gesicht ist tiefrot. Sie rafft ihre Sachen zusammen und zieht Mel am Arm, als könnte sie gar nicht schnell genug aus meinen Dunstkreis verschwinden.

»Los, Leute, lasst uns gehen«, sagt sie.

Lindsay ignoriert sie. »Und, hast du dich in letzter Zeit mal wieder an jemandes Freund rangeschmissen?«

Ein verrosteter Pick-up röhrt vorbei und wirbelt die stickige Nachmittagsluft auf. Ich überlege, ob ich so tun soll, als hätte ich sie nicht gehört. *Rangeschmissen.* Genau so was regt mich auf ohne Ende. Weil Jake mich genauso angelogen hat wie Jenny. Und wahrscheinlich wäre nicht mal was passiert, hätte Sadie sich nicht mit Jakes Freund verdrückt und mich allein da sitzen lassen. Wäre Sadie jetzt hier, wüsste sie genau mit der Situation umzugehen. Sie würde sich für mich einsetzen. Und sie würde garantiert nicht so einfach klein beigeben.

Aber sie ist nicht hier. Und ich bin nicht sie.

»Tut mir leid«, flüstere ich kaum hörbar. Vielleicht kann Jenny ja Lippen lesen. Lindsay kann es offenbar.

»Als ob eine Entschuldigung von einer Schlampe wie dir irgendwas wert wäre.«

Durch die große Scheibe des Cafés sehe ich Mackenzie und Gwen, die auf dem Weg zurück nach draußen sind. *Scheiße.*

»Ich gehe jetzt«, erklärt Jenny mit fester Stimme. Mel heftet sich ihr an die Fersen. Aber Lindsay zögert noch. Diese Auseinandersetzung kann ich jetzt echt nicht gebrauchen. Außerdem geht Lindsay die Sache überhaupt nichts an.

»Hör mal, sag Jenny einfach, dass ich –«

Mit einem Schlenker aus ihrem mit Armreifen behängten Handgelenk schüttet Lindsay mir ihren restlichen Eistee ins Gesicht.

»Nutte«, zischt sie und weicht von mir zurück, genau in dem Moment, als Gwen durch die Tür tritt. »Hoffentlich kriegst du Chlamydien.«

Gwen stürzt gerade noch rechtzeitig herbei, um Lindsays Abschiedsbemerkung zu hören. »Was zum Teufel sollte *das* denn?«

»Nichts. Nur …« Mit zitternder Hand fasse ich an mein klatschnasses T-Shirt. Es klebt an mir wie eine zweite Haut. »Kacke!«

Mit jedem Luftholen wird mein Atem lauter und schneller. Die Leute gaffen. Verlangsamen im Vorbeigehen ihre Schritte, als wäre ich ein Unfall, bei dem man zwangsläufig hinsehen muss. Blut rauscht in meinen Ohren und ich kneife die Augen zusammen.

Mackenzie nimmt meine Hand und führt mich nach drinnen, bugsiert mich Richtung Toiletten. Wir schlängeln uns durch die Schlange am Tresen hindurch und schieben uns an gut einem Dutzend Tischen vorbei, aber ich fixiere die ganze Zeit Mackenzies Rücken, zu gedemütigt, um irgendjemanden anzusehen. Als wir alle drinnen sind, verriegelt sie die Tür.

»Gib mir dein Shirt.«

Ich ziehe es mir über den Kopf und setze mich auf den Klodeckel. Versuche, wieder normal zu atmen.

Gwen geht neben mir in die Hocke. »Alles okay?« Sie reißt einen Schwung Klopapier von der Rolle und reicht ihn mir.

Die besorgte Falte zwischen ihren Brauen gibt mir den Rest. Diese Mädchen sollten das alles gar nicht über mich wissen. Sie und mein Schulleben sollten nichts miteinander zu tun haben. Das Gleiche gilt für Declan. Aber alles verquirlt sich und ich kann das Mitgefühl in ihrem Blick nicht ertragen. Ich verdiene es nicht.

»Ich habe mit ihrem Freund rumgemacht«, plärre ich los. »Aber nicht von dem Mädchen, das mir den Tee übergekippt hat. Das andere, Jenny. Sie waren beide in meiner Schwimmmannschaft.«

Mackenzie spült mein T-Shirt fertig aus und wirft den Handtrockner an. Ich versuche, es zu erklären.

»Ich habe vor zwei Monaten ziemlichen Mist gebaut. Und er war bei mir, als ich erwischt wurde. Ich habe ihn nicht mal gemocht, aber er hat mir erzählt, sie hätten Schluss gemacht.« Ich ziehe eine Grimasse und wringe das feuchte Papier in meinen Händen. »Aber das hatten sie nicht. Oder noch nicht.«

Schweigend lauschen wir dem Brummen und Surren des Handtrockners.

»Ich hasse mich dafür, dass ich ihr das angetan habe. Ich wollte doch niemandem wehtun.«

Der Trockner verstummt und Mackenzie gibt mir mein T-Shirt. Es ist noch immer klamm, aber nicht mehr so klebrig wie davor. »Wir haben doch alle schon mal Dinge getan, die wir bereuen«, sagt sie.

Ich sehe sie an und die Erkenntnis überrollt mich wie ein Sattelzug. Mackenzie ist das Mädchen, das Declan verdient hat.

»Und Mackenzie und ich stehen hinter dir«, fügt Gwen hinzu.

»Danke.« Ich streife mein T-Shirt über und für einige Sekunden sagt niemand ein Wort. Meine Haut fühlt sich gleichzeitig kalt und erhitzt an. »Wärt ihr … Könntet ihr Declan gegenüber bitte nichts davon erwähnen?«

Sie tauschen einen Blick, bevor Gwen sagt: »Natürlich nicht. Geht ihn gar nichts an.«

Als ich meine Fassung wiedergewonnen habe, ist mir der Appetit nahezu vergangen. Die Mädchen bringen mich noch bis zu meinem Auto.

»Also … sehen wir uns heute Abend?«, fragt Mackenzie.

»Oh.« Ich blicke über meine Schulter auf ein Beet mit Narzissen, die in der Nachmittagssonne alle schlapp die Köpfe hängen lassen. »Ja, vielleicht. Ich bin nicht sicher, ob ich dafür in Stimmung bin.«

Sie beißt sich auf die Lippe und nickt. »Verstehe ich. Aber ich hoffe trotzdem, dass du kommst. Kopf hoch, okay?«

»Danke«, sage ich. Sie umarmt mich noch einmal flüchtig, und ich lächle Gwen zu, bevor ich die Wagentür öffne.

Auf dem Weg nach Hause ist es still im Auto. Als ich in meine Straße einbiege, halte ich am Bürgersteig an und drehe das Radio voll auf. Ich angle das Handtuch, das ich immer mithabe, vom Rücksitz, knülle es zusammen und lege mir das Knäuel über den Mund.

Schreie, bis meine Stimme ganz heiser ist.

8

In unserem Haus herrscht dieser Tage ein empfindliches Gleichgewicht. Rot verheulte Augen und ein T-Shirt voller Teeflecken könnten alles aus dem Lot bringen. Ich schleiche ins Badezimmer hinauf, so leise wie nur irgend möglich.

Heißes Wasser hilft. Ich verbrühe mir fast die Haut, obwohl es draußen sauschwül ist. Aber ich will mich sauber fühlen, und seit dem, was ich im Oktober getan habe, gelingt mir das nur so.

Zudem sitze ich gern in der Wanne. Es ist mittlerweile der einzige Ort, an dem ich so richtig, wirklich allein sein kann. Der einzige Ort, an dem ich zusammenbrechen und unmittelbar danach alle einschlägigen Beweise einfach wegspülen kann.

Zumindest bis der Heißwasserboiler alle ist.

Als ich fertig angezogen bin, rufe ich Sadie an.

»Was soll das heißen, du kommst nicht?«

Ich bin in der Küche, weil es momentan der am weitesten von meinen Eltern entfernte Platz im Haus ist. »Ich hatte heute Nachmittag einen kleinen Zusammenstoß mit Lindsay und Jenny. War ziemlich hässlich. Und außerdem wird Declan da sein und zwischen uns ist ohnehin schon alles so komisch …«

»Ach komm, scheiß auf Lindsay Sullivan. Die ist doch das Allerletzte. Und mit Declan ist vermutlich deshalb alles so komisch, weil *du* dich komisch benimmst. Egal, ich bin sowieso schon auf dem Weg zu dir.«

Ich massiere mir die Schläfen. »Ich muss trotzdem noch meine Eltern fragen.«

»Na, dann frag sie. Ich bin in zehn Minuten bei dir.«

Es wäre gelogen, wenn ich sagen würde, dass ich mit einem anderen Gesprächsverlauf gerechnet habe. Sadie kriegt immer ihren Willen. Aber was soll's, sie hat recht. Ich sollte mich wegen Leuten wie Lindsay nicht verrückt machen.

Meine Eltern gammeln in ihrem Schlafzimmer. Dad liest, während Mom döst. Jetzt, eine Woche nach dem ersten Chemoblock, scheinen die Nebenwirkungen voll zuzuschlagen. Sie wacht gerade auf und reckt sich, als ich über die Schwelle trete.

»Hallo, mein Schatz.«

»Hey.« Meine Arme verschränken sich vor der Brust. »Ich wollte euch fragen … Heute Abend ist diese Party …«

Dad lässt sein Buch sinken. »Oh?«

Mom versucht sich aufzusetzen. »Mit wem willst du dahin?«

»Na ja, ich fahre mit Sadie hin. Aber es werden alle dort sein. Cory und Declan. Diese Mädchen – meine Freundinnen aus dem Fotografie-Kurs.«

Mom stöhnt. Sie schiebt sich über die Bettkante und stößt einen tiefen Atemzug aus. Dad geht ums Bett rum zu ihr hin und kniet sich neben sie. »Musst du aufstehen?«

Sie nickt und er legt seine Hände unter ihre Ellbogen und führt sie an beiden Armen ins Badezimmer. Ich weiche stolpernd zur Seite.

»Mom? Alles okay?«

Sie murmelt, dass alles in Ordnung sei.

Dad sieht über seine Schulter. »Wir reden später über die Party, Harper.«

»Aber … okay. Es ist nur so, dass ich in zehn Minuten losmüsste …« Er antwortet nicht. Mom beugt sich über das Waschbecken, ihr Kopf sackt in ihre Hände. Sie atmet tief durch den Mund ein. »Dad? Kann ich irgendwie helfen?«

»Ich mach das schon. Bis später.«

Er schließt die Badezimmertür.

Sadie redet auf dem ganzen Weg zu ihr nach Hause. Ich lasse das Fenster herunter und beobachte im Vorbeifahren die Kinder, die in ihren Vorgärten durch die Rasensprenger flitzen oder Fußball spielen. Wir verlassen die Reihenhaussiedlung und kommen an Mums Lieblingsblumenladen vorbei und an dem Obst-und Gemüsestand, von dem sie behauptet, dass er die frischesten Erdbeeren hat. Ich schnappe einzelne Fetzen von Sadies Geplapper auf – Will hat sie angerufen und sich nach der Party erkundigt, sie hat extra ein neues Top gekauft –, höre aber nicht wirklich zu.

Dieser Moment bei uns zu Hause läuft wie ein Film in meinem Kopf ab. Wieder und wieder sehe ich Mom, wie sie sich vor Schmerzen windet. Noch nie habe ich mich dermaßen hilflos gefühlt. Ich wusste, dass Mom unter der Chemo schlechte Tage haben und ihr davon übel werden würde. Ich dachte, ich wäre darauf vorbereitet. Aber auf das hier war ich nicht vorbereitet, darauf, dass nichts mehr in meinem Leben meiner Kontrolle unterliegt.

Wir halten am Straßenrand und ich folge Sadie nach drinnen. Sie kickt sich die Schuhe von den Füßen und ich stelle meine Sandalen daneben, folge ihr barfuß ins Wohnzimmer.

»Hey, du bist zu Hause!«, sagt Mr Walker von seinem Schreibtisch in der Ecke aus.

Sadie rauscht an ihm vorbei in die Küche und greift sich eine Diät-Limo aus dem Kühlschrank, bevor sie die Treppe hochpoltert und ihre Zimmertür hinter sich zuknallt.

So behandelt sie ihren Vater, seit ich sie kenne. Sie sind Anfang der neunten Klasse nach Carson gezogen, kurz nachdem die Scheidung ihrer Eltern durch war. In dem Jahr hatten sowohl Cory als auch Declan zu einer anderen Zeit Mittagspause als ich. Die Schwimmsaison war noch nicht angelaufen, und da ich seit der Grundschule immer nur mit Cory und Declan zusammen gewesen war, hatte ich so gut wie keine anderen Freunde. An ihrem ersten Schultag marschierte Sadie in die Cafeteria, als gehörte ihr der Laden, entdeckte mich allein an einem Tisch und setzte sich mir gegenüber. Sie war das selbstbewussteste und, offen gesagt, allerschönste Mädchen, das mir je begegnet war. Modelfigur, eine goldblonde Mähne, die ihr bis zur Taille reichte, und ein geradezu abartig perfekter Teint. Sie war jemand, den man nicht übersehen konnte. Die einzigen Jungen, die sich immun gegen Sadies Reize zeigten, waren Declan und Cory, die keinen Hehl daraus machten, dass sie sie für hohl und hochnäsig hielten, neben einigen anderen erlesenen H-Wörtern. Doch ungeachtet ihrer Abneigung hatte ich natürlich nichts dagegen, als Sadie unerklärlicherweise ausgerechnet mich als Freundin auserkor. Sie spricht nie viel über ihre Mom oder die Gründe für die Trennung ihrer Eltern. Und ich frage auch nicht nach. Im Gegensatz zu anderen Leuten weiß ich nämlich, wenn mich eine Sache nichts angeht.

Ihr Dad sieht mich mit hochgezogenen Augenbrauen an, beinah freudig, so als hätte er sich seit Tagen mit niemandem mehr unterhalten.

»Hi Mr Walker.«

»Harper! Na, dich habe ich ja schon eine halbe Ewigkeit nicht gesehen. Wie läuft's denn so?«

»Gut.«

»Wie geht's deinen Eltern?«

Mein Zeigefinger fährt unter das Haargummi an meinem Handgelenk. Es schnipst gegen meine Haut. »Es geht ihnen gut. Danke.«

»Bestell ihnen schöne Grüße.«

»Das mach ich.« Ich deute unbeholfen auf die Treppe und renne sie hoch, immer zwei Stufen auf einmal, schlüpfe, ohne anzuklopfen, in Sadies Zimmer.

Ihre Wände sind vollgepflastert mit Konzertplakaten und Ausschnitten aus Modezeitschriften, mit einigen Fotos von uns zwischendrin. Sadie holt eine Flasche aus einem Schuhkarton in ihrem Schrank und ich stürze mich fast wie ein Geier darauf. Denn wenn ich heute Abend um diese Party schon nicht herumkomme, brauche ich wenigstens eine Durchstehhilfe.

»Hau rein«, sagt sie. »Heute fahr *ich*.«

Zwei Kurze und eine halbe Dose Boomerang später gelingt es mir, die Erinnerung an meine zusammengekrümmte, würgende Mutter auszublenden, und ich beginne, mich zu entspannen.

Sadie rückt mit einem Glätteisen an. Im Gegensatz zu mir hat sie die nötige Geduld zum Glattziehen meiner Locken, also lasse ich ihr den Spaß.

»Bildhübsch«, sagt sie, als sie fertig ist.

Aus irgendeinem Grund glaube ich ihr jedes Mal, wenn sie das sagt. Einerseits, weil sie selbst bildhübsch ist und demzufolge wissen muss, wovon sie spricht. Andererseits vielleicht auch, weil sie, abgesehen von meiner Mom, die Erste war, die mich so genannt hat.

»Danke.« Geistesabwesend trinke ich noch einen Schluck Boomerang und bereue es sofort. Uärg.

Sie zückt einen Eyeliner und legt letzte Hand an mein Make-up.

»Du siehst so heiß aus. Kyle wird seine Finger nicht von dir lassen können.«

»Weshalb wir auch besser ins Kino gehen sollten.«

Anfangs, als wir miteinander rumhingen, hatten mich die Partys, zu denen Sadie alle naselang eingeladen wurde, nicht groß interessiert. Ich war glücklich und zufrieden damit, sie in die Eisdiele zu schleppen oder von ihr durch die Raleigh-Mall geschleift zu werden. Erst im zweiten Schuljahr hatte sie mich so weich gekocht, dass ich schließlich eine ihrer Einladungen annahm.

Rückblickend betrachtet ist es fast schon lustig, wie eingeschüchtert ich von all diesen Leuten war, mit denen Sadie so abhing. Jedes Mal flehte ich Declan und Cory an, mich doch zu begleiten, wobei ich ihnen nicht krummnahm, dass sie in neunundneunzig Prozent der Fälle ablehnten. Bei diesen Partys bewegten wir uns auf Sadies Terrain und nach wie vor wollten sie nichts mit ihr zu tun haben. Allerdings rollte Sadie meinen besten Freunden auch nicht gerade die Willkommensmatte aus. Ich jedoch dackelte mit ihr mit, denn plötzlich wurde ich von Jungs, die noch nie zuvor ein Wort mit mir gesprochen hatten, mit Aufmerksamkeit überhäuft. Sadies Strahlkraft färbte unweigerlich auf mich ab. Und zunächst gefiel es mir, aus meiner abgeschotteten Blase herauszutreten, hinein in eine unbekannte Welt voller unbekannter Menschen. Als wäre ich aufregender als dieses zu groß geratene, burschikose Mädchen, das niemand auf dem Radar hatte.

Die neue Harper war eine richtige Stimmungskanone.

Sadie zieht eine Augenbraue hoch und tupft mit der Spitze ihres Ringfingers eine frische Glossschicht auf meine Lippen.

»Na ja, was erwartest du denn anderes von Kyle? Er hat vom Honig genascht und jetzt will er den ganzen Topf.«

»Bäh, vielen Dank. Jetzt stelle ich ihn mir die ganze Zeit im Winnie-Pu-Outfit vor.«

»Ha. Pu der Bär. Das wird er nicht mehr los.«

Pu der Bär wird eine herbe Enttäuschung erleben, wenn er denkt, er kriegt Honig aus diesem Topf. Na ja, wenn ich ehrlich bin, ist er nicht das wirkliche Problem. Er ist wie eine Obstfliege: lästig, aber harmlos. Da der Großteil von Carsons minderjährigen Einwohnern plant, auf dieser Party aufzuschlagen, spielen sich in meinem Kopf weitaus erschreckendere Szenen ab. Unter Mitwirkung von Mackenzie.

Ich bin mir nicht mal sicher, ob ich ihr oder Gwen bereits vertrauen kann, und sie sind mir rein gar nichts schuldig. Was hindert sie daran, Declan zu erzählen, was heute Nachmittag passiert ist? Scheiße, die Hälfte aller Leute meiner Schule würde sich auf die Gelegenheit stürzen, mich durchzuhecheln. Declan werden die Gerüchte zwangsläufig zu Ohren kommen. Er findet es ja schon schlimm, wenn man unerlaubterweise in den Pool steigt. Wenn er wüsste, warum ich wirklich letzten Oktober aufgehört habe, mit ihm zu reden, oder dass Jake bei Weitem nicht der einzige Typ war, bei dem mich mein gesundes Urteilsvermögen im Stich gelassen hat, würde er mich für immer mit anderen Augen sehen.

Sadie ist fertig mit meinem Make-up, frischt ihr eigenes auf und stellt sich vor ihren Schrank. Ich mache es mir auf ihrem Bett bequem und wische mir etwas Lipgloss ab.

»Also, wer wird's?«, fragt sie.

»Hä?«

»Wenn Kyle jetzt durch ist, wer kommt als Nächster dran?« Sie streift ihre Shorts ab und schlüpft in einen Stretch-Rock. »Nein, warte, lass mich raten. Könnte es … Declan sein?«

Meine Finger fassen an meine Halskette. »Zwischen Declan und mir wird sich gar nichts abspielen.«

»Hm, hm. Das habe ich doch schon mal irgendwo gehört.«

Sie kramt einen anderen Rock hervor und wirft ihn mir zu. Sie will immer, dass ich ihre Klamotten trage. Aber während die Sachen an Sadie hauteng sitzen, sehe ich aus wie Wurst in Pelle.

»Ich hoffe jedenfalls nicht«, fährt sie fort. »Denn wir wissen doch beide, dass du echt was Besseres haben kannst.«

Im Sommer, als wir in der Achten waren, fiel mir zum ersten Mal auf, dass Declan mich irgendwie anders ansah. Ich hatte ihn zu einem seiner zahlreichen Ausflüge zum Abschlagplatz begleitet, und als sein Ball-Eimer irgendwann leer war, hatten wir beide mordsmäßig Hunger. Ich entdeckte einen Snackautomaten und kaufte jedem von uns eine Tüte mit Salzbrezeln. Mein Wechselgeld steckte ich zurück in den Automaten und wandte mich zum Gehen um. Declan wollte auf die Münzwiedergabetaste drücken, doch ich hielt sie mit der Hand zu.

»Lass es drin«, sagte ich. »Vielleicht versüßt das jemandem den Tag.«

Er ließ es drin, aber erst, nachdem er mir diesen Sekundenbruchteile dauernden Blick zugeworfen hatte – so intensiv und durchdringend, als wollte er sich jeden Millimeter von mir genau einprägen. Dieser Moment spukte mir noch wochenlang im Kopf herum.

Doch als sich der Sommer dann dem Ende näherte und die Schule wieder begann, kam ich zu dem Schluss, dass ich mir diesen Blick wohl nur eingebildet hatte. Und die nächsten zwei Jahre über blieben wir fest im Freundschaftsgebiet verankert. Das ist die wahre Ironie hier. Ohne Sadie wären Declan und ich vermutlich nie ein Paar geworden.

Sie war diejenige, die uns im April des zweiten Highschooljahres den letzten entscheidenden Schubs gab: beim Wahrheit-oder-Pflicht-Spiel an Leah Gilmores sechzehntem Geburtstag. Es war einige Monate nach Natalies Beerdigung und zu diesem Zeitpunkt waren Declan und ich immer noch nicht übers Händchenhalten im dunklen Kinosaal oder beim Waldspaziergang hinaus. Er hatte diese Angewohnheit, mit dem Daumen über mein Handgelenk zu streichen. Manchmal ist die Erinnerung an diese Berührung so lebendig, dass ich sie beinah noch spüren kann.

Declans Dad hatte sich bereits wieder voll in seine Arbeit gestürzt und Cory war nachmittags immer beim Schwimmtraining, während mein eigenes meistens schon früh am Morgen stattfand. Und so fing es an, dass Declan und ich immer mehr Zeit allein miteinander verbrachten. Wir machten stundenlang Hausaufgaben in unserem Baumhaus oder spielten am Ufer des Baggersees endlose Runden »Ich sehe was, was du nicht siehst«. Aber manchmal fühlte sich unsere gemeinsame Vergangenheit an wie eine unüberwindbare Hürde. Als hielte uns die Angst vor weiteren Verlusten davon ab, den Sprung zu wagen.

Tief in mir drin hatte ich geahnt, dass Sadie es tun würde, trotzdem lief ich knallrot an, als sie mich herausforderte, Declan zu küssen. Es würde mein erster Kuss sein, das wusste sie.

Ich rang mir ein gemurmeltes »Kein Problem« ab, hauptsächlich zu meiner eigenen Beruhigung, aber Declan sah mich nicht an. Er war zu sehr damit beschäftigt, Sadie böse anzufunkeln.

»Was ist los, Declan?«, fragte Sadie und ihre Mundwinkel umspielte ein Lächeln. »Schiss vor einem albernen Spiel?« Endlich wendete Declan den Blick von ihr ab und schüttelte den Kopf. Er stand auf und vielleicht sah er auch zu mir runter, doch ich brachte es nicht über mich, den Kopf zu heben.

»Für mich ist das kein Spiel«, erklärte er schroff.

Ich fand ihn draußen auf der Veranda. Die Straßenlaternen warfen kühles Licht auf den Rasen. Es war kalt, ich wickelte die Arme um mich und verharrte kurz zögernd auf der Fußmatte. Declan blickte starr geradeaus, als ich mich neben ihn setzte, und als ich fröstelte, zog er seine Jacke aus und legte sie mir wortlos um die Schultern. Als er endlich sprach, sprach er schnell und sagte, dass es ihm leidtue, aber dass er mich so nun mal nicht küssen wolle – auf Sadies Anweisung und vor aller Augen. Er brach ab, holte tief Luft, dann sah er mich an und lächelte schüchtern. »Aber küssen würde ich dich schon gern.«

»Was ist denn so schlecht an Declan?«, frage ich jetzt. Sadie dreht sich zu mir um und ich sehe hinunter auf den Faltenrock in meinem Schoß. »Ich meine, er hat sich echt gemausert und sieht ziemlich süß aus, oder?«

Sie starrt mich eine Sekunde lang an, mit geschürzten Lippen, dann dreht sie sich wieder zu ihrem Schrank um. »Überlegst du ernsthaft, diesen Weg noch mal einzuschlagen? Nachdem du wochenlang rumgeheult hast, wie sehr du ihn vermisst?«

Sie meint's nicht böse. Das ist einfach Sadies Art von Fürsorge. Genauso war's auch, als die Gerüchte um mich anfingen. Sie verteidigte mich gegen jeden, der es wagte, in ihrer Gegenwart den Mund aufzumachen. Aber sobald wir beide allein waren, schreckte sie nicht davor zurück, mir die kalte, nackte Wahrheit vor den Latz zu knallen.

»Okay, schon klar. Du hast Declan nie gemocht.«

»Als würde dieses Gefühl nicht auf Gegenseitigkeit beruhen. Wenn ich mich recht erinnere, hat er dich quasi angefleht, nicht mehr mit mir rumzuhängen. Aber egal, darum geht's hier gar nicht. Erinnerst du echt nicht mehr, wie lange du das letzte Mal gebraucht hast, um über ihn hinwegzukommen?«

Mein Blick driftet zum Fenstersims rüber und landet auf der Orchidee, die sie letzten Sommer von Christopher, ihrem Ex, geschenkt bekommen hat. Christopher, der Junge, dessen Foto sie noch immer auf ihrem Smartphone hat. Nie würde sie zugeben, dass sie eine Topfpflanze und ein paar verwackelte Fotos aufbewahrt, weil sie Christopher nie wirklich losgelassen hat.

Ich falte den Rock säuberlich zusammen und lege ihn aufs Bett. »Ich erinnere mich.«

»Pass gut auf, wie nah du ihn an dich heranlässt.«

Ein Paillettentop landet neben mir.

»Schlüpf da mal rein«, sagt sie, während sie sich aus dem Rock schlängelt, den sie eben erst angezogen hat, und ihn mit dem Fuß zur Seite schleudert. »Bäh. Meine Schenkel sind so fett geworden. Bevor ich den wieder anziehen kann, muss ich erst mal jede Menge Sport machen.«

»Sadie, du bist ein Strich in der Landschaft. Hör auf.«

Sie rümpft beim Anblick ihres Spiegelbilds die Nase, dreht sich ins Profil und seufzt. »Ohne definierte Muskeln. Gleich morgen fange ich mit Joggen an, das schwör ich.«

Allmählich fühlt es sich so an, wie wenn jemand über seine enttäuschend miesen Schultestergebnisse rumjammert, während man selbst weitaus schlechter abgeschnitten hat. Jedes Mal, wenn Sadie an ihren angeblichen Problemzonen rumkrittelt, vergleiche ich sie automatisch mit meinen. Und glaubt mir, ich gehe dabei als klare Verliererin hervor. Sadie jedoch erzählt mir immer, wie wahnsinnig gern sie meine Beine hätte und dass sie morden würde für meinen Hintern. Aber in Wahrheit beginnt mein Körper sich zu verändern, jetzt, wo ich statt zweimal wöchentlichem Schwimmtraining gar keinen Sport mehr treibe. Und leider hat mein Magen das entsprechende Memo nicht gekriegt und ich habe trotzdem Hunger. Die. Ganze. Zeit.

Ich tausche mein T-Shirt gegen das Glitzertop. »Und, wie findest du's?«

Sadie zerrt an meinen verschränkten Armen, damit ich sie wieder öffne. Sie mustert mich von Kopf bis Fuß und nickt anerkennend. »Das ziehst du heute Abend an.«

Ich betrachte mich im Spiegel. Mal abgesehen von den angefutterten Extra-Kilos sehe ich gar nicht mal übel aus. Das ist ein süßes Top. Ein bisschen eng, aber weniger freizügig, als ich befürchtet hatte. Das Dekolleté ist genau richtig.

Sadie trägt jetzt einen noch kürzeren Rock als vorher. »Fertig?«

»Ja.« Ich schnappe mir meine Tasche und gebe ihr die Flasche, werfe noch einen letzten Blick auf ihre Orchidee, bevor ich hinter ihr durch die Tür gehe. Ihr Dad fährt vom Küchentisch hoch, als wir nach unten kommen.

»Wir hauen ab«, ruft Sadie ihm zu, während sie in ein Paar Wedges schlüpft und mir meine Flipflops zuwirft.

Er schaukelt auf den Fersen vor und zurück und lächelt uns dabei an. »Nicht zu spät werden lassen!«

»Hmkaytschü«, murmelt sie, bereits halb durch die Tür.

Ich verziehe das Gesicht, bis die Schärfe des Wodkas fast abgeklungen ist. Trotzdem brennt mir noch der Hals, als ich zur anderen Seite des Campingplatzes rüberschiele, wo Cory, Gwen und Mackenzie neben dem Bierfass im Kreis zusammenstehen.

»Wer sind diese Mädels überhaupt?«, brummt Sadie und nickt in ihre Richtung.

Sie mustert sie mit *dem* Blick. Dem, bei dem sie mit zusammengebissenen Zähnen die Nase krauszieht und ein klitzekleines bisschen die Oberlippe aufwirft. So sieht sie beinah hässlich aus. Beinah.

Wenn sie jemandem diesen Blick verpasst, weiß ich, dass die nächsten zehn bis fünfzehn Minuten darauf verwandt werden, all die Unzulänglichen desjenigen zu erörtern sowie die vielen verschiedenen Gründe, warum sie sich durch die Person in mehrfacher Weise in unverzeihlichem Maß beleidigt fühlt.

»Gwen ist die Dunkelhaarige; sie macht meist so ein angefressenes Gesicht. Die Blonde heißt Mackenzie. Sie sind beide in meinem Fotokurs.«

»Ist Mackenzie ein Relikt aus den Fünfzigern?« Mit angewiderter Miene mustert sie Mackenzies wadenlangen A-Linien-Rock.

»Wenigstens weiß sie, wer sie ist.«

Ich lasse meinen Blick über die Party schweifen. Ein paar Typen schleppen Holz zu der Lagerfeuergrube in der Mitte der Lichtung rüber, wo eine weitere Jungsgruppe einen Becher nach dem nächsten wegkippt und dabei versucht, das Feuer in Gang zu bringen. Doch es entstehen bloß weiße Rauchschwaden. Offenbar ist ihnen nicht klar, dass das Anmachholz zu feucht ist, und wenn sie in diesem Tempo weitertrinken, sind sie sternhagelvoll, bevor auch nur ein Flämmchen zuckt. Ein paar Leute scharen sich um das Fass, woraufhin Cory und die Mädchen ein Stück davon abrücken. Wenn Cory hier ist, muss Declan auch irgendwo in der Nähe sein.

Ich bin seinetwegen gar nicht so arg von der Rolle, wie Sadie meint. Ich weiß, dass ein einziger Abend nichts ändern wird; dass keine Brücke dorthin zurückführt, wo wir mal gewesen sind. Und es war die Wahrheit, als ich Gwen sagte, wir wären bloß Freunde.

Aber *etwas* hat sich zwischen uns getan, da oben auf dem

Wasserturm, das habe ich gespürt. Und es ist kein komplett abwegiger Gedanke, dass er es vielleicht auch gespürt hat.

»Na ja, ich finde, sie sieht voll lächerlich aus«, sagt Sadie. Sie stellt ihren Fuß auf die vordere Stoßstange und lehnt sich gegen die Motorhaube. »Wer hat die denn eingeladen?«

Ich trinke noch einen Schluck Wodka und ziehe eine Grimasse. »Declan. Gewissermaßen.«

»Das leuchtet ein. Dein Mitleidsfall hat sich seinen eigenen gesucht, um den er sich kümmern kann«, sagt sie. Mein Kiefer verkrampft sich. Entweder bemerkt Sadie es nicht oder es ist ihr egal. »Na ja, was ich eigentlich sagen wollte: Du bist tausendmal heißer als sie.«

Ich weiß, dass Sadie nur nett sein will. Aber ich muss nicht hübscher sein als Mackenzie oder sonst wer.

Ein paar Meter links von mir sehe ich Declan Richtung Partygetümmel schlendern.

»Hey, Declan!« Ich hüpfe vom Auto hinunter und mache einen Schritt auf ihn zu.

Anscheinend hat er mich nicht gehört. Er geht einfach weiter und zerschmettert den Zweig in seiner Hand mit einem kräftigen Hieb an einem Baumstamm. Die unverhohlene Aggressivität der Geste lässt mich stutzen.

Sadie stupst gegen meine Hand, die die Flasche hält. »Na komm, einen letzten, und dann geht's los.«

Ich trinke noch einen Schluck, dann verstaut Sadie die Flasche wieder in ihrer Tasche. Sie greift sich das Anti-Mückenmittel aus dem Kofferraum und wir sprühen uns gegenseitig die Rückseiten unserer Arme und Beine ein. Das Chemiezeugs legt sich wie ein Film auf meine Zunge und ich ducke mich hustend vor der Spraywolke weg.

Wir gehen an der Reihe geparkter Autos entlang zu einer Lichtung, auf der mindestens vierzig Leute in kleinen Grüppchen zusammenstehen. Der Campingplatz liegt mitten im Wald, und alle nutzen den Umstand, dass sie so viel Lärm machen können, wie sie wollen, voll aus.

Jubel bricht los, als das Feuer endlich aufflammt, und es dauert eine Weile, bis sich alle ausreichend beglückwünscht und auf die Schultern geklopft haben. Ich liebe Lagerfeuer – das Knistern und Knacken der glühenden Scheite, der Geruch nach verbranntem Laub, der in den Klamotten und Haaren hängen bleibt. Allerdings versuche ich, Sadie von offenen Feuern möglichst fernzuhalten, und so lenke ich meine Schritte an den Rand der Lichtung, wo Will und ein paar andere Jungs aus unserer Schule zusammen Bierpong spielen.

Zufällig bietet der neue Standort auch freie Sicht auf Declan, der sich inzwischen wieder zu Cory gesellt hat. Ich weiß, ich muss aufhören, ihn anzuglotzen. Das Ding ist nur, dass er dieses grüne Golfshirt trägt, das ich schon tausendmal an ihm gesehen habe. Das weiche aus Baumwolle, das immer nach Citrus-Waschmittel riecht. Nur dass es jetzt völlig anders an ihm sitzt. Als würde es aufplatzen, sobald er die Muskeln anspannt, und auf seiner Brust ein riesiges S zum Vorschein kommen.

Himmel. Ich muss wirklich aufhören, ihn anzustarren.

Gwen fängt meinen Blick auf und winkt mir zu. Ich versuche, ihr mit Gesten klarzumachen, dass ich in einer Minute zu ihr rüberkomme. Ihr Gesicht legt sich in Falten und sie schüttelt den Kopf. Gebärdensprache scheint nicht meine Stärke zu sein. Ich drehe mich wieder zu Sadie um, die mir ein Bier in die Hand drückt. Bevor ich fragen kann, wo sie es herhat, reckt sie beide Arme in die Höhe und öffnet den Mund, während sich ihr Blick auf etwas hinter mir richtet.

»Pu der Bär!«

Ach du Scheiße.

Kyle schlingt mir einen Arm um die Taille und zieht mich seitlich an sich heran. »Hey, Sloan, amüsierst du dich?«

»Yeah!«, sagt Sadie. Sie zwinkert mir zu. »Harper hat gerade eben erst gesagt, wie viel Spaß sie hat.«

»Freut mich zu hören.«

Kyles Hand bleibt auf meiner Taille liegen. Ich schiebe mich von ihm weg und blicke verstohlen zu meinen Freunden rüber. Declan steht mit dem Rücken zu mir. Gwen nickt, als er etwas zu ihr sagt, aber sie beobachtet mich.

Ich muss weg von Kyle.

Kaum denke ich diesen Gedanken, rückt er mir schon wieder auf die Pelle. Seine Hand gleitet um meine Hüfte und seine Finger wurschteln sich in meine Potaschen. Der penetrante Geruch seines Rasierwassers droht mich zu ersticken. Ehrlich mal, was denkt er sich bloß bei dem Zeug?

»Ein schöner Abend für einen Spaziergang. Wenn du später Bock hast.«

Resolut lege ich ihm eine Hand auf die Schulter, damit er bleibt, wo er ist, und mache einen Schritt rückwärts. »Ich gehe jetzt mal zu ein paar Freunden rüber.«

»Cool«, sagt er mit verdächtig glasigem Blick.

Sadie hat sich eng an Will angekuschelt, also spaziere ich allein zu Declan und den anderen hinüber. Als ich mich zwischen zwei Leuten hindurchdrängele, hebe ich den Kopf und sehe Declans starren Gesichtsausdruck. Ich zögere kurz, bevor ich mir weiter meinen Weg bahne.

Er steht allein auf weiter Flur, als ich ihn erreiche. »Hey.«

»Hi.«

»Der Unterricht heute hat echt Spaß gemacht.«

Er nickt und blickt über meinen Kopf hinweg. Schaut überallhin, nur nicht zu mir.

»Geht's dir gut, Dec?«

Endlich sieht er mich an. »Ja, wieso auch nicht?«

Anfangs, nachdem Declan letzten August von hier fort war, hatten wir noch jeden Tag nach dem Abendessen miteinander gesprochen. Sogar an den Abenden, an denen es gar nichts zu erzählen gab, die Abende, an denen wir nur auf unseren Betten lagen und mit dem Telefon am Ohr auf den Atem des anderen lauschten. Wir waren verliebt, wir waren *endlich* zusammen. Und wir waren wild entschlossen, unsere Beziehung nicht durch die Entfernung kaputt machen zu lassen. Doch nach ein paar Wochen fing er an, mir zu entgleiten. Wir telefonierten nur noch jeden zweiten Tag. Und schon bald waren unsere Gespräche schmerzhafter als das Schweigen zwischen uns.

Ich versuchte, mir nicht anmerken zu lassen, wie einsam ich mich ohne ihn fühlte. Ich sagte ihm nicht, dass ich mich oft in den Schlaf weinte oder dass ich es nicht mehr über mich brachte, zum Baumhaus zu gehen. Erzählte ihm nicht, wie sehr es wehtat, wenn er vergaß, mich zurückzurufen. Weil ich nicht *diese* Sorte Freundin sein wollte, die Sorte, die von ihrem Freund so abhängig war, dass sie ohne ihn nicht glücklich sein konnte. Oder so eine, die sich verhielt, als ob *sie* es wäre, die unter seiner schweren Zeit am meisten zu leiden hatte. Also versuchte ich, mit der Situation klarzukommen, so gut es ging. Was, wie sich herausstellte, alles andere als gut war.

Ich grabe mit meinem Zeh in Tannennadeln und Sand. »Keine Ahnung«, sage ich mit zaghafter Stimme.

Gwen steht jetzt drüben am Bierfass, zusammen mit Mackenzie und Cory. Alle außer Mackenzie füllen einen roten Plastikbecher voll. Mein eigener Drink wiegt schwer in meiner Hand. Ich senke ihn auf Hüfthöhe ab.

Wir trinken alle … das könnte erklären, warum Declan so neben der Spur ist. Er hat zwar auch schon Alkohol probiert, aber das war, bevor ein besoffener Autofahrer seine Mutter getötet hat. Soweit ich weiß, hat Declan seitdem keinen Tropfen mehr angerührt.

Doch was hat er anderes erwartet von einer Bierparty im Wald?

Jemand wirft eine Handvoll Tannennadeln ins Feuer, worauf Funken in den Himmel stieben. Die Nadeln gehen in Rauch auf und plötzlich riecht es nach Weihnachten. So wie die unzähligen Nachmittage, an denen ich mit Declan im Wald Verstecken spielte.

»Und?« Ich schiebe mir eine Strähne hinters Ohr. Und da ich meine Hand nicht still halten kann, tue ich es gleich noch mal. »Dein Dad ist bestimmt froh, dich wieder bei sich zu Hause zu haben.«

»Da bin ich mir nicht sicher. Du weißt ja, wie er ist.«

Ich erinnere mich daran, wie er Declan anschrie, weil er das Geschirr nicht abgewaschen oder seinen Basketball in der Einfahrt liegen gelassen hatte. Er brüllte bei jeder Kleinigkeit los, ohne Rücksicht auf seine Familie.

Und dann erinnere ich mich daran, wie er Declan am Tag vor seiner Abreise ins Internat umarmte. Er hielt ihn so fest an sich gedrückt, dass ich schon glaubte, er würde ihn nie wieder loslassen.

»Ich weiß, er ist ein harter Knochen … aber du hast ihn seit Weihnachten nicht mehr gesehen, oder?«

»Ja, na ja. Ich denke, er hat sich einfach dran gewöhnt, allein zu leben. Aber er ist ohnehin die meiste Zeit geschäftlich unterwegs und ich arbeite fast jedes Wochenende auf dem Golfplatz, also werden wir uns in den nächsten zwei Monaten nicht oft in die Quere kommen. Und dann kehre ich ins Internat zurück. Problem gelöst.«

»Oh … dann läuft's an deiner Schule immer noch gut?«

»Ja, super. Richtig super. Danke der Nachfrage.«

Der Wind frischt auf und weht den Rauch direkt zu uns herüber. Wir weichen an den Rand aus und Declan lehnt sich mit abgewandtem Gesicht an den Stamm einer Eiche.

Mit so einem Verhalten habe ich gerechnet, seit ich ihn in Corys Einfahrt gesehen habe. Ich weiß nur nicht, warum er bis jetzt damit gewartet hat. Und ich habe keine Ahnung, was sich seit dem vierten Juli verändert hat.

Es sei denn, ich habe mir die Schwingungen an diesem Abend nur eingebildet. Habe Mitleid mit Zuneigung verwechselt. Und das muss ich wohl, denn so steif und wortkarg, wie er ist, kann ich von Glück reden, dass er sich überhaupt noch mit mir abgibt.

Es war unfair, dass ich neulich so vor ihm zusammengebrochen bin. Ist doch ganz klar, dass er jetzt Grenzen setzen möchte. Vermutlich wünscht er sich, er hätte gar nicht erst wieder angefangen, mit mir zu reden.

Mackenzie kommt zusammen mit Cory zu uns rüber. »Du bist hier! Wow, du siehst ganz anders aus.«

Gwen folgt hinter ihnen. »Sensationell!«

Cory schürzt die Lippen. Offenbar ist er anderer Meinung, aber er kann mich mal kreuzweise.

Ich zwinge mich dazu, nicht zu Declan rüberzusehen, wie er reagiert. »Danke. Ihr beide seht auch toll aus. Mackenzie, der Rock ist der Hammer.«

»Oh, danke!« Sie sieht an sich herunter und lässt den ausgestellten Rock hin und her schwingen. »Ich arbeite bei Second Helpings. Diesem Secondhandladen auf der Ninth Street? Meistens wandert mein Lohn direkt zurück in die Kasse des Besitzers.«

»Mackenzie will mal Kostümbildnerin werden«, fügt Declan hinzu. Er dreht sich zu mir um. »Harper interessiert sich nicht so fürs Theater.«

»Nein, das ist …« Ich sehe Declan mit gerunzelter Stirn an. Was sollte das denn bitte? »Das ist ein tolle Idee«, beende ich meinen Satz.

Gwen räuspert sich. »Willst du noch was trinken, Harper? Ich schon. Komm, wir holen Nachschub.« Sie hakt sich bei mir unter und schleppt mich mit Richtung Fass. »Also, wer war der Typ, mit dem du dich gerade vor etwa einer Minute unterhalten hast?«

»Er ist niemand.« Ich pumpe ein paarmal am Fass und fülle beide Becher voll. »Bloß so ein Typ von meiner Schule.«

»Dann seid ihr beiden also nicht …«

»Nein. Definitiv nicht.«

Sie nickt gedankenverloren und ich werfe einen Blick über meine Schulter. Declan steht jetzt neben den Lautsprecherboxen und redet mit Catherine Daniels. Catherine ist seit der Sechsten in Declan verknallt. Und sollte er es bislang nicht gewusst haben, tut er's spätestens jetzt.

Sie zieht ihn mit sich auf die improvisierte Tanzfläche und schiebt ihm prompt ihren Monsterbusen ins Gesicht.

Tja. Wer kann da schon mithalten.

Mit einem verkniffenen Lächeln entschuldige ich mich bei Gwen und ziehe mich Bier trinkend an den Rand der Lichtung zurück. Je weiter ich mich vom Feuer entferne, desto deutlicher wird spürbar, wie stark die Temperatur seit Sonnenuntergang gefallen ist. Ein neues Lied setzt ein, aber Declan und Catherine tanzen weiter. Ich rufe mir ins Gedächtnis, dass ich keinen Anspruch auf Declan habe. Überhaupt gar keinen.

Und erst recht nicht jetzt, da Catherine ihren Hintern ach so unauffällig an seiner Schrittpartie reibt. O Mann, geht's noch offensiver? Doch Declan scheint es nicht zu stören. Er ist schließlich ein Junge. Und die sind doch alle gleich. Einer wie der andere, völlig ausnahmslos.

Nicht dass es mich irgendwas angeht, wenn er auf Catherine abfährt. Es ist nur so, ich konnte nachvollziehen, warum er sich für jemanden wie Mackenzie interessiert, mit ihrem glänzenden Pferdeschwanz und der superschmalen Taille. Aber jetzt steht er plötzlich auf ein Mädchen, das unbedingt von allen *Cat* genannt werden will? Und die, nur fürs Protokoll, letztes Jahr vorübergehend suspendiert wurde, weil sie an elf aufeinanderfolgenden Tagen gegen die Kleidervorschrift verstoßen hatte. Kein Witz. *Elf Verwarnungen* hat die Tante kassiert. Zieh einfach einen beschissenen Pulli an.

Aber egal, nicht mein Problem. Mir tut einfach nur Mackenzie leid, das ist alles. Ich habe keine Ahnung, was da zwischen ihr und Declan läuft, aber es nicht zu übersehen, dass sie ihn mag. Sie ist hier irgendwo in der Nähe und ich wette, dass sie am Boden zerstört ist, wenn sie die beiden zusammen sieht.

Mit mürrischem Gesicht wirbele ich herum, worauf mein Bier im hohen Bogen aus dem Becher schwappt und nur knapp Gwen verfehlt, die gerade noch rechtzeitig zur Seite springt.

»Was ist denn mit dir los?«

Ich tue so, als würde mich irgendwas auf der anderen Seite der Lichtung interessieren, und sage: »Nichts. Ich mach Party. Lass es so richtig krachen.«

»Komm schon.«

Sie schleppt mich zurück ans Lagerfeuer und setzt sich mir gegenüber hin. Die Flammen lodern jetzt regelrecht. Sogar die Steine rund um die Feuerstelle sind warm. In dem orangefarbenen Licht sehen alle anders aus, ihre Gesichter glühen, während sie zur Musik mitsingen. Ich gebe mich so unbeschwert, wie sie alle wirken, aber ein paar Minuten später checkt Gwen ihr Telefon und sagt: »Zeit für mein Chat-Date mit Jason. Ist es okay, wenn ich dich ein Weilchen allein lasse?«

»Na klar«, antworte ich. Doch kaum ist sie weg, mache ich

einen Sinneswandel durch und wünsche sie mir zurück. Ich will nicht allein auf einer Party rumsitzen. Ich brauche etwas zu tun und, ach herrje, mein Becher ist ja wieder leer. Also nichts wie hin zum Fass.

Ich stehe auf und steige über den Holzstamm hinweg, auf dem ich gerade noch gesessen habe, unterschätze jedoch die Höhe, bleibe mit dem Fuß hängen und strauchle. Genau gegen Declan.

Er fängt mich an der Taille auf und ich klammere mich Halt suchend an seine Schulter.

Und genau so bleiben wir.

Die Wärme seiner Hand breitet sich über meinen ganzen Körper aus. »Und, schön getanzt?«

Okay … das war jetzt nicht der geschmeidigste aller Gesprächsöffner. Trotzdem hoffe ich doch, dass ich noch nicht völlig wie eine von Eifersucht besessene Stalkerin rüberkomme.

»Ja, schon. Cat ist ein nettes Mädchen.«

Am liebsten würde ich ihr an die Gurgel springen.

Ich will einen Schluck trinken, doch mein Becher ist immer noch leer und so starre ich ihn stattdessen nur an.

Wir stehen beide reglos da. Warum hat er immer noch nicht seine Hände von meiner Taille genommen? Ein Typ mit einer Kühlbox quetscht sich an uns vorbei und schiebt mich dabei sogar noch näher an Declan heran. Seit einer Million Jahren hat keiner von uns beiden mehr etwas gesagt. Irgendwer muss jetzt was sagen.

»Hast du meine Karte gekriegt?«, platze ich heraus.

Die Postkarte mit dem hässlichen Bild vom Wasserturm in Carson, die ich letzten Winter im Drugstore in der Innenstadt gefunden und drei Monate lang aufbewahrt hatte, bevor ich endlich den Mut aufbrachte, sie ihm zu seinem Geburtstag im Februar zu schicken.

Er nickt langsam. »Ja, hab ich.«

Meine Ohren fangen an zu glühen, dann meine Wangen. Ich zwinge mich dazu, ihn anzusehen.

»Nur sechs Wörter«, fährt er fort. »›Herzlichen Glückwunsch, Declan. Denke an dich.‹ Sechs Wörter nach monatelangem Schweigen. Was sollte das?«

Ich beiße mir auf die Innenseite meiner Wange und fahre mit der Fingerspitze über die Naht an seiner Schulter. »Ich hab nur … Ich wollte ….« Ich habe vollständig die Kontrolle über meine Finger verloren. Sie schließen sich um seinen Kragen, berühren seine Haarspitzen. Wandern über seinen Nacken. »Ich hab dich so vermisst. Du hast keine Ahnung, wie sehr du mir gefehlt hast.«

Seine Augen schimmern heute Abend dunkelbraun. Seine Lippen öffnen sich und seine Hand rutscht ein Stück an meiner Taille hoch. Und wieder ist da diese Anziehung zwischen uns, wie in der Wasserturmnacht. Ich weiß, er spürt es auch, denn man kann niemanden so ansehen, wie er mich ansieht, und nichts dabei empfinden.

»Du hast mich vermisst?«, fragt er. Ich nicke und er senkt den Kopf. Sein Mund ist jetzt ganz nah an meinem Ohr, und jedes Mal, wenn er atmet, kribbelt es an meinem Hals. Dann dreht er den Kopf und flüstert an meiner Wange. »Bist du zu allen deinen Mitleidsfällen so süß?«

Versteinert. Meine Zunge, meine Lippen. Doch das spielt keine Rolle, weil es keine Worte gibt.

Seine Hände lassen von mir ab.

»Nein, das war nicht … Das hat Sadie gesagt. Ich habe nie …«

»Ist schon okay.« Seine Mundwinkel heben sich, aber es ist kein echtes Lächeln. Es ist schmerzerfüllt. »Schwamm drüber, okay?«

Nein. Ich presse meine Lippen aufeinander und schüttele den Kopf. *Nein.*

Er richtet sich auf und sieht mich nicht mehr an, aber ich muss es ihm beweisen.

Die Zeit scheint stillzustehen, während mein Herz rast. Ich stelle mich auf die Zehenspitzen, bis wir ungefähr auf einer Höhe sind. Mein Blick liegt auf seinem Mund. Dann meine Lippen.

Und dann macht er sich von mir los.

Ich sinke auf die Fersen zurück und in meinem Kopf mache ich alles rückgängig.

Seine Finger schließen sich um mein Handgelenk. »Harp …«

Mit einem Ruck ziehe ich meine Hand zurück. Ich kann nicht sprechen. Wage kaum zu atmen. Ich bin wie gelähmt und kann nicht fassen, dass ich wirklich geglaubt habe, ich hätte ihn verdient.

»Du hast zu viel getrunken.«

Meine Augen huschen zu ihm zurück. »Ich weiß, aber …«

Er hat den Kopf weggedreht und nagt an seiner Oberlippe. Ich folge seinem Blick bis zu Mackenzie. Sie steht neben Cory, mit dem Rücken zu uns. Und zu sehen, wie er sie ansieht, mit dieser Mischung aus Verlangen und Frustration, fühlt sich an, als würde ich Säure trinken. Meine Eingeweide brennen. »Ich will nur nicht, dass du etwas tust, was du am Ende bereust«, sagt er schließlich.

Alle Luft wird aus meinen Lungen gepresst. Nicht nur, dass Declan mich nicht küssen will, er will mich so absolut nicht küssen, dass er sogar bedauert, dass ich überhaupt auf die Idee gekommen bin. Und er hat recht. Was zur Hölle stimmt nicht mit mir? Warum sollte ich Mackenzie so etwas antun wollen? Sie war bisher immer nur nett zu mir. Was für ein Mensch bin ich eigentlich, dass ich nicht meine Finger von Declan lassen kann, obwohl ich genau weiß, dass sie etwas für ihn empfindet?

Meine Augen füllen sich mit heißen Tränen, die er nicht sehen soll. Ich taumle rückwärts und alles um mich herum – das ohrenbetäubende Stimmengewirr und der dumpfe Bass, das Durcheinander von trinkenden, herumfuchtelnden Menschen – all das stürzt in sich zusammen.

»Zu spät.«

9

Alles bewegt sich wie in Zeitlupe. Nur ich bewege mich nicht, sondern stehe wie festgenagelt vor Declan und suche die Menge nach einem Fluchtweg ab. Mein Blick trifft auf das Lagerfeuer, folgt dem aufsteigenden Rauch, der sich grau gegen den beinah schwarzen Himmel abhebt. Ich mache einen Schritt rückwärts, genau im selben Moment, als Sadie mich von hinten umarmt.

»Hab ich dich!«

Sie drückt mir die Wodkaflasche in die Arme und rutscht dicht an Declan heran. Sie lächelt ihn an, und ich weiß, was dieses Lächeln bedeutet. Was soll es bei Declan?

Ich nehme einen Schluck aus der Flasche. Sie legt ihm eine Hand auf die Schulter, genau dorthin, wo eben noch meine war. Seine Augen wandern zu ihrem Gesicht. Ich genehmige mir noch einen ordentlichen Schluck.

»Lange nicht gesehen«, trällert sie verführerisch.

»Hallo, Sadie.«

»Weißt du was, Harper? Du hattest recht«, sagt sie, ohne den Blick von ihm abzuwenden. »Er ist wirklich ziemlich schnucklig geworden.«

Sie lächelt kokett. Ich blinzele. Oder vielleicht zwinkere ich auch. Warum zum Teufel hat sie das gesagt?

Ihr Blick ruht auf meinen Armen, die vor meiner Brust überkreuzt sind. Ich verlagere mein Gewicht und lasse sie seitlich an meinem Körper herabhängen.

»Also, Leute. Was habe ich verpasst?«

Ich lege mir eine Hand auf den Brustkorb. Er ist wie zugeschnürt. Zu eng zum Atmen.

Sadie will eine Antwort.

»Wir haben uns nur … erzählt, was es so Neues gibt.«

»Ah. Ganz wie in alten Zeiten, was, Ducklan?«

Sadies Spitzname für Declan ist eher nervig als beleidigend. Trotzdem strafft er seine Schultern, sodass ihre Hand bis zu seinem Ellbogen herunterrutscht.

»Richtig«, sagt Declan.

Und es stimmt. Genau wie in alten Zeiten versucht Sadie, Declan zu provozieren, und tut alles, um ihn zu reizen. Obwohl sie ganz genau weiß, dass sie mich damit genauso reizt. Das ist längst nicht mehr witzig, nicht, dass es das je war. Wenn Sadie mich auf diese Art davor bewahren will, dass mir wehgetan wird, dann bin ich ohne ihren Beistand vermutlich besser dran.

»Oh, hier seid ihr«, sagt Cory, als er sich zu uns gesellt. Mackenzie und Gwen unterhalten sich immer noch ein Stück abseits. »Hey, als wir uns das letzte Mal gesehen haben, hast du doch gerade in Harpers Büsche gekotzt, oder?«

Ich schließe meine Augen, und als ich sie wieder öffne, ist Sadies Lächeln erloschen. Und sie hat auch ihre Hände von Declan genommen.

»Wer weiß denn das heute schon noch?«

»Na, du vermutlich nicht.«

Sadie funkelt ihn an.

Er ist unbeirrt. »Filmriss, schon vergessen?«

Declan grinst über Corys Spruch und ich lehne mich nach

vorn, um zu sagen … Was? Keine Ahnung. Irgendwas. Aber ich bin nicht schnell genug. Sadie fegt zu mir herum und reißt mir die Wodkaflasche aus der Hand.

Sie schüttelt sich die Haare über die Schulter und wirft mir ein lässiges Lächeln zu, als Gwen und Mackenzie zu uns stoßen.

»Tja, okay. Dann erzählt euch mal schön, was euch so passiert ist in letzter Zeit. Und apropos alte Freunde …« Sie späht über ihre Schulter nach hinten. »Ich hab vorhin Jake Thornton hier irgendwo gesehen. Oh, und da ist ja auch Jenny.« Sie dreht sich mit kampflustigem Blick zu mir um. »Zähne zeigen, Harper.«

Sie stürmt davon, und obwohl ich krampfhaft versuche, niemanden anzusehen, kriege ich sehr wohl mit, wie sich Gwens Augenbrauen heben.

Cory schneidet eine Grimasse und wendet sich zu Mackenzie um. Gwen zögert kurz und sieht auch weg.

Und ich kann nirgendwohin, kann aber auch nicht hierbleiben. Es fühlt sich an, als hätte das Lagerfeuer allen Sauerstoff aus dem Wald gesogen. Wie konnte ich das bloß zulassen? Wie konnte ich nur glauben, dass er mich noch immer wollen würde, nach allem, was ich getan habe, nach dem, was aus mir geworden ist. Ich bin ein Nichts.

»Wie ich sehe, seid ihr beiden immer noch BFFs«, sagt Declan.

Der Boden schlingert und ich versuche zu nicken, aber mein Kopf fühlt sich schwer an.

Er nickt ebenfalls, dann legt er den Kopf schräg. »Mit alten Gewohnheiten zu brechen ist halt schwer.«

Meine Arme überkreuzen sich wieder vor meiner Brust. Ich drücke fest gegen meine Rippen und mache einen Schritt rückwärts, remple jemanden an, drehe mich um und schlängele mich zwischen Körpern hindurch.

Ich schaffe den halben Weg zum Auto zurück, vorbei an einem Typen, der gegen einen Baum pinkelt, und einem Mädchen, das hinter einen anderen kotzt, und wische mir im Gehen mit den Handballen den verschmierten Eyeliner weg, denn es gibt kaum etwas Peinlicheres, als »das Mädchen, das auf dieser Party geheult hat« zu sein. Und für diesen Abend ist das Maß an Demütigungen voll.

Gwen holt mich ein. »Was ist denn da eben passiert?«

Ich schüttele den Kopf.

»Okay … ähm, ich denke, in ein paar Minuten werden wir alle den Abflug machen.«

Über ihre Schulter hinweg sehe ich Kyle. Er lehnt an einem Kartenspieltisch und raucht eine Zigarette. Er wird die Scharte nicht auswetzen können. Aber er kann mich heute Abend ablenken.

Ich nehme Blickkontakt zu ihm auf. Drei. Vier. Fünf Sekunden. Lange genug. Er lässt ein großspuriges Grinsen aufblitzen.

»Sollen wir dich mitnehmen?«, fragt Gwen.

»Nein. Danke.« Ich beobachte, wie Kyle die um ihn gescharten Mädchen stehen lässt und sich an die sichere Beute ranpirscht. »Ich bleib noch hier.«

»Oh … okay. Aber falls ich dich später holen soll, ruf einfach an. Komm, gib mir mal dein Telefon.« Sie schnappt es sich und speichert ihre Nummer in meine Kontaktliste ein. »Kannst jederzeit anrufen.«

Ich bedanke mich nochmals, obwohl ich bereits weiß, dass ich nicht anrufen werde. Ich werde meinen Eltern erzählen, dass ich bei Sadie übernachte. Sobald wir wieder nüchtern sind, fahren wir dann zu ihr nach Hause. Das machen wir immer so.

Kurz darauf bleibt Kyle vor mir stehen. »Spaziergang?«

Sein Arm legt sich um meine Schultern und er führt mich den Weg hinunter zu seinem Ford Escape. Jenseits der Bäume und abseits der Party ist die Musik leiser. Weit entfernt. Ich kann meine eigenen Schritte hören und wie Kyle den Rauch seiner Zigarette ausstößt. Seine ganzen Kumpel, die um seinen Wagen rumlungern, sind plötzlich brennend daran interessiert, mit einem Ball rumzukicken, und verschwinden.

Er öffnet den Kofferraum und klappt den Deckel einer Kühlbox auf.

»Weißt du …« Er dreht den Kronkorken einer Bierflasche ab und hält sie mir hin. »Ein paar von uns wollen hier draußen zelten. Bleib doch auch.«

»Ich warte nur auf Sadie.«

Er trinkt einen Schluck Bier und zieht eine Augenbraue hoch. Ich weiß genau, dass er das Gleiche denkt wie ich: Ich werde ein Weilchen warten müssen.

Er pflanzt sich auf die Ladefläche des offenen Kofferraums und zieht mich an der Hand hinterher, sodass ich neben ihm lande. Ich sträube mich nicht.

»Kein Problem. Dann vertreiben wir uns eben nett die Wartezeit.«

Sein Arm landet wieder auf meinen Schultern und er hält mir seine Zigarette hin. Mit halb geschlossenen Lidern sieht er zu, wie ich mich nach vorne beuge und einen Zug nehme. Ich puste den Rauch in den Himmel Richtung Sterne.

Ich drehe die Bierflasche zwischen den Händen und warte, während er seinen letzten Zug macht und die Kippe ausdrückt. Seine Hand gleitet unter mein Haar und in meinen Nacken. Wie aus dem Handbuch für Nachwuchsverführer. Sein Daumen fährt an meinem Wangenknochen herab, dann beugt er sich näher an mich heran, und ich weiß genau, was er als Nächstes tun wird. Ich weiß es. Und obwohl er nicht Declan ist, obwohl er mir absolut gar nichts bedeutet, weiß ich auch, was *ich* als Nächstes tun werde.

Ich werde mich von Kyle küssen lassen.

10

Fünf Wochen nach Therapiebeginn habe ich Mom noch kein einziges Mal weinen sehen. Aber deshalb kann ich nicht so tun, als würde ich sie nicht hören.

Ich sitze auf meinem Bett und gehe alle Fotokurs-Bilder von letzter Woche durch, wobei meine Aufmerksamkeit vor etwa einer halben Stunde von dem am Fluss aufgenommenen Declan-Schnappschuss gefesselt wurde. Als ich höre, wie sie das Wasser in ihrer Dusche abdreht, klappe ich meinen Laptop zu und stelle ihn beiseite. Moms Schluchzen dringt durch die Wand und bebt in mir nach, rüttelt mir jeden Gedanken an Declan oder das katastrophale Lagerfeuer vom letzten Wochenende aus dem Kopf.

Ich warte kurz, damit Mom sich noch anziehen kann, bevor ich nach ihr sehen gehe.

»Mom?«, rufe ich von draußen durch die Badezimmertür. »Alles okay? Soll ich Dad holen?«

»Nein, Schatz«, sagt sie hoher Stimme. Sie räuspert sich. »Nein, mir geht's gut.«

Ich zögere auf der anderen Seite, drehe mich schon halb weg, bevor ich dann doch nach dem Türknauf greife. »Ich komme rein, okay?«

Keine Antwort. Ich drücke die Tür auf. Sie sitzt auf dem Badewannenrand, in ein Handtuch gehüllt. Ihre Hände liegen zu lockeren Fäusten geballt in ihrem Schoß, dicke Haarbüschel ragen heraus. Weitere sind über die feuchte Badewanne verteilt. Sie weint noch immer, mittlerweile allerdings lautlos. Versucht es zu verstecken.

Natürlich haben wir gewusst, dass es passieren würde. Vor einer Woche fing es an, dass sie nach dem Aufwachen braune Haarsträhnen auf ihrem Kissen fand. Wir haben sogar zwei Perücken gekauft. Wir waren vorbereitet. Aber die Übelkeit und die Müdigkeit nach jedem Mal Chemo sind das eine. Doch die vielen Haare zu sehen – eine unglaubliche Menge, wenn man bedenkt, wie viele sie noch auf dem Kopf hat –, das ist etwas ganz anderes. So wie sie auf ihre Hände starrt, weiß ich, dass sie das Gleiche denkt. Es zu sehen, macht den Krebs real.

Ich schnappe mir den Abfalleimer unter dem Waschbecken und halte ihn ihr hin. Sie hebt die Hände darüber und klopft sie sich ab. Dann helfe ich ihr ins Bett, mitsamt Handtuch und allem. Sie zieht sich die Decke bis unters Kinn, und ich gehe zurück ins Bad, um die Wanne auszuspülen.

Meine Hände zittern, und am liebsten würde ich weglaufen und mich im Wald verstecken, bis das alles vorbei ist, denn das kann ich am besten. Vor Problemen Reißaus nehmen, für die ich keine Lösung habe. Aber das hier ist meine Mutter und ich darf sie jetzt nicht einfach alleinlassen, und so konzentriere ich mich auf die eine Sache, die ich wieder in Ordnung bringen kann.

Nachdem ich fertig bin, lege ich mich neben sie. Sie streichelt mir die Wange so wie früher, als ich klein war. Es ist beängstigend, wie schnell der Krebs ihr ganzes Wesen vereinnahmt hat. Er zeigt sich überall, in den restlichen Haaren auf ihrem Kopf und den tiefen Rissen in ihren Lippen. Ich sehe ihn auf ihren Wangenknochen, die sich Woche für Woche schärfer abzeichnen, und an den wunden Stellen in ihrem Mund, die sie davon abhalten, irgendwas Richtiges zu essen.

Jeder sagt, dass ich meiner Mutter wie aus dem Gesicht geschnitten bin – die Augen und die vollen Lippen. Es macht mir Angst, wie viel Mühe ich habe, die Frau neben mir wiederzuerkennen.

Ich stütze mich auf einen Ellbogen. »Soll ich mir aus Solidarität auch den Kopf kahl scheren?«

»Wehe!« Sie zwirbelt eine meiner Locken zwischen ihren Fingern.

Ich versuche, ihr Lächeln zu erwidern, aber es fühlt sich falsch an. »Und ich soll dir wirklich nichts bringen. Sicher?«

»Nein danke.« Sie lässt sich in ihr Daunenkissen sinken. »Alles prima.«

Ich bin zu spät für den Kurs. Ich habe sofort das Haus verlassen, als Dad nach oben kam, um nach Mom zu sehen, aber danach bin ich fünfundvierzig Minuten einfach ziellos durch die Stadt gefahren. Jetzt ist der Parkplatz vor dem Gemeindezentrum bis auf die letzte Lücke voll und so muss ich meinen Wagen auf der Rückseite des Gebäudes abstellen. Ich gehe durch den Seiteneingang, der gleich neben dem Hallenbad liegt. Als ich am Fenster vorbeigehe, werde ich langsamer. Nur eine einzige Person zieht im Wasser ihre Bahnen und ich wünschte, ich könnte mich dazugesellen. Hätte ich einen Schwimmanzug dabei, würde ich den Fotokurs vermutlich sausen lassen.

Es ist jetzt vier Monate her, seit ich das letzte Mal in einem Pool geschwommen bin. Und ja, zugegeben: Jedes Mal, wenn ich Cory zum Training gehen oder in meinem Schrank den Mannschaftsanzug liegen sehe, vermisse ich das Schwimmen mit allem Drum und Dran. Das Brennen in meinen Lungen auf der letzten Bahn, den Chlorgeruch. Und den Jubel meiner Mannschaftskollegen. Diese Freunde und das Gefühl, Teil einer Gemeinschaft zu sein, das sind die Dinge, die mir am meisten fehlen.

Mr Harrison ist gerade dabei, das Foto eines anderen Kursteilnehmers zu besprechen, als ich in den Raum schlüpfe. Auf meinem Platz sitzt Mackenzie, flankiert von Gwen und Declan. Auf der anderen Seite von Declan ist noch ein Stuhl frei. Vielleicht hat er ihn für mich frei gehalten.

Vermutlich nicht.

Ich gehe an ihnen vorbei und lasse mich an der gegenüberliegenden Wand nieder. Nachdem ich meinen Platz fertig eingerichtet habe, versuche ich mich auf Mr Harrisons Erklärungen zu Belichtungszeit und Blendeneinstellung zu konzentrieren, aber meine Augen wandern ständig zu Declan rüber. Ich kann immer noch nicht fassen, dass ich versucht habe, ihn zu küssen.

Ich erinnere mich noch an jeden einzelnen unserer Küsse. Unseren zweiten hab ich immer am schlimmsten gefunden. Da waren zwei Wochen vergangen seit Leah Gilmores Party und wir hatten seitdem kaum miteinander gesprochen. Und auch an diesem Abend saßen wir schweigend nebeneinander in seinem Garten im feuchten Gras und beobachteten die Glühwürmchen zwischen den Kiefern. Wir fürchteten uns. Oder zumindest ich fürchtete mich. Ich hatte eine Heidenangst, dass unser erster Kuss alles kaputt gemacht hatte. Angst, dass es nie wieder dazu kommen würde. Und vor allem Angst, dass Declan mich nur wollte, weil ich noch aus dem Leben stammte, das er mit Natalies Tod verloren hatte.

Aber dann beugte er sich nah an mich heran, bis er nur noch einen Zentimeter von meinem Gesicht entfernt war. Er flüsterte meinen Namen und ich schloss die Lücke zwischen uns.

Ich wollte im siebten Himmel schweben, aber alles, was ich spürte, war Declans Kummer. Er floss über davon, und während sich seine Lippen fest auf meine pressten und seine Hand sich in mein Haar vergrub, wurde ich plötzlich von Zweifeln überflutet.

Jede Faser in meinem Körper protestierte, als ich mich von ihm löste.

»Was ist? Habe ich …? War das okay so?«

Ich nickte, sagte aber kein Wort, bis er mir sacht eine Strähne hinters Ohr strich. »Was bin ich für dich?«

Er schreckte sichtlich zurück angesichts dieser Frage. »Was du für mich bist? Harper, du bist alles für mich.«

»Ich kann nicht alles sein.« Ich schüttelte den Kopf und zupfte an den taunassen Grashalmen.

»Na ja …« Er runzelte die Stirn. »Was willst du dann sein?«

»Ich will …«

»Also, was bin ich denn für dich?«

Ich stieß ein zittriges Lachen aus und wischte mir die Hände an meiner Jeans trocken. Meine Stimme war nicht lauter als ein Flüstern. »Alles.«

Er grinste und nahm meine Hand. »Dann sind wir das jetzt wirklich? Sind wir zusammen?«

Mein Lächeln entglitt mir, während meine Fingerspitzen über seine Hand strichen. Ich wollte für ihn da sein, in jeder nur erdenklichen Weise. Doch ich war mir nicht sicher, ob ich so viel von mir selbst geben konnte, zumindest nicht, wenn diese Küsse für ihn womöglich etwas anderes bedeuteten als für mich. »Hättest du das auch gewollt, wenn die Dinge anders gekommen wären? Ich meine … seit wann hast du …?«

»Du machst Witze, oder?« Declan veränderte seine Position und blickte mir die Augen. »Sechste Klasse, als du zu Halloween als Alice im Wunderland gegangen bist? Dreimal darfst du raten, warum ich mich unbedingt als der verrückte Hutmacher verkleiden wollte. Weshalb komme ich wohl jeden Morgen zu eurem Haus gelatscht, um noch vier Minuten länger mit dir im Bus sitzen zu können? Harper, ich bin in dich verschossen, solange ich denken kann.«

So großartig, wie jener Abend auch endete, dieser zweite Kuss war dennoch der schrecklichste, verzweifelteste, den es je zwischen uns gegeben hatte. Bis zu dem Kuss bei der Lagerfeuer-Party.

Wir werden nie wieder ein normales Gespräch führen können. Was von unserer Freundschaft noch übrig war, ist unwiederbringlich hinüber. Und alles, was darüber hinausgeht … Tja. Es spielt keine Rolle, was ich mir in meiner Blödheit alles ausgemalt habe. Ob ich mich tief in meinem Inneren nach Declan verzehre. Dieser nagende Hunger quält mich nicht grundlos. Er ist eine notwendige Erinnerung daran, dass ich meine Chance hatte. Und dass sie jetzt vorbei ist.

Zu viel ist passiert, seit er weggegangen ist, und außerdem hat er Mackenzie. Woran ich hätte denken sollen, bevor ich seine Lippen attackiert habe.

Oh Mann, sein Gesichtsausdruck, als er sich von mir losmachte! Mitleid pur. Das war es. Und es gibt eigentlich nichts Schlimmeres, als wenn sich jemand, den man liebt, für einen schämt. Nicht dass ich Declan *liebe*. Nicht so. Nicht mehr. Ich war einfach nur betrunken und das Ganze ist so eine Art Restschwärmerei. Der Kuss hatte nichts zu bedeuten.

Er schnappt sich Mackenzies Notizblock und kritzelt etwas auf den Rand, dann gibt er es ihr zurück. Sie lächelt und fängt an, eine Antwort zu schreiben.

Die Seite vor mir ist noch immer leer. Ich beginne, jede zweite Linie mit einem Schatten zu versehen, drücke mit dem

Stift fester und fester auf, bis das weiße Blatt allmählich schwarz wird.

Ich sollte mich für ihn freuen. Und außerdem ist Kyle gar nicht so übel, jetzt, wo ich ihn ein bisschen besser kennengelernt habe. Er ist genau das, was ich suche. Ein belangloser Sommerflirt.

Mackenzie kichert auf der anderen Seite des Raums. Ich sehe auf und begegne Declans Blick. Er lacht nicht mit. Eine Falte bildet sich zwischen seinen Augenbrauen und es kommt mir so vor, als schaue er geradewegs durch mich hindurch, als könnte ich nicht bestimmen, welche Seiten von mir er sehen darf.

Seine Lippen öffnen sich, als wollte er mir stumm etwas sagen.

»Miss Sloan, wie würden Sie es nennen?«

Ich lasse meinen Stift fallen. Mr Harrison betrachtet das an die Wand projizierte Blumenfoto, das ich für heute als Hausaufgabe geknipst habe.

»Nennen?«, frage ich.

»Ja, geben Sie ihm einen Titel.«

»Oh, ähm …« Ich strecke den Rücken und setze mich etwas aufrechter hin. Es ist nur ein dämliches Foto. Aufgenommen an einem Tag, an dem der Garten meiner Mutter ganz hübsch aussah. »Ich weiß nicht.«

»Und genau das könnte das Problem sein.«

Sehr witzig, mir war nicht klar, dass ich ein Problem habe.

»Versuchen Sie zu überlegen, was Sie mit dem Foto aussagen wollen, bevor Sie den Auslöser drücken. Vielleicht hilft Ihnen das ja beim nächsten Mal.«

»Sicher. Danke.«

Ich lasse mich in meinen Stuhl zurücksinken und fahre damit fort, alles Helle dunkel zu machen, bis die Stunde vorbei ist. Ich halte meine Augen die ganze Zeit aufs Blatt gerichtet.

11

Die »All-Ages-Party« in der Bourbon Lounge findet einmal im Monat statt und ist quasi ein Pflichttermin. Die Truppe, mit der ich hier bin, hat sich zwar noch nicht hineinbemüht, aber da uns so langsam der Stoff zum Vorglühen ausgeht, ist es nur noch eine Frage der Zeit. Kyle sitzt im offenen Kofferraum seines Autos. Er nimmt einen Schluck aus einer Trinkflasche und hält sie mir hin. Ich schüttele den Kopf.

Kyle reicht die Flasche an Sadie weiter, dann hakt er seinen Finger in meiner Gürtelschlaufe ein. Das tut er jetzt ständig. Er zieht mich an sich heran, sodass ich zwischen seinen leicht gespreizten Beinen stehe, und lässt seine Hände an meiner Hüfte hochgleiten. »Bist du sicher, dass du nichts trinken willst?«

»Jep.« Sosehr ich ein wenig Hilfe gebrauchen könnte, um die rasenden Gedanken an Moms Haare in der Wanne zu stoppen, muss wenigstens einer von uns so weit nüchtern bleiben, um noch fahren zu können. Ich drehe meinen Kopf wieder zur Seite und Kyle lässt mich los.

Er steht auf und knallt die Kofferraumhaube zu, dann hängt er mir seinen Arm über die Schultern. »Los, Leute, lasst uns reingehen, okay?«

Sadie ist bereits tief in ein nicht ganz so tiefgründiges Gespräch mit Mike Sanders versunken. Ihr neuestes Opfer.

Ich meine, Objekt der Begierde.

Sie verstaut die halb leere Trinkflasche ganz unten in ihrer Tasche und folgt uns zum Eingang. Keiner von uns sagt ein Wort, bis wir am Türsteher vorbei sind, doch drinnen angekommen, stößt Sadie einen spitzen Schrei aus und zieht Mike mit sich auf die Tanzfläche.

»Willst du tanzen?«, fragt Kyle.

»Eigentlich nicht.«

Er schiebt seine Hände vorne in die Hosentaschen und sieht sich im Raum um. Das Bourbon ist ein ehemaliges Tabaklager, das zu einem Veranstaltungsort inklusive Restaurants und Geschäften umgebaut wurde. Die Decke des Hauptsaals wird von dicken Holzpfeilern gestützt und die freigelegten Backsteinmauern sind mit Porträts von Jazz- und Rockmusikern übersät.

Die Bühne ist ein lang gezogenes Podest mit roter Samtverkleidung. Ganz vorn hängen große reisgefüllte Jutesäcke für eine bessere Raumakustik. Die Band spielt bereits und erfüllt den Raum mit satten Bläserklängen und einer spürbaren Energie.

Ich lasse Kyle stehen und gehe zur Bar rüber. Ich schwinge mich auf einen der Barhocker, mache den Barkeeper auf mich aufmerksam und bestelle eine Cola. Kyle setzt sich auf den Hocker neben mir und wirft mir von der Seite einen Blick zu.

»Hey.« Er dreht sich zu mir herum und tätschelt mir das Handgelenk. Zu vertraulich, diese Geste. Ich ziehe ihm meine Hand weg. Sein Lächeln gefriert, und ich frage mich, ob ich es tatsächlich geschafft habe, seine Gefühle zu verletzen. Er räuspert sich. »Du siehst wirklich hübsch aus heute Abend. Ich weiß nicht mehr, ob ich dir das vorhin schon gesagt habe, aber … ja.«

Ich nippe an meiner Cola, dann tippe ich nacheinander mit jeder Fingerkuppe einzeln auf die Tresenfläche. »Danke.«

Ich merke, wie ich mich innerlich wappne und nur darauf warte, dass er jeden Moment meinen Nacken berühren oder näher heranrutschen wird. Aber stattdessen lehnt er sich unter nochmaligem Räuspern auf seinem Barhocker zurück.

»Die Bulls sind diese Saison echt sensationell.«

»Oh … cool.«

»Hm. Bist du je bei einem Spiel gewesen?«

Auf der anderen Seite der Bar steht Declan neben Mackenzie an einem Stehtisch. Cory und Gwen sind auch mit dabei. Ein Typ, den ich noch nie gesehen habe, hat einen Arm um Gwens Taille gelegt. Ich beobachte, wie Mackenzie sich auf die Zehenspitzen stellt und Declan etwas ins Ohr flüstert, worauf er den Kopf nach hinten legt und loslacht.

Ich steche mit meinem Strohhalm auf die Eiswürfel in meinem Glas ein. Kyle sieht mir dabei zu, während er auf eine Antwort wartet. »Entschuldige, was hast du gesagt?«

»Ein Spiel. Ein Durham-Bull-Spiel. Schon mal eins gesehen?«

»Oh. Ich glaube, ja. Als ich noch klein war.«

»Vielleicht können wir uns ja mal zusammen eines anschauen gehen?«

Das muss Gwens Freund sein. Und vermutlich ist er nur übers Wochenende in der Stadt. Es wäre unhöflich, ihm nicht Hallo zu sagen.

»Ja, vielleicht. Ähm. Ich bin gleich wieder da.« Ich lasse mich vom Hocker gleiten und gehe zu ihnen rüber.

Als ich ihren Tisch erreiche, ist Declan verschwunden. Ich drehe mich um und lasse meinen Blick über die Menge schweifen.

»Suchst du jemanden?«, fragt Mackenzie.

»Nein.« Ich verlagere mein Gewicht und stelle mich aufrechter hin. »Nö.«

Sie dreht sich zu Gwen um. »Hey, weißt du, wo Declan hin ist?«

Gwen zuckt mit den Schultern. »Harper, das hier ist mein Freund Jason.« Sie schlingt einen Arm um seine Taille und strahlt ihn an.

Jason entspricht nicht gerade der Vorstellung, die ich mir von Gwens Freund gemacht hatte. Irgendwie hätte ich einen exzentrischen Musiker erwartet, der von Kopf bis Fuß zutätowiert ist. Oder wenigstens ein Piercing hat. Aber mit seiner blonden Igelfrisur und seiner militärisch aufrechten Körperhaltung ist Jason der Inbegriff des netten Jungen von nebenan und toppt damit sogar noch Cory.

Ich beuge mich vor und wir schütteln uns die Hände. »Schön, dich kennenzulernen.«

»Ja, ebenso. Guinevere hat mir schon viel über dich erzählt.«

Meine Augen werden groß und ich kneife die Lippen fest zusammen, im Bemühen, mich zu beherrschen. Guinevere hat bereits drohend den Finger erhoben.

»Wehe. Denk nicht mal dran. Es ist dir zu hundert Prozent verboten, mich jemals Guinevere zu nennen.«

Mir bleibt das Lachen im Hals stecken, als ich Sadie auf der Tanzfläche entdecke, in Sandwich-Formation mit Mike und Kyle. Natürlich ist das kein großes Ding, ich versteh nur nicht, warum sie unbedingt mit beiden gleichzeitig tanzen muss.

Kyle flüstert ihr etwas ins Ohr. Sie zieht die Trinkflasche aus ihrer Tasche und gibt sie ihm. Er sieht sich schnell um, dann genehmigt er sich einen kräftigen Schluck. *Na super.*

Die Musik wird schneller und Jason schleppt Gwen auf die Tanzfläche. Mackenzie sieht ihnen nach, dann dreht sie sich wieder zu uns um, mit erwartungsvoller Miene. »Kommt, Leute. Der Song ist so toll!«

Nein danke, winke ich ab, aber Cory macht einen Schritt nach vorn. »Okay.«

Mackenzie strahlt wie ein Honigkuchenpferd und hüpft mit Cory im Schlepptau Gwen und Jason hinterher. Ich streiche mir das Haar hinter die Ohren und lasse erneut meinen Blick schweifen. Kyle steht jetzt wieder an der Bar, er hat schon ordentlich Schlagseite.

Ich gehe raus. Ich brauche dringend frische Luft.

Am hinteren Ende des Bourbon-Parkplatzes reihen sich mehrere Imbisswagen aneinander – koreanisches Barbeque, Gourmet-Sandwiches, Backhähnchen und Waffeln. Der Duft von Rosmarin und warmem Ahornsirup weht zu mir herüber. Plötzlich habe ich einen Mordshunger.

Ich nehme eine von den Zigaretten, die Kyle mir gegeben hat, aus der kleinen mintfarbenen Dose in meiner Tasche und fummle mit dem Feuerzeug herum.

»Harper?«

Ein paar Meter von mir entfernt hievt Declan sich von der Begrenzungsmauer hoch. Er steckt sein Telefon in die hintere Hosentasche und lässt seinen Schlüsselring um den Finger kreisen. Ich sehe zu der unangezündeten Zigarette in meiner Hand hinunter und verstecke sie schnell hinter dem Rücken.

»Hey«, sage ich, als er näher kommt.

»Ich war mir eine Sekunde lang nicht sicher, ob du's wirklich bist. Ich glaube, an die glatten Haare werde ich mich nie gewöhnen.«

Ich kämme mir mit den Fingern durchs Haar und lächle schwach.

Er hält seine Schlüssel hoch. »Ich wollte gerade abhauen.«

»So früh?«

»Ja, mein Dad will mich zu Hause haben. Du weißt ja, wie er ist …«

»Richtig.« Ich verschränke die Arme und blicke hinunter auf meine Füße. Und als wäre dieser Moment nicht schon peinlich genug, knurrt plötzlich auch noch mein Magen. Und zwar abartig laut.

»Hast du Hunger? Ich kann noch ein paar Minuten bleiben, wenn du Gesellschaft magst.«

Ein paar Jungs aus meiner Schule stehen am Pizza-Wagen an. Peter Carpenter ist einer von ihnen. Er und ich haben am Silvesterabend miteinander rumgemacht. Mit Jared Barlow habe ich auch geknutscht, im Februar nach einem Schwimmwettkampf. Sowie dieses Frühjahr auf dem Schulparkplatz im Anschluss an ein Baseballspiel. Und Connor Wates hat es bei mir bis zur dritten Base geschafft. Also hab ich mit drei von vier Leuten da in der Schlange etwas gehabt. Kein guter Schnitt.

»Nein, schon okay«, erwidere ich.

»Schön.« Er nickt und sieht zu seinem Auto rüber. Vielleicht hätte ich ihm sagen sollen, was ich für einen Hunger hab. »Hör mal, bevor ich abhaue … Ich wollte dich noch fragen, ob alles okay ist. Heute Morgen im Kurs schienst du irgendwie leicht von der Rolle.«

»Oh.« Ich pule an einem Nietnagel, um nicht ihn ansehen zu müssen. »Mom hat heute ihre ersten Haare verloren«, sage ich mit einem Schulterzucken.

»Oh, wow. Und geht's dir … na ja, doofe Frage. Natürlich geht's dir nicht gut damit.«

»Ja, das liegt in der Natur der Sache, nicht?« Ich versuche zu lächeln, bin mir aber sicher, dass ich eher eine Grimasse schneide. Declan sieht immer noch besorgt aus. »Es waren einfach *so* viele Haare. Ich habe sie händeweise aus der Wanne rausgeholt. Ich verstehe nicht, wie das an einem einzigen Tag überhaupt möglich ist.«

Declan zögert, seine Hand schwebt über meiner Schulter. Eine Sekunde lang glaube ich, dass er mich jeden Moment umarmt, dass es heute Abend so sein wird wie oben auf dem Wasserturm, aber er tätschelt mir nur kurz den Oberarm und lässt dann seine Hand sinken. »Vermutlich wird's sogar noch schlimmer, bevor es wieder bergauf geht. Aber es wird bergauf gehen.«

»Ja. Danke.« Ich hänge meine Daumen in meine hinteren Hosentaschen ein und schaukele auf den Fersen vor und zurück. »Tja, ich will dich nicht länger aufhalten.«

Declan rührt sich nicht. Genauer gesagt zeigt er gar keine Reaktion, sondern nagt nur weiter an seiner Unterlippe.

Allmählich frage ich mich, ob er mich überhaupt gehört hat.

»Harper, ich habe ziemlich viel über die Party neulich nachgedacht.«

Mist. Bisher lief es so gut.

»Gar nicht nötig, dass du irgendwas dazu sagst. Wir können die Sache einfach vergessen.«

»Ich will's trotzdem loswerden.« Er fährt sich mit einer Hand übers Gesicht, als wüsste er überhaupt nicht, was er sagen soll. »Bei alldem, was du gerade so durchmachst, kann ich verstehen, dass du jemanden brauchst.«

Meine Hände graben sich noch tiefer in meine Taschen. »Okay.«

Declan reibt sich die Stirn. »Das ist jetzt falsch rübergekommen. Was ich eigentlich meinte … Ich wollte die Situation nicht ausnutzen, weil ich weiß, dass du wegen deiner Mom traurig warst.«

»Hör mal, ich habe mich bereits entschuldigt. Wie du gesagt hast, es war ein Fehler.«

Er atmet scharf aus und schüttelt den Kopf, den Blick zu Boden gerichtet. »Weißt du … Du hast recht. Lass uns einen Haken an die Sache machen.« Er sieht hoch und seine Augen heften sich auf irgendetwas hinter mir.

»*Heyyy*, hab mich schon gefragt, wo du steckst«, tönt eine Stimme von hinten.

Bevor ich mich umdrehen kann, lehnt sich Kyle an mich und stützt sein Kinn auf meine Schulter. Seine Arme umfassen meine Taille und er taumelt seitwärts, zieht mich mit.

»Komm, meine Schöne.« Kyle zerrt an meinem Arm. »Wir holen uns was zu essen.«

»Ähm …« Mein Gesicht brennt wie Feuer. Ich winde mich aus Kyles Umklammerung und sehe Declan an. Er mustert Kyle mit finsterer Miene.

Schließlich zeigt Kyle mit dem Finger auf ihn. »Wer ist das?«

»Warum gibst du mir nicht schon mal deine Schlüssel?«, sage ich zu ihm. »Wir treffen uns gleich drüben an deinem Auto.«

Declan reißt die Augen auf. »Machst du Witze? Er hat dich hergefahren?«

»Alter, das geht dich doch gar nichts an. Warum verziehst du dich nicht einfach?«

Declan tut genau das Gegenteil und tritt ganz nah an Kyle heran. »Warum lässt du Harper nicht für sich selbst reden?«

»Declan, nicht.«

Er dreht sich zu mir um und ich starre auf seine Brust, weil ich es nicht über mich bringe, ihm in die Augen zu sehen.

Ich lege eine Hand auf Kyles Schulter und schiebe ihn von Declan weg. »Gib mir jetzt einfach deine Schlüssel, okay?«

Mit wütendem Blick auf Declan greift er in seine Tasche und gibt mir den Autoschlüssel. Dann dreht er sich um und torkelt los, quer über den Parkplatz. Ich muss mich einen kurzen Moment sammeln, bevor ich Declan ansehe.

»So war er vorhin noch nicht. Als er gefahren ist, meine ich.«

Sein Unterkiefer schiebt sich zur Seite. »Weißt du … Ich habe gedacht, Cory macht Witze. Aber ist da echt was zwischen dir und diesem Typen?«

Meine Eingeweide ziehen sich zusammen. »Nein. Also, in gewisser Weise schon … aber nicht …«

»Rauchen, trinken, mit Arschlöchern rumhängen. Scheint ja jetzt voll dein Ding zu sein, was?«

»Du weißt doch gar nichts über ihn.«

»Ich weiß genug.« Er fährt sich mit dem Handrücken über den Mund. »Und was jetzt? Du bringst ihn nach Hause und dann …«

Ich habe keine Ahnung, was er von mir hören will oder ob er überhaupt erwartet, dass ich seinen Satz vollende. Ich bin nicht mal sicher, worüber er eigentlich so sauer ist. Aber noch bevor ich eine Erwiderung hervorbringen kann, brummt Declan: »Was soll's. Mach, was du willst. Mir gefällt einfach nur nicht, wie er dich ansieht.«

»Oh, okay. Und wie sieht er mich an?«

Sein Blick fällt auf meine Halskette. »Als wär's egal, ob du's bist oder eine andere.« Er dreht sich zum Gehen um.

Meine Finger schließen sich fester um Kyles Schlüssel. »Declan …«

Er geht unbeirrt weiter.

»Du solltest dich noch von Mackenzie verabschieden, bevor du gehst«, rufe ich ihm hinterher. »Sie hat dich vorhin gesucht.«

12

Cory steht in unserer Küche vor der offenen Kühlschranktür und betrachtet die kümmerliche Auswahl. Er nimmt ein halb volles Glas mit dubios aussehenden Gewürzgurken, wirft einen Blick auf das Haltbarkeitsdatum und stellt es zurück.

»Da sind noch irgendwelche Cornflakes in der Speisekammer«, schlage ich vor. »Bei allem anderen wirst du kein Glück haben.«

Er verschwindet kurz und kommt mit einer unter den Arm geklemmten Packung Zimtknusperflocken zurück. Er schaufelt sich eine Handvoll davon in den Mund und geht ins Wohnzimmer.

Cory und ich haben früher nach dem Training immer solche Fressorgien abgehalten. Das war so etwas wie ein Ritual. Weshalb es schön ist, ihn hierzuhaben, trotz des Chlors, das er ausdünstet.

Mom kommt aus ihrem Schlafzimmer herunter und macht es sich im Sessel uns gegenüber bequem. Sie nimmt Corys Schwimmhose ins Visier. »Ich hoffe, dass das keine nasse Badehose ist, die da auf meinem Sofa liegt.«

»Knochentrocken. Wir wollten gerade los zum Baggersee.«

Ihr Gesicht hellt sich auf wie bei einem Kind an Heiligabend. »Das ist ja wunderbar. Ich sage Harper schon die ganze Zeit, dass bis zum Herbst noch eine Menge Arbeit vor ihr liegt.«

»Mom, bitte …«

»Allerdings«, sagt Cory. »Ich habe gehört, inzwischen schwimmt sie wie eine Bleiente.«

Ich nehme ihm die Knusperflocken weg. »Wollen wir?«

»Warte.« Mom fährt sich mit der Zunge über ihre rissigen Lippen und richtet ihr Kopftuch, das die kahlen Stellen bedeckt. »Ich hatte ja nicht mal die Chance, Cory zu fragen, wie das Sommertraining so läuft.«

»Ja, genau. Außerdem hasse ich es, im Laufen zu essen«, sagt er. Dann wuschelt er mir durch meine verdammten Haare.

Ich klatsche ihm sanft mit der Hand gegen die Stirn und bringe die Knusperflockenpackung zurück in die Speisekammer. Derweil erzählt Cory meiner Mom, dass er seine Leistung über zweihundert Meter Freistil im Vergleich zum Vorjahr immer noch nicht verbessern konnte, seine Zeiten insgesamt aber ganz gut aussähen. Was das Schwimmen angeht, war Cory bereits als Kind wahnsinnig ehrgeizig, aber im Moment kann ich mir sein Gerede darüber einfach nicht anhören. Ich räume den Geschirrspüler aus, in dem Versuch, mit dem Tellerklappern das Gespräch zu übertönen, dennoch kriege ich mit, dass Mom etwas über die Qualifikationen sagt.

»… Ich kann es mir einfach nicht ansehen, wie sie die vielen Jahre harter Arbeit so wegwirft.«

Wie der Blitz bin ich zurück im Wohnzimmer. »Wir sollten jetzt wirklich los. Sonst fängt's an zu regnen.«

Cory und Mom blinzeln beide zum Fenster rüber. Nicht ein Wölkchen am Himmel. Trotzdem nickt Cory und erhebt sich von der Couch.

»Mom, brauchst du noch irgendwas, bevor wir abrauschen?

Ich glaube, im Eisschrank ist noch etwas Obst. Soll ich dir einen Smoothie machen?«

Sie deutet auf das Glas Wasser neben sich. »Ich hab schon, danke. Würdest du mir vielleicht nur noch das Buch da runtergeben?«

Sie weist auf das Regal hinter ihr und ich ziehe einen Reiseführer über Westeuropa heraus. »Gehst du auf Reisen?«

Mom nimmt das Buch und schlägt die Seite mit dem Eselsohr auf. »Irgendwann mal.«

Ich küsse sie auf die Wange und dann marschieren Cory und ich zu seinem Haus rüber. Er bleibt in der Einfahrt stehen und kramt in seiner Tasche nach dem Autoschlüssel.

»Hattest du das Gefühl, dass es ihr gut geht?«

Er schließt die Fahrertür auf und steigt ein, dann lehnt er sich rüber und macht meine Tür auf. Ich setze mich auf den Beifahrersitz.

»Du meinst, abgesehen vom Krebs?«, fragt er. »Ja. Sie schien ganz munter.«

»Vielleicht ein bisschen zu munter?«

Seine Stirn legt sich in Falten. »Gibt's so was überhaupt?«

»Ich meine nur …« Ich seufze. »Dieser Reiseführer zum Beispiel. Und wie sie das Ganze immer abtut, als wäre es das Normalste von der Welt, dass sie quasi im Sterben liegt.«

Cory ist still. Er steckt den Schlüssel ins Zündschloss, lehnt sich dann aber zurück, ohne ihn umzudrehen. »Das denkst du nicht wirklich, oder?«

Wieder bildet sich dieser Kloß in meiner Kehle. Diesmal kann ich ihn nicht runterschlucken. Gleich werden mir die Tränen kommen. Ich versuche, sie zu unterdrücken und knurre: »Ich weiß nicht. Ist nur … ach, vergiss es.«

»Ich finde, das ist ein gutes Zeichen. Denn Plänemachen heißt doch, dass sie dagegen kämpft.«

»Ja.« Ich lasse meinen Gurt einrasten. »Nein, du hast recht.«

Er wirft den Motor an und setzt rückwärts aus der Einfahrt. »Oh, und falls sie dich fragt: Ich habe dir mit allen Mitteln schmackhaft machen wollen, ins Team zurückzukommen.«

»Ist notiert.«

Er zögert. »Wobei dir echt etwas entgeht mit dem Sechs-Uhr-Morgentraining. Ganz zu schweigen von den Schwimmbrillenabdrücken und dem Juckreiz. Muskelkater und chronischem Chlorhusten.«

»Hast du die Bedeutung von Schmackhaftmachen eigentlich verstanden?«

»Ich meine ja nur. Es ist das Abschlussjahr.«

»Und?«

»Vielleicht ist es an der Zeit, ein neues Kapitel aufzuschlagen.«

Cory weiß besser als jeder andere, dass es nicht einfach nur damit getan ist, dass ich mich wieder qualifiziere. Die Mädchen wollen mich nicht zurückhaben.

Er drosselt das Tempo, bevor er aus unserer Siedlung herausfährt. »Abschlussjahr!«, wiederholt er. »Bald sind wir weg, hurra!« Zur Bekräftigung trommelt er aufs Armaturenbrett und ist dabei so euphorisch, dass es beinah ansteckend wirkt.

»Sollte das etwa ein Reim sein?«

Er schnaubt. »Offensichtlich.«

»Aha. Tust du mir bitte einen Gefallen?« Mit einem Lächeln drehe ich das Radio lauter. »Spar es dir fürs Jahrbuch auf.«

Cory und ich sind etwa zehn Minuten am Baggersee, als sie kommen. Mackenzie taucht zwischen den Bäumen auf und spaziert mit federnden Schritten den Trampelpfad herunter. Wie man so einen schwungvollen Gang haben kann, ist mir ein Rätsel. Dicht hinter ihr folgen Declan und Gwen.

Heute ist einer von diesen Nachmittagen, an denen ich ernste Zweifel habe, ob die Sonne wirklich dreiundneunzig Millionen Meilen von Carson entfernt ist. Es fühlt sich zumindest sehr viel näher an. Und während der Himmel vor sich hin brutzelt und die vereinzelten Kiefern nur spärlichen Schatten spenden, lechzt meine Haut nach Erfrischung. Ich wollte eigentlich gerade ins Wasser springen, doch stattdessen boxe ich jetzt Cory in den Arm. Er hebt den Kopf und zieht sich die Ohrknöpfe raus, blinzelt ins grelle Sonnenlicht. »Was hast du denn für ein Problem?«

Ich zeige auf Mackenzie, die über eine Baumwurzel springt und anfängt, zu dem Felsvorsprung runterzukraxeln, auf dem Cory und ich sitzen. »Warum hast du mir nicht gesagt, dass du sie eingeladen hast?«

»Ach ja. Ich habe Declan eingeladen.«

»Danke. Das hilft mir jetzt ungemein.«

Cory stützt sich auf einen Ellbogen. »Sag mal, soll dieses Gekrampfe den ganzen Sommer so weitergehen?«

Er trägt heute Kontaktlinsen und ohne Brille ist sein Blick noch schneidender. Er sagt all das, was Cory nie ausspricht – dass es auch für ihn schwierig ist. Dass er seinen besten Freund genauso sehr vermisst hat, wie ich es getan habe. Es ist der gleiche Blick wie an Heiligabend, als ich ihn das letzte Mal über Declan ausfragte.

»Meine Mutter und ich sind heute beim Einkaufen Declans Vater über den Weg gelaufen«, hatte ich ihm erzählt. Er hatte den Ball gedribbelt, einmal, dann zweimal, und dann auf den Korb gezielt. »Er hat gemeint, dass sich Declan ganz wohlfühlt an der neuen Schule. Dass er sich gut eingewöhnt hat und so.«

Dribbel. Dribbel. Wurf. »Ja. Scheint ihm gut zu gehen.«

Ich schob meine Hände tief in meine Jackentaschen. »Glaubst du … Hat er eine Freundin?«

Cory klemmte sich den Ball unter den Arm und stieß schnaufend Luft aus, die sich zwischen uns in feinen Nebel verwandelte. »Ach komm schon, Harper. Wir haben im Herbst vereinbart, das nicht zu tun. Es war deine Idee, soweit ich mich erinnere.«

»Ich weiß …«

»Ich spreche mit ihm nicht über dich …«

»Wer's glaubt.«

Cory warf einen letzten Korb. Keiner von uns beiden machte Anstalten, den Ball wieder aufzufangen. »Was willst du eigentlich von mir hören? Du hast doch unmissverständlich klargemacht, dass du die Sache abgehakt hast. Also hat er das Gleiche getan.«

Und da war sie, die Antwort, nach der ich gesucht hatte. Declan hatte die Sache abgehakt. So, wie ich es gewollt hatte. So, wie ich es nach außen hin selbst getan hatte. Es spielte keine Rolle, dass ich mich an die alberne Hoffnung klammerte, ich könnte einen Weg finden, um die Dinge zwischen Declan und mir irgendwie wieder geradezubiegen. Was eine Rolle spielte, war der Grund, weshalb wir überhaupt erst Schluss gemacht hatten. Und das ließ sich nie wieder ungeschehen machen. Wir waren beide so besser dran.

Ich hatte genickt, während ich mich bereits in Richtung unserer Einfahrt zurückbewegte. »Ja, sicher.«

»Harper …«

»Nein, ist schon okay. Mir geht's gut. Fröhliche Weihnachten, Cory.«

Es war nicht fair gewesen von mir, ihn in die Sache mit reinzuziehen, damals so wenig wie heute.

Also lächle ich und schüttle den Kopf. »Nein. Kein Gekrampfe. Sorry.«

»Hey, Leute!« Mackenzie breitet ihr Strandhandtuch neben

mir aus. Ein Stück weiter hinten stellt Declan eine Tasche mit Essen an der Feuergrube ab und kommt zu uns rüber.

»Hey, Mackenzie.«

Gwen lässt ihre Strandtasche neben Mackenzie auf den Boden fallen. »Verdammt, ist das heiß!«

Declan bleibt an der Ecke von meinem Handtuch stehen. »Ach, echt?«, sagt er. Dann zieht er sein T-Shirt aus.

Und meine Augen saugen sich an seinen Bauchmuskeln fest. Die sind neu. Er bindet sich die Haare mit einem Gummiband zusammen, und ich überlege, ob es wohl dasselbe ist, das ich ihm am Wasserturm-Abend gegeben habe. Seine von einer Ray Ban geschützten Augen richten sich auf mich und ich drehe mich zum See um, tauche die Hand ins Wasser und mache mir die Stirn nass.

Mackenzie steht auf und zieht sich ihr Strandkleid aus. Natürlich trägt sie einen Bikini mit Retrotouch. Das hochgeschnittene Höschen und das Neckholderoberteil bringen ihre Kurven perfekt zur Geltung. »Ich gehe rein.«

»Ich auch«, verkündet Cory. Er springt hinter ihr ins Wasser, gefolgt von Gwen.

Declan steht immer noch hinter mir. Ich spüre seine Augen auf meinem Rücken, aber ich starre stur geradeaus, bis er sich endlich auf Corys Handtuch niederlässt. Das Platschen der Schwimmbewegungen unserer Freunde und das sachte Schwappen der Wellen gegen den Stein sind die einzigen Geräusche.

»Declan!«, ruft Mackenzie. »Kommst du auch rein?«

»Gleich«, ruft er zurück. Ohne mich anzusehen, sagt er: »Kenne ich gar nicht von dir, dass du nicht im Wasser bist.«

»Ich wollte erst mal ein bisschen Sonne tanken.«

Er nickt und hält seinen Arm gegen meinen. »Gute Idee.«

Plötzlich bin ich mir meiner Blässe noch umso mehr bewusst. »Wow, du bist ja schon krass braun.«

Er grinst. »Das ist der Vorteil, wenn man vormittags als Golfjunge arbeitet. Allerdings sind das nur meine Arme. Bis August werd ich eine üble Maurerbräune haben.«

Ich beuge mich vor, schöpfe mit hohlen Händen Wasser aus dem See und lasse es mir auf die Beine tröpfeln. »Na ja, aber wenigstens wirst du nicht mit Sommersprossen übersät sein wie ich.«

»An Sommersprossen gibt's nichts auszusetzen.«

Methodisch stippe ich mit dem Finger in jede Wasserperle auf meinem Oberschenkel. Hitze kriecht mir im Nacken hoch, aber das liegt nicht an der sengenden Sonne. Sondern daran, dass ich an Dinge denke, an die ich nicht denken sollte. Zum Beispiel daran, wie Declan mir immer entlang der Sommersprossen die Schultern geküsst hat. Oder wie er mit seinem kleinen Finger über meinen Nasenrücken fuhr. Zärtliche Berührungen, die nur ihm und mir gehörten.

Ich hasse den Gedanken, dass er andere Mädchen so berührt.

Ich habe Cory nie wieder nach irgendwelchen Details gefragt, und ehrlich gesagt, will ich gar nichts Näheres wissen über Declans Sexleben an seiner neuen Schule. Und ich bin ganz sicher nicht in der Position, mir ein Urteil über ihn erlauben zu können in Anbetracht der langen Liste von Jungs, mit denen ich rumgemacht habe. Doch keiner von denen hatte mir irgendwas bedeutet.

So schmerzhaft es auch ist, mir vorzustellen, wie Declan mit irgendwelchen Mädchen rumknutscht: Der Gedanke, dass er eine andere wirklich *mag*, ist noch viel schlimmer. Selbst wenn sie so nett ist wie Mackenzie.

Inzwischen sind mir die Wassertropfen ausgegangen, und nun weiß ich nicht, wohin mit meinen Händen. Ich ziehe das Zopfgummi von meinem Handgelenk und fange an, damit herumzuspielen. Dann sehe ich zu Declan rüber.

Er betrachtet mich. Meine Schultern, um genau zu sein. Er schluckt, dann gleiten seine Augen nach oben, bis sich unsere Blicke treffen.

Ein Schwall Wasser klatscht auf uns beide herab und mir stockt kurz der Atem. Ich reiße den Kopf herum und sehe Cory, der übers ganze Gesicht grinsend im Wasser auf der Stelle schwimmt.

»Na warte«, sage ich.

Kalt! Ein Schauer läuft mir über den Rücken. Ich bespritze ihn mit Wasser. »Arschloch.«

Declan steht auf. Er fährt sich mit einer Hand durchs nasse Haar und murmelt etwas von wegen Mittagessen machen. Dann stiefelt er zurück Richtung Wald und bleibt erst wieder stehen, als er oben an der Feuergrube ist.

Was zur Hölle war das eben?

Cory klettert den Felsvorsprung hoch und stößt mich mit dem Ellbogen an. »Los, komm, bei drei«, sagt er.

Nichts. Nichts war das. Meine Fantasie ist mit mir durchgegangen und hat mich zum Narren gehalten. Hat mich wieder in diesen gefährlichen Winkel meiner Erinnerung geführt.

Ich binde mein Haar zu einem Pferdeschwanz zusammen und versetze meinerseits Cory einen kleinen Stoß. »Eins.«

»Zwei.« Er geht in Position. »Drei!«

Er taucht ein längeres Stück als ich. Ich bleibe die ganze Strecke bis zum gegenüberliegenden Ufer dicht an ihm dran, aber noch vor der Wende weiß ich, dass ich verlieren werde.

Cory schlägt mit der Hand am Felsen an. »Ha, ich habe dich so was von alt aussehen lassen.«

»Ich hab keine Ahnung, ob du schneller geworden bist, aber Mannomann, bin ich mies in Form.«

»Und wessen Schuld ist das, Captain?«

Ich tauche mit dem Kinn unter Wasser, damit er nicht sieht, dass ich einen Schmollmund ziehe. »Vielen Dank auch.«

»Ach komm, ich hab's nicht so gemeint.«

»Ich weiß.« Ich schwimme weiter auf der Stelle, während er sich an Land zieht. »Ist schon okay.«

Dann steigen die Mädchen aus dem Wasser. Ich lasse mich noch ein paar Minuten rücklings treiben und starre in den Himmel hinauf, bis ich nicht mehr unterscheiden kann, ob *ich* mich bewege oder die Wolken. Dann ruft Cory meinen Namen.

»Essen ist fertig«, sagt er, als ich zum Rand zurückschwimme.

Ich klettere auf den Felsen und wickle mir mein Handtuch um die Schultern, dann gehe ich rüber zu dem Picknicktisch neben der Feuerstelle.

»Zugegeben, er war ein Griff ins Klo«, sagt Mackenzie.

»Das ist eine gigantische Untertreibung. Mack, der Typ war ein Drecksack durch und durch.«

»Hinterher ist man immer schlauer.«

Gwen rutscht ein Stück zur Seite und macht für mich Platz auf der Bank.

»Worum geht's?«

»Um Macks Exfreund. Auch bekannt als das Oberarschloch.«

»Verstehe.«

Mackenzie liefert die passende Erklärung. »Er hat ungefähr fünf Minuten nachdem wir das erste Mal miteinander geschlafen haben, mit mir Schluss gemacht. Per SMS.«

»Whoa!«

Gwen wirft beide Hände in die Luft. »Oder?«

Mackenzie seufzt. »Ich bin drüber hinweg. Weitgehend. Wie auch immer – Lektion gelernt: Besser, man freundet sich mit dem Jungen erst mal richtig an.«

»Ja.« Ich ziehe das Handtuch fester um meine Schultern. »Das stimmt vermutlich.«

»Und, hungrig?«, ruft Cory aus.

Die Jungen bringen gegrillte Hotdogs an den Tisch und beginnen, sie zu verteilen. Mein Magen fühlt sich zu flau an, als dass ich groß etwas essen könnte, also nehme ich mir stattdessen eine von den Babykarotten, die in der Mitte des Tisches stehen. Cory setzt sich neben Mackenzie, sodass nur noch ein Platz frei ist.

Declan stellt seinen Teller mir gegenüber ab und rutscht in die Bank. Ich knabbere die Karotte auf und drehe meine Halskette zwischen den Fingern hin und her.

Er starrt mich wieder an. Nur diesmal sieht er ziemlich … geknickt aus. Erst glaube ich, es liegt an der Kette. Dass er sich an seinen Abschiedsabend hier in Carson erinnert, an dem er sie mir geschenkt hat. Dass er sich daran erinnert, wofür der Unendlichkeitsanhänger stehen sollte. Aber sein Blick richtet sich auf die Seite meines Halses, und plötzlich wird mir klar, was er entdeckt hat. Meine Hand saust hoch an meine Kinnpartie, um den Beweis zu verbergen. Declan blickt mir kurz in die Augen, dann sieht er auf sein Essen hinunter.

»Heilige Scheiße, Harper.« Gwen reißt meine Hand weg. »Bei dem Teil kannst du dich aber nicht mit einem Glätteisen-Unfall rausreden, was?«

Scham bringt meine Haut zum Glühen, und ich bin mir ziemlich sicher, dass ich noch nie in meinem Leben dermaßen rot geworden bin. Ich hatte den Knutschfleck vorhin so sorgfältig überschminkt. Der Concealer muss im Wasser abgegangen sein.

Declan nimmt sich einen Kartoffelchip von seinem Teller, hält ihn kurz in der Schwebe, dann lässt er ihn wieder fallen. Mackenzie wirft ihm einem Blick zu und der Moment zieht sich quälend in die Länge. Sie beugt sich mit einem goldigen Lächeln nach vorn.

»Ich habe gehört, du hast einen neuen Freund«, sagt sie. »Kyle, richtig?«

»Er ist nicht mein Freund.«

»Oh, na ja. Du kannst ihn doch das nächste Mal fragen, ob er mitkommen will. Dann machen wir alle zusammen was.«

»Ähm, ja. Vielleicht.«

Declan schiebt seinen Teller von sich weg, steht auf und geht zum See rüber. Mackenzie verzieht kurz das Gesicht, murmelt eine Entschuldigung und geht ihm hinterher. Cory macht sich wieder ans Futtern.

Gwen rückt näher an mich heran und stellt ihren Fuß auf die Bank. »Tut mir echt leid. Ich wollte dich nicht blamieren. Es ist mir … einfach so rausgerutscht.«

»Nein, ist schon okay«, sage ich. Da war ohnehin schon alles ein einziger Scherbenhaufen.

Declan steht mit verschränkten Armen da und blickt aufs Wasser. Mackenzie fasst ihn an die Schulter und seine Arme fallen auseinander. Er nickt und legt ihr eine Hand in den Rücken.

Ich sehe weg. Diese Berührung gehört nur ihnen.

13

Da Cory unsere Vorräte neulich arg dezimiert und unser Haus heute Morgen eine ausgeprägt klaustrophobische Wirkung auf mich hat, melde ich mich freiwillig zum Einkaufsdienst und mache mich als Erstes an die Liste mit all den Dingen für die Nach-Chemo-Zeit, die langsam zur Neige gehen. In ein paar Tagen hat Mom ihren nächsten Chemo-Block und da wollen wir voll ausgestattet sein.

Ich gebe Moms neues Rezept in der Apothekenabteilung ab und besorge in der Zeit, in der sie die Medikamente abfüllen, die Lebensmittel. Nachdem ich Moms Lieblingssachen zusammenhabe – Ingwerbrause, Ingwertee und Ingwerschnaps –, stelle ich mich an der Kasse an. Genau in dem Moment, als ich bezahlen will, entdecke ich aus dem Augenwinkel Jenny, die in Begleitung ihrer Mutter den Drugstore betritt und den Tresen ansteuert. Das hat mir heute gerade noch gefehlt.

Ich ziehe den Kopf ein und reiche der Kassiererin einen Zwanziger.

Geh rüber und sprich mit ihr.

Aber ich kann nicht, nicht, wenn sie neben ihrer Mom steht. Das wäre peinlich hoch zehn. Nein, was ich tun muss, ist mich vom Acker machen, ohne dass sie mich sieht. Ich rede ein andermal mit ihr, sage ich mir selbst. So wie ich es mir sage, seitdem es passiert ist.

Aber sie macht es mir auch nicht leicht. Streng genommen hatte sie sich nicht an der Aktion beteiligt, die die Mädchen des Schwimmteams an meinem letzten Tag beim Leerräumen meines Spindes abzogen. Aber sie hatte sie auch nicht verhindert.

Ich hatte mich heimlich und unbemerkt nach Trainingsbeginn einschleichen wollen, aber sie warteten alle auf mich und versperrten mir den Weg. Sie wussten, man würde sie drankriegen, wenn sie laut rumbrüllten. Also blieben sie unheimlich still, während ihre wutverzerrten Gesichter mir entgegenschrien. Ich musste mich mitten durch sie hindurchdrängeln und alle rempelten mich mit den Schultern an, schubsten mich hin und her wie eine Lumpenpuppe. Dann, als ich mich meinem Spind näherte, wichen sie wie auf Kommando zurück und machten Platz. Sie wollten meine Reaktion beobachten, wenn ich es sah, das Wort mit den fünf Buchstaben, das sie in roter Lippenstiftfarbe an die Spindtür geschmiert hatten.

Meine Hände zitterten so stark, dass ich drei Anläufe benötigte, bis ich den Zahlencode richtig hinbekam. Als die Tür endlich aufschwang, wandten sich alle wieder ihren eigenen Angelegenheiten zu und ich sammelte so schnell wie möglich meine Sachen zusammen. Als ich die Spindtür zuknallte und mich zum Gehen umdrehte, sah ich Jenny in der Ecke stehen. Sie sah mich nicht böse an. Sie rührte mich nicht an. Sie machte mir einfach nur die Tür auf und entließ mich in die Freiheit.

Nur dass ich nicht wirklich frei war. Weil ich diesen Raum nie wirklich hinter mir gelassen habe. Unsere Vergangenheit begleitet uns, wohin wir auch gehen.

Wie dämlich überhaupt. Was soll ich Jenny denn sagen? Mit welchen Worten könnte ich wiedergutmachen, was ich an jenem Abend getan habe? *Ich schwöre, Jenny, es war nicht meine Schuld, dass ich so viel Alk intus hatte und nicht mehr unterscheiden konnte, ob dein Freund lügt oder die Wahrheit sagt. Lass uns einfach sagen: vergeben und vergessen, ja?*

Genau.

Himmel, warum braucht diese Frau so ewig, um mein Wechselgeld abzuzählen? Mein Fuß klopft einen stockenden Rhythmus auf den Boden, und ich bin kurz davor, ihr zu sagen, dass sie es behalten kann, und dann durch die Tür nach draußen zu stürmen, als sie mir ein paar Scheine zurückgibt.

»Danke.« Ich schnappe meine Tasche und werfe Jenny einen letzten verstohlenen Blick zu. Ihr Kopf ruckt nach oben und ich drehe mich schnell um, hoffentlich noch rechtzeitig, bevor sie mich entdeckt.

Als ich sicher wieder in meinem Wagen sitze, drehe ich die Musik laut auf. Und dann noch lauter. So laut, dass ich meinen eigenen Atem nicht mehr hören kann.

Es ist bereits später Nachmittag, als ich nach Hause komme und die Lebensmittel auspacke. Der Himmel wird von Minute zu Minute grauer und der Wind frischt auf, als ich auf den Dachvorsprung vor meinem Fenster klettere, um mir die Zigarette zu gönnen, auf die ich schon die ganze Zeit Lust habe. In der Ferne hallt der erste Donnerschlag und ich fröstele trotz der sonnenaufgeheizten Schindeln unter mir.

Ich drücke meine Kippe aus und nehme im selben Moment einen ganz speziellen Geruch wahr. Einen, den ich seit einer Woche jeden Tag rieche. Beim ersten Mal war ich sofort ans Fenster geflitzt und hatte nach unten in den Garten gespäht. Wenn Graham dermaßen ungeniert Gras rauchte, würde ich ihm gleich einen Anschiss verpassen, weil er so ein unglaublicher Vollidiot war. Bloß, es war nicht Graham. Die marihuanageschwängerte Luft stieg von Moms Badezimmerfenster auf. Und wehte geradewegs durch mein Fenster ins Haus zurück.

Bei diesem ersten Mal prustete ich los vor Lachen. Meine Mutter, Frau Supersolide, als Hardcorekifferin. Vermutlich glaubte sie auch noch, sie stelle das ach so raffiniert an.

Doch dann nahm ich mir zwei Sekunden Zeit, darüber nachzudenken, warum sie Gras rauchte, und schon war es nicht mehr lustig.

Jetzt ruft mich eine Textnachricht von Kyle wieder in mein Zimmer zurück. *Lust auf eine Party bei Cat?*

Ich bin nicht sicher, ob ich es heute schaffe, für Cat oder sonst wen ein fröhliches Gesicht aufzusetzen. Aber wie ich Kyle kenne, hat er bereits eine Flasche Muntermacher besorgt. Und ich kann unmöglich den ganzen Abend lang in diesem Haus hier hocken bleiben, also sage ich zu. Doch als ich unten ins Erdgeschoss komme, werde ich abgefangen.

»Harper! Komm, setz dich und iss Abendbrot mit uns.«

Mein Vater trägt einen Teller mit Grillhuhn von der Terrasse herein. Er macht die Schiebetür hinter sich zu, während Graham das Maisbrot aus dem Backofen holt.

»Eigentlich wollte ich gerade gehen.«

»Papperlapapp. Ich habe dich die ganze Woche über kaum gesehen.«

Ich lege meine Tasche auf den Tresen und lasse mich auf einen Stuhl fallen. »Ich kann noch ungefähr zehn Minuten bleiben, aber dann muss ich los.«

Dad trägt das Hühnchen auf und ich nehme mir etwas Salat, lasse vom Maisbrot aber die Finger. Er setzt sich hin und spießt den ersten Bissen auf.

»Ich möchte nicht, dass du heute Abend ausgehst«, sagt er, ohne von seinem Teller aufzusehen.

Ich lege meine Gabel hin und verschränke die Arme. »Warum nicht?«

»Weil«, sagt er, »die Schule bald wieder beginnt. Du musst langsam in einen geregelten Schlafrhythmus zurückfinden. Und außerdem wird's dich nicht umbringen, mal einen Abend bei deiner Familie zu bleiben.«

Ich verdrehe die Augen und schieße Graham einen Blick zu, Marke *Ist das zu glauben?*. Graham zieht lediglich die Augenbrauen hoch und widmet sich wieder seinem Essen.

Vielen Dank für die Unterstützung.

»Na ja, ich bin aber schon verabredet und wir haben erst Freitagabend. Und ist ja auch nicht so, dass hier irgendwie großartig was passieren wird.«

Dads Hand verharrt über seinem Teller in der Luft, und ich sehe, wie sich seine Schnurrbartspitzen nach unten biegen, während er die Stirn runzelt. Schließlich sieht er mich an. »Sei um elf zu Hause.«

Ich spieße ein Salatblatt auf und forme lautlos mit den Lippen: *Toll.*

»Hast du heute das Rezept eingelöst, worum ich dich gebeten habe?«

Ich setze mich ein wenig aufrechter hin und kaue langsam das Salatblatt. *Scheiße.* Ich wusste, dass ich vorhin irgendwas vergessen habe.

»Äh, nein, ich habe es abgegeben, aber sie waren gerade beschäftigt und dann … hab ich's vergessen. Aber ich hole es gleich morgen früh ab.«

Dad legt sein Messer hin und neigt den Kopf zur Seite. »Ach komm, Harper. Ich habe dich doch nur um diese eine Sache gebeten.«

»Ich weiß, tut mir leid.« Ich drehe meine Gabel in der Hühnchenbrust hin und her, um das Fleisch vom Knochen zu lösen.

»Was, wenn deine Mutter diese Medikamente heute Abend braucht? Du musst verantwortungsbewusster werden, Harper. Du kannst nicht einfach ...«

»Ich weiß. Ich hab doch schon gesagt, dass es mir leidtut.« Ich werfe meine Gabel auf den Tisch. »Ich geh's jetzt gleich holen.«

Ich schiebe beim Aufstehen meinen Stuhl zurück, greife mir meine Tasche und die Autoschlüssel vom Tresen und rausche zur Tür hinaus auf unsere Einfahrt. An meinem Wagen angelangt, zögere ich jedoch kurz. Ich trete gegen den vorderen Reifen, wirbele herum und schwinge mich auf die Motorhaube. Die Schlüssel lasse ich an meinem Bein runterbaumeln.

Dad ruft mir hinterher, aber es ist Graham, der ein paar Sekunden später durch die Haustür tritt. Für einen Moment bleibt er auf der Veranda stehen, dann schlendert er zu mir herüber.

»Ich dachte mir, du brauchst vielleicht ein wenig Gesellschaft.« Er streckt die Hand nach dem Schlüssel aus, weil er automatisch davon ausgeht, dass er fährt, nur weil er älter ist.

Wortlos setze ich mich hinters Lenkrad. Graham begnügt sich mit dem Beifahrersitz und wir fahren schweigend zum Drugstore. Na ja, schweigend abgesehen von Grahams Geseufze.

»Warum sagst du nicht einfach, was du zu sagen hast?«, frage ich, als ich nur noch einen Seufzer davon entfernt bin, uns gegen den nächsten Baum zu steuern.

»Ich weiß, das alles ist nicht einfach für dich, Harper. Aber glaubst du etwa, dass es für irgendwen von uns einfach ist? Für Dad?« Er starrt mich an und ich hasse ihn. Hasse es, dass er meint, das Recht zu haben, mich zu belehren. »Keiner von uns hat darum gebeten. Auch ich habe mir meinen Sommer weiß Gott anders vorgestellt. Aber trotzdem benehme ich mich nicht wie ein verzogenes Gör.«

Ich knirsche mit den Zähnen. »Nein, stattdessen benimmst du dich so, als wäre zu Hause alles in schönster Ordnung.«

»Bitte was?«

»Ihr alle –, sogar Mom – tut so, als wäre der Krebs nur eine kurze Störung in unserem regulären Programm, als würde sie die Sache einfach hinter sich bringen müssen und gut ist. Also ja, vielleicht glaub ich auch wirklich, dass es für euch ein bisschen einfacher ist, weil ihr die ganze Zeit einen auf unbeschwerte Familie macht.«

Graham schüttelt den Kopf. »Weißt du, das ist eine ziemlich dreiste Behauptung für jemanden, der in den letzten drei Wochen so gut wie nie zu Hause war. Du spinnst, wenn du glaubst, dass wir nicht alle am Rad drehen. Du willst lieber deine Selbstzerstörungstaste drücken und mit deinen Freunden feiern gehen, als Zeit mit Mom zu verbringen? Okay. Aber du bist nicht in der Position, uns dafür zu verurteilen, wie wir mit der Situation umgehen.«

In meinem Inneren entfacht eine brennende Hitze, eine explosive Mischung aus Wut und Scham. Ich schließe meine Finger fester ums Lenkrad und ignoriere das Pochen in meinen Knöcheln. »Bist du fertig?«

Er verstummt und ich fahre in eine Parklücke vorm Drugstore, gehe hinein und hole Moms Medikament. Als ich zum Wagen zurückkomme, wartet Graham auf dem Fahrersitz. Arschloch.

»Im Ernst?«

Er zuckt hinter der Windschutzscheibe die Schultern. Mit grimmigem Gesicht gehe ich ums Auto herum und schleudere den Schlüssel in Grahams Richtung. Er wirft nicht den Motor an.

»Harper, das vorhin war ernst gemeint …«

»Dass ich ein verzogenes Gör bin. Das habe ich schon beim ersten Mal verstanden. Laut und deutlich.«

Er wirft mir einen harten Blick zu. »Dass ich für dich da bin, falls du mit jemandem reden willst.«

»Ich hab dir doch schon gesagt, mir geht's gut. Können wir jetzt bitte losfahren?«

Der erste Regentropfen klatscht auf die Windschutzscheibe. Gewitterwolken haben vom Himmel Besitz ergriffen und auf etwa halbem Weg nach Hause geht der Wolkenbruch los. Wir biegen auf den Schleichweg zu unserer Siedlung ein, der direkt an Declans Haus vorbeiführt. Durch den Regenschleier sehe ich seine Einfahrt, auf der wir mithilfe bunter Straßenkreide ganze Welten erschaffen haben. Der Basketballkorb über dem Garagentor hat kein Netz mehr. Bestimmt gibt es noch Tausende anderer Veränderungen, die ich nicht bemerkt habe.

Und dann bemerke ich doch etwas Neues im Bild – ein roter Datsun, der am Straßenrand parkt. Das einzige Licht im Haus kommt aus Declans Zimmer im zweiten Stock. Meine Brust krampft sich zusammen und mir brennt die Kehle, und dann liegt seine Straße hinter uns, und ich zwinge mich dazu, stattdessen an Kyle zu denken.

Wir parken in unserer Einfahrt und ich sprinte zu unserer Veranda. Graham hält mir die Tür auf.

»Ich warte gleich hier draußen.« Ich zücke mein Telefon und schreibe Kyle eine Nachricht, dass er mich abholen kommen soll. Graham steht immer noch da. Ich strecke meine Hand aus. »Du kannst mir meinen Hausschlüssel jetzt wiedergeben.«

Er macht einen Schritt auf mich zu und lässt den Schlüssel

über meiner Hand in der Luft baumeln. »Bis um elf Uhr, Harp.«

»Danke, Dad.« Ich reiße ihm den Schlüssel aus den Fingern.

Zum Glück wartet Graham nicht mit mir. Zehn Minuten später biegt Kyle auf unsere Einfahrt ein.

14

Partys in Carson sind eine wie die andere. Die Beteiligten oder der Ort mögen variieren, sehr viel mehr allerdings nicht. Nicht genug jedenfalls, um einen Unterschied zu spüren.

Die erste Stunde verbringen wir zusammen mit allen anderen in der Küche in Reichweite des Kühlschranks. Ich bin bereits betrunken, als Kyle mich am Handgelenk fasst und Richtung Wohnzimmer schleppt.

Wir gehen einen Flur entlang, in dem ein Mädchen ihrem Freund gerade eine Riesenszene macht. Der Typ weicht an die Wand zurück und wirft seine Hände in die Luft, wobei die Hälfte seines Biers auf den Teppich schwappt. »Ich hab da jetzt echt keinen Bock drauf!«

»Na schön, mach, was du willst! Mir doch egal«, schreit sie zurück.

Mit angehaltenem Atem quetsche ich mich an ihnen vorbei, während ich mein Getränk hoch über meinen Kopf halte.

Im ganzen Haus ist es schummrig, das einzige Licht kommt von den Stimmungsleuchten auf den Beistelltischen, und draußen vor der Küche stinkt es nach Räucherkerzen. Laute Musik plärrt aus einer Box in der Ecke des Raums. Cat und ein paar andere Mädchen aus meiner Schule wiegen sich in der

Mitte der Tanzfläche im Takt der Musik, zweifelsohne in der Hoffnung, die Aufmerksamkeit der Jungs auf der gegenüberliegenden Seite des Zimmers zu erregen. Haley Smith ist eine von ihnen. Sie drückt Cat ihr Glas in die Hand und schält sich aus ihrem T-Shirt, unter dem ein knapp geschnittenes Tanktop zum Vorschein kommt. Es klappt. Einer der Typen steht von der Couch auf und geht zu ihnen rüber.

Kyle setzt sich auf eine andere Couch und ich rutsche auf seinen Schoß. Seine Hand legt sich auf meine Hüfte und er lehnt sich mir entgegen. Ich wende mich wieder meinem roten Plastikbecher zu. Ich hasse es, vor anderen Leuten rumzuknutschen.

Kyles Freund Aaron oder Alex, irgendwas mit A jedenfalls, pflanzt sich neben uns.

»Mann, diese Mandy ist megahot«, sagt er.

Mandy Philips. Noch eine der tanzenden Grazien.

Kyles Hand rutscht zu meinem Oberschenkel runter. »Dann geh hin und rede mit ihr.«

Sein Freund rührt sich nicht. »Meinst du, ich hab überhaupt eine Chance bei ihr?«, fragt er.

»Na logo. Andy, guck doch nur mal, was die anhat. Da weißt du sofort, dass sie die totale Schlampe ist.«

Andy. Ich war nah dran.

Dann spule ich in meinem Kopf noch mal den letzten Satz von Kyle zurück. Meine Handflächen fangen an zu schwitzen. Überall kann ich mein Herz schlagen spüren – in den Ohren, im Magen. »Was hast du da gerade gesagt?«

Er tut so, als hätte er mich nicht gehört. Ich stehe auf, wobei ich mich Halt suchend an der Armlehne der Couch festklammere.

»Wo willst du hin?«, fragt Kyle.

Ich tue so, als hätte ich ihn nicht gehört.

Ich wanke in die Küche zurück und gieße mir noch einen Drink ein. Etwas, um den bitteren Geschmack in meinem Mund wegzuspülen.

Er hat es gesagt, als wäre nichts weiter dabei. Genau das ist es, was mich so sauer macht – dass alle offenbar meinen, diese Art von Slut-Shaming sei keine große Sache. Ein innerer Wecker piepst los und ich will so schnell wie möglich weg hier. Aber Sadie hat sich vor zwanzig Minuten mit Mike abgeseilt. Ich habe meine Chance auf eine Mitfahrgelegenheit verpasst. Wobei sie ohnehin nicht gewollt hätte, dass ich mich an sie ranklemme.

Kyle findet mich in der Küche; er hängt seinen Finger in meine Gürtelschlaufe ein und streicht mir mit der anderen Hand über den Hals.

»Verpiss dich, Kyle.«

Er grinst. »Du bist immer so gemein zu mir, Sloan.«

»Na ja, vielleicht weil du ein Arschloch bist.«

Er hört auf zu grinsen. »Warum bin ich ein Arschloch?«

»Du weißt, dass sie genau so eine Scheiße auch über mich sagen, nicht? Bist du deshalb an mir interessiert?«

Ich kann nicht glauben, dass ich das eben gefragt habe. Weil (a) er natürlich deshalb an mir interessiert ist. Und (b): Was will ich denn von ihm hören? Dass er sich unsterblich in mich verliebt hat?

Wir bedeuten einander nichts. Und genau darum funktioniert die Sache zwischen uns.

»Menno, komm schon. Ich hab doch nur versucht, Andy ein bisschen auf die Sprünge zu helfen.«

»Bezeichne in meiner Gegenwart nie wieder ein Mädchen als Schlampe. Nenne Mädchen nicht Schlampen. Basta.«

»Okay, okay.« Kyle will mich berühren, aber ich weiche zurück. »Hey, es tut mir leid.«

Ich zucke mit den Schultern und trinke noch einen Schluck von meiner Rum-Cola.

»Harper.« Kyle macht einen Schritt auf mich zu und streckt die Hand nach meinem Haar aus. Er streicht mir eine Strähne hinters Ohr, beinah schüchtern. »Ich mein's ernst. Es tut mir leid.«

Kyle sieht mir direkt in die Augen, und ich bemerke, dass seine einen sehr hübschen Blauton haben. Nichts Spektakuläres oder so. Einfach hübsch.

»Okay.«

Er stößt einen langen Seufzer der Erleichterung aus. »Wollen wir hier die Biege machen?«

Ich stelle meinen Becher auf den Küchentresen. »Nichts wie weg.«

Er grinst wieder. Seine Zähne sind ganz gerade und superweiß, und wenn er lächelt, sieht er irgendwie älter aus. In gewisser Weise sogar attraktiv.

Aber er hat keine Grübchen.

Er nimmt meine Hand und wir drängeln uns noch mal durchs Partygewühl, weil er noch einigen Leuten Bescheid sagen will, dass er jetzt abhaut. Er und ein paar Typen aus seinem Lacrosseteam spulen so ein komisches Handschlagritual ab und alle werfen ihm diesen vielsagenden Blick zu. Als würden sie ihm gratulieren, dass er mit mir zusammen die Party verlässt. Und als wüssten sie genau, was wir als Nächstes tun werden.

Draußen ist der Sturm abgezogen, ohne der drückenden Schwüle den kleinsten Dämpfer verpasst zu haben. Der Geruch nach Erde hängt schwer in der feuchtwarmen Luft, und der Rasen, den wir zum Gehweg durchqueren müssen, ist ein einziger Matsch. Kyle bleibt zweimal auf halber Strecke zu seinem Auto stehen, um mich zu küssen. Aber nicht so schlabbrig wie sonst. Trotzdem schmeckt er noch nach Bier und Zigaretten. Ein Pfefferminzbonbon würde die Situation eindeutig verbessern. Aber seine Lippen sind weich und die Zunge kommt nur wenig zum Einsatz, und wenn ich es nicht besser wüsste, könnte ich glatt glauben, dass Kyle mich wirklich mag.

Wir erreichen sein Auto und er öffnet mir die Tür. Aber nicht die Tür vorne. Ich werfe einen Blick zurück zu dem Haus, aus dem wir gekommen sind. Nur eine Ecke weiter, und außerdem parken noch andere Autos in unserer Nähe. Nicht der Höhepunkt an Privatsphäre. Aber wenigstens hat er getönte Scheiben.

Ich klettere auf die Rückbank. Kyle steigt hinter mir ein und verriegelt die Türen. Nur unsere Knie berühren sich. So wie auf der ersten Fahrt in Wills Mustang.

Er rutscht näher an mich heran. Von hier ist die Musik von der Party nicht mehr zu hören. Im Wageninneren ist es still.

»Weißt du eigentlich, wie wahnsinnig sexy du bist?«, flüstert er.

Es ist eine Ja-oder-nein-Frage, auf die es keine gute Antwort gibt. Aber er erwartet keine Antwort; er erwartet etwas anderes. Seine Lippen sind an meinem Ohr, und alles, was ich tun muss, ist, den Kopf zu drehen.

Ich drehe den Kopf. Kyles Mund verharrt noch für eine Sekunde vor meinem, dann küsst er mich. Seine Fingernägel schaben über meinen Oberschenkel. Seine Hand legt sich auf meine Hüfte, dann schlüpft sie mir zwischen die Beine. Ich schiebe sie zurück auf meine Knie und schaue dabei aus dem Seitenfenster.

Mein Herz beginnt zu rasen. Nicht auf diese glückselige, euphorische Art. Sondern angstvoll. So wie letztes Schuljahr, als ich Sadie bei der Mathearbeit abschreiben ließ. So als sollte ich das hier nicht tun.

Aber ich muss mich einfach nur beruhigen. Mich entspannen und diese Stimmen ausblenden. Denn hier zu sein ist immer noch besser, als mich damit zu konfrontieren, was zu Hause auf mich wartet.

Kyle beginnt meinen Hals zu küssen. Auf die gleiche Weise, die den Knutschfleck zur Folge hatte. Ich will keinen Knutschfleck mehr.

Meine Lippen pressen sich auf seine, und ich kneife die Augen zusammen, weil ich mir nicht sicher bin, was es über mich aussagt, dass ich meine Augen beim Küssen immer offen halte.

Aber mit geschlossenen Augen denke ich erst recht an andere Dinge. Erinnere mich an andere Momente. Zum Beispiel an Declans letzten Abend in Carson vergangenen August.

Er hatte den ganzen Tag mit Cory verbracht und dann waren wir zu dritt abends essen gegangen. Nachdem das letzte Pizzastück aufgegessen war, setzten wir Cory zu Hause ab, aber Declan und ich fuhren weiter.

Ich hatte versucht, diesen Sommer zu genießen, jede Sekunde auszukosten, die mir noch mit meinem Freund blieb. Doch an jenem Abend war die Uhr abgelaufen und wir wollten nur noch weg. An einen Ort, der schöner war als die Rückbank eines Autos.

Wir waren mittlerweile beide zu groß, um in dem Baumhaus, das wir vor über drei Jahren in der Nähe des alten Steinbruchs gebaut hatten, noch aufrecht stehen zu können, und so breitete Declan eine Decke auf dem Boden aus. Wir hatten gerade genug Platz, um uns diagonal auszustrecken.

Draußen regnete es in Strömen und hin und wieder drang ein Tropfen durch die Ritzen in der Holzdecke. Einer landete auf meiner Wange und Declan wischte ihn mit dem Daumen weg.

Seine Hand blieb dort liegen, an mein Kinn geschmiegt, bis ich den Kopf drehte und seine Handfläche küsste.

Ich beobachtete, wie Declans Atem schwerer wurde und seine Augen dunkler, wie sein Lächeln etwas Hungriges bekam. Seine Hand löste sich von meinem Kinn und sein Daumen strich über meine Oberlippe. Dann verschmolzen unsere Lippen.

Der beste Kuss meines Lebens.

Meine Hände glitten an seinem Rücken hinunter, dann zogen sie an seiner Gürtelschnalle. Seine Hände waren in meinen Haaren vergraben und wanderten von dort abwärts zu meinen Schenkeln und wieder nach oben, nahmen dabei meinen Rocksaum mit.

Alles, was er tat, fühlte sich unglaublich gut an und ich wollte mehr davon.

»Hast du ...?« Wieder küsste Declan mich auf den Mund, dann wanderten seine Lippen weiter an mein Kinn. »Kondom?«

Er hielt an meinem Hals inne. Dann zog er den Kopf zurück und blinzelte mich an. Das Blut schoss mir in die Wangen und er küsste mich wieder, langsamer als davor.

»Ja.«

Natürlich hatte ich bereits gewusst, wie seine Antwort lauten würde, weil ... hallo? Er hatte sogar das verdammte Baumhaus geputzt. Doch sobald ich es gesagt hatte, stand auch die Erwartung im Raum, und ich wollte nicht länger überlegen, also setzte ich mich auf und zog mir das Kleid über den Kopf.

Declans Blick wanderte über meinen Körper. Mit zitternden Fingern fing ich an, ihm das Hemd aufzuknöpfen. Doch ehe ich damit fertig war, zog er es sich einfach über den Kopf und warf es neben mein Kleid in die Ecke. Als er mich wieder küsste, war alles Drängende von vorher verschwunden.

Seine Haut fühlte sich heiß an auf meiner Brust, und ich konnte sein Herz hören, das im gleichen Takt wie meines schlug. Seine Finger glitten langsam von meinem Knie an aufwärts, und dann ließ er mich Dinge fühlen, wie nur er es konnte.

Ein Stöhnen stieg aus meiner Kehle auf und meine Finger gruben sich in seinen Nacken. Ich presste seinen Mund noch fester auf meinen. Sämtliche Zweifel schwanden dahin, während seine Hand sich schneller bewegte und die Welt Feuer fing und ich seine Initialen in jeden Baum auf diesem Planeten ritzte.

Aber ich war immer noch schrecklich nervös. Ich bekam keine Luft. Und Declan merkte es.

»Wir müssen das nicht tun.«

»Ich will's aber. Ich wollte immer, dass du derjenige bist.«

Wieder streckte ich meine Hand nach ihm aus, doch er hielt sie fest und küsste meine Fingerknöchel.

»Wir werden warten. Bis wir beide so weit sind.«

Das war das erste Versprechen, das wir uns gaben. Und ich habe es gehalten. Weil ich mir nicht vorstellen kann, dass ich je zu jemandem gehören werde, wie ich zu ihm gehört habe.

Aber jetzt ist es Kyles Hand, die meinen Rock hochschiebt. Wieder greife ich nach seinem Handgelenk. »Nicht.«

»Was ist los?«

Ich weiß nicht, was ich sagen soll. Ich weiß noch nicht mal, warum ich ihn aufhalte.

Er ist nicht Declan.

Es ist ein lächerlicher Gedanke. Declan ist nicht mehr greifbar. Und was zwischen uns geschehen ist, liegt so weit in der Vergangenheit, dass es mir vorkommt, als wäre es zwischen zwei anderen Menschen geschehen.

Wir sind länger getrennt, als wir zusammen waren. Ich muss endlich davon loslassen.

»Hast du deine Tage?«

Ich stürze mich auf den Ausweg, den Kyle mir eröffnet. »Ja. Tut mir leid.«

Er sieht leicht enttäuscht aus, reißt sich aber umgehend wieder zusammen.

»Kein Problem.«

Seine Hand rutscht abwärts zu meiner Taille und er zieht mich näher an sich heran. Er küsst mich erneut, und ich bemühe mich, etwas zu fühlen. Irgendetwas, das mich im Hier und Jetzt festhält, abseits anderer Gedanken.

Kyle lehnt sich zurück, bis ich halb auf ihm draufliege. Er wühlt in meinen Haaren, dann berührt er mich am Scheitel. Nein, er berührt mich nicht.

Er drückt nach unten.

Mit so viel Kraft, wie es ein Junge, der mich respektiert, niemals tun würde. Versucht sich Dinge zu nehmen, wie Declan es nie getan hat.

Ich blicke hoch und sein Gesichtsausdruck überrascht mich. Er sieht nervös aus.

Ich halte ihn nun schon wochenlang hin. Lasse ihn zappeln, mache ihm Hoffnungen, jedes Mal, wenn ich *noch nicht* flüstere. So weit wie jetzt habe ich es bereits mit einigen anderen Jungs aus meiner Schule kommen lassen; es wäre keine Riesensache. Ich sollte es einfach hinter mich bringen.

Nur dass ich nicht will. Ich habe nie gewollt. Ich setze mich auf und richte meine Klamotten, dann öffne ich die Tür.

»Wo gehst du hin?«

»Weg.«

Ich stehe auf dem Bürgersteig und versuche, mich zu orientieren. Es ist dunkel, mir ist schwindelig und ich will nach Hause, aber auf der Party gibt es sonst niemanden, den ich so einfach bitten könnte, mich nach Hause zu fahren.

Kyle klettert aus dem Fond. »Sloan, komm schon. Sei nicht so.«

Ich glaube, die Main Street liegt ein paar Straßen nördlich von hier. Ich kann bis zu Frank's Diner laufen und von dort sehe ich dann weiter.

Kyle packt mich am Arm. »Okay, es tut mir leid …«

Ich reiße mich von ihm los. »Lass mich in Ruhe.«

»Meine Güte, jetzt sei nicht so melodramatisch. Steig wieder ins Auto.«

»Nein.«

»Jetzt steig schon ein. Ich bringe dich nach Hause.«

»Mit dir gehe ich nirgendwohin.«

Er verzieht spöttisch das Gesicht und blickt zurück zum Partyhaus. »Was soll's. Deine Entscheidung.« Er stiefelt los. Für den Bruchteil einer Sekunde bin ich in Panik. Überlege, ob ich ihm nicht besser hinterher sollte. Aber ich brauche ihn nicht. Das habe ich nie getan.

Ich hole mein Telefon hervor und rufe Cory an. Keine Antwort. Mit einem Seufzen wähle ich als Nächstes Grahams Nummer. *Auf die Heimfahrt freu ich mich ja jetzt schon.*

Ich lausche auf das Tuten. Sechs-, sieben-, achtmal. Dann springt die Mailbox an. Und Sadie ist weiß der Himmel wo und mit Sicherheit zu betrunken, um Auto zu fahren. Als letzten Ausweg probiere ich es bei Gwen. Sie geht auch nicht ran. Mehr Freunde habe ich nicht.

Außer einen vielleicht noch. Aber es ist absolut ausgeschlossen, dass ich ihn anrufe und um Hilfe bitte.

Also marschiere ich los.

15

Frank's Diner ist menschenleer. Um diese Uhrzeit ist es zu spät fürs Abendessen und noch zu früh für die Nachtschwärmer.

Frank's ist eine ehemalige Werkstatt, die zu einem Diner umgemodelt wurde. Der Laden hat einen Fünfzigerjahre-Touch und eine sechs Seiten lange Speisekarte. Die riesigen Garagentüren stehen heute Abend offen, sodass die schwüle Luft hereinweht.

Ich setze mich in eine Tischnische in der Nähe des Tresens und bestelle einen Kaffee.

Ich lege mein Telefon auf den Tisch und starre auf das Display, während ich Cory eine telepathische Nachricht schicke, dass er mich zurückrufen soll. Ich bin immer noch zwei Meilen von meinem Zuhause entfernt. Ich würde ja zu Fuß gehen, aber inzwischen ist es stockdunkel. Und ich trage einen Rock. Und diese Stimme in meinem Kopf schreit, dass ich bloß keine Idiotin sein soll.

Eine noch größere Idiotin.

Was Kyle angeht, habe ich mir etwas vorgemacht. Immer lande ich bei diesen Typen, die sich einen Dreck um mich kümmern und mich nur benutzen wollen. Und ich habe Kyle wohl auch nur benutzt. Es hat nur nicht funktioniert.

Graham hatte womöglich recht vorhin. Er hat mich quasi einen Feigling genannt, und angesichts dessen, wie der heutige Abend verlaufen ist, habe ich diesem Urteil wenig entgegenzusetzen. Ich kreise ständig um die Dinge, die ich nicht kontrollieren kann. Moms Krebs, ihr Haarausfall, die Tage, an denen sie zu schwach ist, um das Bett zu verlassen. Natalies Tod, Declans Abschied, die Gerüchte, die sich die Leute hinter meinem Rücken erzählen.

Worauf ich mich stattdessen konzentrieren sollte, sind die Dinge, an denen ich etwas ändern kann. Heute Abend habe ich es mit Kyle nicht völlig aus dem Ruder laufen lassen; das ist doch ein Anfang. Noch zu Jahresbeginn wäre die Geschichte vielleicht anders ausgegangen. Das ganze Frühjahr über habe ich ein und denselben Fehler immer wieder gemacht.

Aber damit ist jetzt Schluss. Das Einzige, was ich jetzt tun muss, ist, mir zu überlegen, wie ich nach Hause komme. Also, ich könnte darauf warten, dass mich jemand zurückruft (eher nicht), oder ich könnte meine Eltern anrufen (ganz sicher nicht) oder … Ich könnte in den sauren Apfel beißen und diese letzte Nummer wählen.

Ich nippe an meinem Kaffee und beäuge mein Telefon. Ich kann nicht anrufen. Vielleicht ist er noch mit Mackenzie zusammen. Ich kneife die Lider zusammen und reibe mir die Schläfen, versuche angestrengt, das Bild von ihnen beiden in seinem Zimmer wegzumassieren.

Andererseits würde er wohl gar nicht erst rangehen, wenn sie noch bei ihm wäre. Und außerdem bin ich ziemlich sicher, dass er mich sowieso schon hasst. Was habe ich also groß zu verlieren?

Es fängt an zu läuten, noch bevor ich von der Idee, ihn anzurufen, hundertprozentig überzeugt bin. Dann fange ich an zu beten, dass er nicht rangeht. Dann tut er es.

»Harper?«

»Hey.« Ich umschließe die Kaffeetasse mit einer Hand. »Bist du gerade beschäftigt?«

Declan zögert. »Eigentlich nicht.«

»Du bist mit niemandem zusammen?«

»Nein … warum?«

Meine Lider schließen sich wieder. »Ich habe mich gefragt, ob du mich bei Frank's abholen könntest? Ich brauche … eine Mitfahrgelegenheit.«

»Oh. Äh, ja. Das könnte ich schon machen. Gib mir nur ein paar Minuten, ja?«

»Klar. Lass dir Zeit.«

Wir beenden das Gespräch und ich lege mein Telefon wieder hin. Dann nehme ich es wieder in die Hand und überprüfe mein Spiegelbild in dem Display. Ich schnappe mir eine Serviette und versuche, die Eyelinerspuren unter meinen Augen wegzuwischen, dann kämme ich mir mit den Fingern durchs Haar, entwirre ein paar Knoten.

Eine Weile später kommt die Kellnerin an meinen Tisch und schenkt mir Kaffee nach. Als sie wieder weggeht, steht plötzlich Declan in der Tür.

Er entdeckt mich und kommt langsam zu mir rüber. Er setzt sich auf den Platz mir gegenüber und betrachtet mein Gesicht. Ich sehe als Erstes weg.

Ich kann nicht aufhören, mit meinen Nägeln gegen den Becherrand zu tippen. Ich setze mich auf meine Hände. »Danke, dass du gekommen bist.«

»Kein Ding.« Er checkt die Uhrzeit auf seinem Telefon.

»Hast du's eilig? Meinetwegen können wir los.« Ich trinke einen großen Schluck von meinem Kaffee und greife nach meiner Tasche.

»Nein, ist schon okay. Eigentlich habe ich ziemlich Kohldampf. Was dagegen, wenn wir noch ein bisschen bleiben?«

»Oh. Nein, ist sogar besser, um ehrlich zu sein. Ich könnte noch ein paar Minuten gebrauchen, bevor's nach Hause geht.« Ich schnappe mir zwei Speisekarten und gebe ihm eine. »Bestell dir, was du magst. Ich zahle.«

»Das musst du nicht tun.«

»Ich will aber.«

Er nimmt die Karte und schlägt sie auf. Ich lege meine wieder hin. Ich kenne Frank's Angebot in- und auswendig.

Unsere Kellnerin, eine stämmige Frau mittleren Alters mit einer krisseligen Turmfrisur, kommt erneut herübergewatschelt. »Was kann ich euch beiden denn bringen?«

Mit einer Geste lässt Declan mir den Vortritt. Die Kellnerin notiert erst meine Bestellung, dann Declans und zwinkert ihm kurz zu, bevor sie wieder abschwirrt. Und dann wird es an unserem Tisch furchtbar still.

Declan steckt seine Karte hinten in den Serviettenhalter und lehnt sich nach vorn. »Alles okay mit dir? Ist heute Abend irgendwas passiert?«

»Nee, alles bestens.« Ich fahre mit der Zunge über meine Lippen und sehe auf meinen Kaffee hinunter. »Mir geht's super. Danke.«

Er betrachtet mich noch ein paar Sekunden länger, bevor er sich in seinen Sitz fläzt.

»Und, warst du heute arbeiten?«

Declan nickt. »Ja. Frühschicht. Und morgen auch.«

»Cool. Bist ja gut beschäftigt …«

Wir verfallen wieder in Schweigen, doch zum Glück kommt unser Essen in Lichtgeschwindigkeit, da wir die einzigen Gäste sind. Declan grinst mich an.

»Superbe Wahl.«

»Halt die Klappe. Süßkartoffelpancakes schmecken hervorragend zu frittierten Gurken.«

»Hm, hm.« Er verteilt scharfe Soße über seine Spiegeleier. »Entschuldige, wenn ich meine Zweifel habe, aber ich habe mal gesehen, wie du eine von diesen Gurken in Erdnussbutter getunkt hast, deshalb …«

Diese lockere Vertrautheit habe ich am meisten vermisst. In Momenten wie diesen kann ich die Augen schließen und mir weismachen, es habe sich nichts geändert. Dass wir noch immer er und ich sind.

»Das war köstlich«, erwidere ich. »Du hast keine Ahnung, was dir entgeht.«

Er lächelt und ich nehme eine weitere Gabel voll von meinem Teller. Erneut tritt Stille ein, während wir beide essen.

Es fällt mir schwer, ihn wieder anzuschauen. Weil ich die ganze Zeit das Bild im Kopf habe, wie er vor einem Jahr war. Da oben im Baumhaus. Je mehr ich aufhören möchte, daran zu denken, desto lebhafter wird die Erinnerung, wie wir einander in den Armen halten.

Die Kette hat mal seiner Mutter gehört.

Er hatte sie über mir in der Luft baumeln lassen, der Anhänger drehte sich um sich selbst. »Damit du dich immer an mich erinnerst.«

»Als ob ich ein Schmuckstück bräuchte, um mich an dich zu erinnern.« Ich lächelte und fuhr mit dem Finger über das Unendlichkeitssymbol. »Aber danke. Sie ist wunderschön.« Er war ganz rot geworden. »Ich dachte mir, das ist besser als diese kitschigen Gebrochenes-Herz- und Beste-Freunde-für-immer-Ketten.«

»Viel besser.«

Er half mir dabei, die Kette umzumachen, dann wurde sein Gesicht ernst. »Du und ich.«

»Für immer.«

Im Hier und Jetzt sitzt Declan mir gegenüber am Tisch und checkt wieder sein Telefon. Vermutlich wartet er auf eine Nachricht von jemandem, mit dem er lieber seine Zeit verbringen möchte.

Ich habe keine Ahnung, wie ich je über ihn hinwegkommen soll. Du lieber Himmel, ich habe an ihn gedacht, während ich mit einem anderen Typen rumgemacht habe. Neun Monate sind zu lang, um immer noch auf diese Art an ihn zu denken.

Die einzige andere Sache, an die ich noch denken kann, ist Kyles Hand auf meinem Kopf. Ich will mir gar nicht vorstellen, was er den Leuten erzählt hat, als er wieder zurück bei dieser Party war. Und sie werden ihm jedes Wort glauben. Weil sich's um mich dreht und weil's immer so läuft. Irgendjemand wird behaupten, er sei direkt am Auto vorbeigegangen und habe es mit eigenen Augen gesehen. Und bis morgen werden alle von dem neuen Skandal gehört haben.

Ich steche mit der Gabel auf meine Pancakes ein.

»Warst du vorhin mit ihm zusammen? Deinem Nicht-Freund?« Declan klopft mit dem Löffelstiel gegen den Tisch. Immer und immer wieder.

Mir ist die Vorstellung zuwider, mit Declan darüber zu sprechen, was heute Abend passiert ist. Aber es ist mir auch zuwider, ihn anzulügen. »Ja.«

Er nickt bedächtig. Doch dann schüttelt er ganz plötzlich den Kopf. »Ich kapiere einfach nicht, was du an diesem Kerl findest.«

Und ich kapiere einfach nicht, was Declan das angeht. Es ist ein offenes Geheimnis, dass er Kyle nicht ausstehen kann. Doch es war Declan, der mir diesmal eine Abfuhr erteilt hat. Und jetzt streut er auch noch Salz in die Wunde.

»Könnten wir vielleicht über was anderes reden?«

Declan lässt den Löffel fallen. »Ich dachte nur … Du solltest wissen, dass sich deine Freunde ziemlich über dich wundern.«

»Meine Freunde?«

»Ja. Cory. Die Mädchen. Die Leute, denen du am Herzen liegst.«

»Wow.« Ich hebe meine Tasse hoch und stelle sie wieder hin. »Das ist toll.«

Declan seufzt angesichts meines Sarkasmus und presst die Kiefer aufeinander, als würde er bereuen, etwas gesagt zu haben.

»Nein, ehrlich. Eure Anteilnahme bedeutet mir *so* viel.« Ich schiebe meinen Teller von mir weg. Auf einmal fühlt sich diese Tischnische furchtbar beengt an. »Und wie darf ich mir das vorstellen? Sitzt ihr alle beim Sonntagskaffeekränzchen zusammen und zerreißt euch das Maul über mich?«

»Nein, natürlich nicht …«

»Hört sich aber verdammt so an.«

»Hey, vielleicht hat Mackenzie ja recht. Vielleicht sollten wir wirklich alle zusammen etwas unternehmen und uns ein bisschen besser kennenlernen.«

»So was wie ein Doppeldate?«, frage ich ihn. Declan verschränkt die Arme. »Wie geht's Miss Pin-up heute Abend denn so?«

»Hast du etwa ein Problem mit Mackenzie?«

Die Luft ist stickig – man kann kaum atmen. Und es ist so heiß, dass mir die Schenkel auf dem Vinylsitz festkleben. Ich wische mir die Handflächen an meinem Rock ab.

»Nein.« Um mich zu beruhigen, lasse ich unter dem Tisch das Zopfgummi gegen die Innenseite meines Handgelenks flitschen. »*Du* hast von ihr angefangen.«

Declan reibt sich über die Augenbrauen und seufzt. »Eigentlich wollte ich dir nur sagen, dass es mir nicht gefällt, dich so zu sehen.«

»Na, dann trifft es sich doch gut, dass du in einem Monat wieder abhaust.«

Ich bereue meine Worte, noch bevor sie mir über die Lippen sind. Eine armselige Bemerkung aus reinem Selbstschutz. Aber irgendwie ist sie mir einfach herausgerutscht.

Sein Gesichtsausdruck wandelt sich von wütend zu betroffen und dann zeigt Declan keine Emotion mehr. Er macht dicht und schweigt. Ich schließe meine Finger so fest um den Unendlichkeitsanhänger, dass sich meine Nägel ins Fleisch bohren, und versuche, mich auf diesen Schmerz zu konzentrieren, während die nächsten zehn Sekunden heruntertícken. Elf. Zwölf.

Er fährt sich mit der Hand durchs Haar und schüttelt den Kopf.

»Echt nett, Harp.« Er zückt seine Brieftasche und wirft ein paar Dollarnoten auf den Tisch. »Ich warte dann draußen im Auto.«

Die Fahrt nach Hause ist furchtbar. Wir reden nicht, drehen nicht mal das Radio an und die Stille dröhnt in meinen Ohren. Ich halte meine Arme so fest um den Körper geschlungen, dass meine Finger verkrampfen, versuche, mich so klein zu machen, wie ich mich fühle. Versuche, einen Weg zu finden, diesen Abend ungeschehen zu machen.

Declan hält vor meinem Haus an, bevor ich bereit dafür bin. Er lässt den Motor laufen.

»Danke«, sage ich.

Er richtet den Rückspiegel. »Klar doch.«

Ich mache die Autotür auf. Zögere. Mache sie wieder zu. »Tut mir leid, was ich vorhin gesagt habe.«

»Okay.«

Okay? Heißt das jetzt, er nimmt meine Entschuldigung an?

Er starrt nach wie vor durch die Windschutzscheibe und fährt dabei mit dem Daumen über seine Oberlippe. Sieht nicht so aus, als würde er mir vergeben.

So kann ich es nicht stehen lassen.

»Nein. Ich habe total überzogen reagiert, und ich weiß nicht mal, was diese Bemerkung von mir sollte. Ich hatte einen fürchterlichen Abend, und ich bin dir wirklich dankbar, dass du gekommen bist, um mich abzuholen. Ich schätze, ich bin in letzter Zeit einfach sehr angespannt wegen Mom.«

»Tu das nicht.« Declan schüttelt den Kopf und sieht mich an.

»Was?«

»Benutze sie nicht als Ausrede. Du triffst deine eigenen Entscheidungen. Und du führst dich schon viel länger so rücksichtslos auf, als sie Krebs hat.«

In der nachfolgenden Stille verwischen sich alle meine Gedanken. Declan hält mich für rücksichtslos. Ich bin rücksichtslos. Das wusste ich bereits, deshalb sollte es auch nicht wehtun, aber das tut es trotzdem, weil es von Declan kommt.

So etwas hat Declan noch nie zu mir gesagt.

Meine Hand zittert, ich verfehle den Türgriff, dann erwische ich ihn doch und ziehe daran. »Gute Nacht, Declan.«

16

»Komm rüber. Sofort. Ich brauche weiblichen Input.«

Ich schaue auf die Uhr. Ein bisschen früh dafür, dass Cory die Krise schiebt. Und um ehrlich zu sein, weiß ich nicht, ob ich heute den Nerv dafür habe. Ich habe die ganze Nacht wach gelegen und die Autofahrt mit Declan Revue passieren lassen. Ich leide also nicht nur an akutem Schlafmangel, sondern bin auch noch schlecht gelaunt. »Wo brennt's denn?«

»KOMMM HER!«

Uärgh. »Okay, ist ja gut. Bin schon unterwegs.«

Ich überquere den Rasen und betrete ohne weitere Ankündigung das Haus. Unten ist alles ruhig und ich marschiere schnurstracks nach oben zu Corys Zimmer.

»Also, für mich sehen die total gleich aus«, sagt eine vertraute Stimme.

Ich bleibe auf der obersten Treppenstufe stehen und schließe für einen Moment die Augen. Das ist ja mal wieder typisch. Es vergeht kein einziger Tag in dieser Stadt, an dem ich nicht irgendwem über den Weg laufe, den ich nicht treffen will.

»Keine Panik, der weibliche Input ist da.« Ich trete über die Schwelle und schenke Declan ein leises, sehr freundliches und ganz und gar nicht verbittertes Lächeln.

»Na endlich! Welches Hemd?« In jeder Hand hält Cory ein blaues Button-down-Hemd. Es ist zweimal haargenau das gleiche.

»Das rechte. Definitiv.« Aus dem Augenwinkel sehe ich Declan verstohlen grinsen. »Und verrätst du mir auch, was die ganze Aufregung soll?«

»Ich habe ein Date«, sagt er mit einem täppischen Lächeln.

»Ohhhh.«

Er zeigt mit dem Finger auf mich. »Erspar mir dieses Mädchengetue.«

»Aber hast du mich nicht genau deswegen hergebeten?«

»Oh. Richtig.«

»Also, wer ist die Glückliche?«

Er schiebt seine Brille den Nasenrücken hoch und grinst. »Mackenzie.«

Bevor ich mich zurückhalten kann, sehe ich Declan an. Er lehnt sich nach vorn, stützt die Ellbogen auf die Knie.

»Du hast ein Date mit Mackenzie?«, frage ich.

»Ja. Hat Declan eingefädelt. Und mit dem Hemd bist du dir echt sicher?« Er hält es am Bügel vor sich hin und inspiziert den Kragen.

Cory geht mit Mackenzie aus. Was bedeutet, dass Declan es nicht tut.

»Mhm«, sage ich. »Es ist perfekt.«

»Gut. Spitze.« Cory saust aus dem Zimmer. Im Badezimmer nebenan geht der Wasserhahn an.

Mein Hirn ist immer noch dabei, das Gehörte zu verarbeiten. Das ergibt keinen Sinn.

»Ich dachte …« Die Art, wie Declan jeglichen Blickkontakt mit mir meidet, lässt keinen Zweifel daran, dass er genau weiß, was ich dachte.

Er hat mich bewusst in dem Glauben gelassen.

»Soll ich mir Gel in die Haare machen?«, fragt Cory aus dem Badezimmer.

»Nein!«, rufen Declan und ich im Chor.

Wir starren uns eine Sekunde lang an. Dann drehen wir beide den Kopf weg.

Warum hat Declan mir nichts davon gesagt? Hat er je etwas von Mackenzie gewollt? Oder hatte er von Anfang an vor, Cory mit Mackenzie zu verkuppeln?

Cory ist zurück, bevor ich Declan auch nur eine einzige Frage stellen kann. Er klimpert nervös mit dem Kleingeld in seiner Tasche herum, während er in seinem Zimmer auf und ab geht, als wisse er nicht, wohin mit sich.

»Was habt ihr denn vor?«, frage ich.

»Sie möchte bowlen gehen«, sagt er. Dann schießen seine Augenbrauen in die Höhe. »Ihr zwei müsst unbedingt mitkommen.«

Declan setzt sich aufrecht hin. »Alter, du willst doch wohl nicht, dass wir dein Date crashen.«

»Genau«, sage ich. »Das ist deine Chance, Zeit mit ihr allein zu verbringen.«

Cory schüttelt den Kopf. »Sie redet immer davon, wie cool es ist, als Gruppe auszugehen.«

Keiner von uns beiden sagt etwas. Declan lockert unter Kopfkreisen seine Nackenmuskeln und fixiert die Zimmerdecke. Ich schaue zum Fenster hinaus.

»Kommt schon, Leute.« Corys Blick schwenkt von Declan zu mir. »Was immer da zwischen euch beiden abgeht, schiebt es einen Abend lang mal beiseite. Mir zuliebe! Bitte!«

»Ja. Geht klar«, sage ich. Letztes Jahr, als es zwischen Declan und mir mehr wurde als Freundschaft, hat Cory nie irgendwie komisch reagiert. Dabei war's für ihn garantiert eine komische Situation. Und selbst wenn er manchmal rumwitzelte, dass er das dritte Rad am Wagen sei, war er dabei einfach nur glücklich, dass wir glücklich waren.

Nach all der Unterstützung, die ich von Cory bekommen habe, kann ich mich jetzt wohl schlecht vor einer Runde Bowling drücken.

So rücksichtslos bin ich nicht.

Als wir später am Abend das Regal Lanes betreten, schlägt mir schon im Eingang ein Schwall Popcorn- und Zigarettenmief entgegen. Pins krachen lautstark um und aus den Boxen an der Bar röhren Achtzigerjahre-Hits. Irgendwie genial. Ich lasse mir ein Paar Bowlingschuhe in Größe 40 geben und setze mich Cory gegenüber auf eine Kunststoffbank, um mir die Schnürsenkel zuzubinden.

Declan rutscht neben mich. Wir sind zusammen hergefahren, damit Cory Mackenzie abholen konnte. Gemeinsame Autofahrten in absolutem Schweigen werden für uns allmählich zur Routine.

Auf Bahn drei bricht lauter Jubel los. Jake Thornton und seine Clique. Na bravo. Sie geben sich High-Fives und nehmen sich nach jedem Frame gegenseitig auf die Schippe. Man kann sie unmöglich übersehen. Mit einem Ruck ziehe ich die Schnürsenkel fest und mache einen Knoten.

»Diese Stadt ist einfach zu klein«, raune ich Cory zu. Er zuckt mit den Schultern, kann aber die Augen nicht von Mackenzie lassen.

Sie bowlt wie meine Oma – zwischen gespreizten Beinen baggert sie die Kugel auf die Bahn, während ihr ausgestellter Rock hin und her schwingt. Sie wirbelt herum und klatscht in die Hände, nachdem sie fünf Pins umgeworfen hat.

Declan dreht sich zu mir. Logischerweise sind wir im selben Team. »Willst du als Erste?«

»Nein, mach du.«

Er bowlt einen Strike. Dann erzielt Cory einen Spare. Und ich mache zwei Fehlwürfe, die beide in der Rinne landen. Super.

Mein Punktestand bleibt bis zum letzten Frame im zweistelligen Bereich, bis ich endlich die läppische Hundertergrenze knacke. Cory startet die Punktetafel neu für die nächste Runde und Mackenzie rückt dicht an ihn heran, flüstert ihm etwas ins Ohr.

Beide fangen an zu lachen. Währenddessen befürchte ich, mir in Declans Nähe Frostbeulen zu holen. Und ich hasse dieses grässliche Schweigen zwischen uns. Ich will einfach nur, dass wir uns wie zivilisierte Menschen benehmen.

»Ich glaube, ich habe die falsche Kugel gewählt«, sage ich zu ihm. »Jep. Das war das Problem.«

Er erhebt sich und steht direkt vor mir. »Ja, daran wird's wohl gelegen haben.« Er lächelt verkniffen und verschwindet dann Richtung Toiletten. Ich sehe ihm hinterher, dann drehe ich mich zu Cory um. Mackenzie neben ihm strahlt förmlich. Keine Ahnung, wieso es mir nicht schon viel eher aufgefallen ist. Es ist so völlig offensichtlich, dass sie sich mögen, jetzt, wo ich darauf achte.

Hinter ihnen macht sich die Gruppe auf Bahn drei zum Gehen bereit. Jake wirft einen anzüglichen Blick zu mir rüber.

»Ich hole mir eine Limo«, sage ich zu Cory und Mackenzie. »Soll ich euch irgendwas mitbringen?«

»Nein danke«, antwortet Mackenzie.

Die Bar befindet sich ganz hinten. Quasi in einem anderen Gebäude. Dorthin wird Jake mir bestimmt nicht nachgehen. Aber ich hätte mich wohl besser auf dem Damenklo verstecken sollen, bis er weg ist.

»Hey, Sloan.«

Sein Ton impliziert, dass er keine Antwort erwartet, sondern ich megagespannt sein darf, weil er gleich den brillantesten Spruch der Welt raushauen wird. Er bleibt neben mir stehen. Meine Finger krümmen sich um die Rückenlehne des Barhockers.

»Das letzte Mal, als wir uns gesehen haben, warst du echt gemein zu mir. Wie wär's mit einem Versöhnungskuss?«

Der Barkeeper, ein kräftiger Typ mit Glatze und rotbraunem Bart, kommt langsam zu uns rüber. Er wirft mir einen warnenden Blick zu, Marke Wehe-du-bestellst-einen-Cocktail.

»Kann ich bitte eine Cola haben?«

»Wir nehmen gleich zwei.«

Ich beiße die Zähne aufeinander und ziehe ein paar Ein-dollarscheine aus meiner Tasche. Der Barmann füllt zwei Gläser unterm Zapfhahn und stellt sie vor uns hin.

»Zwei fünfzig.«

Jake schiebt meine Hand weg und zahlt mit einem Fünfer.

»Stimmt so.«

Ich halte noch immer mein Geld in der Hand. »Ich will nicht, dass du für mich bezahlst.«

»Keine Sorge. Sind keine Bedingungen dran geknüpft.« Er trinkt einen großen Schluck und ich stopfe die Dollarscheine zurück in meine Hosentasche. »Gern geschehen, übrigens.«

Was auch immer er letztlich bezweckt, vor ihm wegzulaufen wird nichts ändern. Falls Jake sich irgendetwas beweisen muss, ist es mir lieber, er tut es jetzt, wo wir allein sind.

Ich blicke über meine Schulter. Declan ist nirgends in Sicht. »Was willst du, Jake?«

»Heute Abend steigt diese Party. Vielleicht hast du ja Lust mitzukommen?«

»Habe ich nicht.« Ich werfe ihm einen giftigen Blick zu,

aber er rührt sich nicht von der Stelle. »Du kannst dich jetzt also verpissen.«

Der Barkeeper stößt einen lang gezogenen Pfiff aus und wischt grinsend die Theke sauber. Ich komme zu dem Schluss, dass er ganz okay ist.

Jake ignoriert mich. Lässt seine Finger an meinem Arm hinaufspazieren. Genauso hat er mich im Pool berührt.

Ich setze die Cola an meine Lippen, aber ein Schwapp davon landet auf meinem Handrücken, läuft an meinem Arm herab. Ich trockne mich an meiner Shorts ab.

»Was ist los, Sloan? Magst du mich nicht mehr?«

»Ich hab dich noch nie gemocht.« Ich schüttele seine Hand ab. »Und fass mich nicht an. Was weiß ich, wo du mit deinen Griffeln überall dran warst.«

Jakes Blick rutscht abwärts und kommt unterhalb meiner Taille zum Stehen. Sein Grinsen wird noch breiter. »Und wie du das weißt.«

Ich lasse meine Cola stehen und setze mich Richtung Toiletten in Trab. Jake schafft es, mich zu überholen, und versperrt mir den Weg.

»Kommst du nicht zu spät zum Gruppenonanieren?«, frage ich und blicke zu seinen Freunden rüber, statt ihn anzuschauen.

Er grinst weiter vor sich hin. Er weiß, dass seine Spitze besser gesessen hat.

Aber das ist mir schnurz. Ich will nur, dass es vorbei ist. Aber das ist es nicht. Jake wird mich nicht zweimal hintereinander das letzte Wort haben lassen.

Innerlich ermahne ich mich, ihn zu ignorieren; es ist egal, nichts, was er sagt, zählt. Aber dann schwingt hinter ihm die Toilettentür auf.

»Also, du und Kyle Marcell, was?« Sein Grinsen wird noch

breiter und mich überkommt Panik. »Du hast ja seit jeher eine Vorliebe für öffentliche Plätze, aber vor dem Kerl ziehe ich echt meinen Hut. Hat sein Auto wirklich direkt in der Einfahrt vor dem Haus mit der Party gestanden?«

Declan sieht mich nicht an. Er starrt auf Jakes Hinterkopf. »Entschuldige dich.«

Jake dreht sich langsam um. Declans moosgrüne Augen glänzen wie Stahl. Er geht dicht an Jake heran.

Ich werfe einen nervösen Blick zu Cory rüber. Er steht auf, kommt aber nicht näher.

Jake versucht, Declan auszuweichen, und tänzelt einen Schritt Richtung Ausgang. Declan packt ihn am Ärmel. »Ich wiederhole mich ungern.«

So ohne einen Hauch von Abstand zwischen ihnen fällt Jake offenbar plötzlich auf, dass Declan ihn rund zehn Zentimeter überragt. Er schwankt etwas auf der Stelle. »Tut mir leid, Harper«, sagt er, ohne sich umzudrehen.

Declan lässt seine Hand sinken und beobachtet, wie Jake davontrottet. Er dreht sich zu mir um, noch immer rot im Gesicht. Ich trete ein Stück zurück und starre auf meine Schuhspitzen hinunter.

»Alles okay?«, fragt er.

Ich nicke, aber es ist eine Lüge. Das Gefühl der Demütigung brodelt in meiner Magengrube. Irgendwo in meinem Hinterkopf fügen sich die Teile nach und nach zusammen.

Lass es gut sein, Harper. »Warum hast du das gemacht?«

Seine Stirn legt sich in Falten, und er verzieht das Gesicht zu einer Art Lächeln, als glaube er, ich mache Witze. »Weil dieser Kerl sich bei dir entschuldigen sollte?«

Ich nicke wieder und er folgt mir zurück zu den anderen. Mackenzie untersucht fieberhaft ihren Rocksaum, und Cory gibt sich größte Mühe, so zu tun, als wäre nichts passiert. Doch ich kriege mit, wie Declan und er sich ansehen. Und bei diesem stummen Austausch wird die dumpfe Ahnung, die ich gerade noch hatte, zur niederschmetternden Gewissheit.

Declan weiß schon längst, was man sich über mich erzählt.

Ich hab gehört, sie hat's mit drei Typen gleichzeitig getrieben.

Ich hab sie im ersten Highschooljahr gefickt.

Schlampe.

Er hat alles gehört. Alles, von dem ich nie wollte, dass er es erfährt.

17

Ich spucke ein Lachen aus. Es hört sich an wie bei einer Katze, die ein Haarknäuel hochwürgt. »Wer ist dran?«

Mackenzie zupft an ihren Haarspitzen. »Neues Spiel …«

Ich schnappe mir die pinkfarbene Kugel, mit der ich schon die ganze Zeit gespielt habe, und gehe am Rand der Bahn in Position. »Ich fange an.«

Ich werfe sie, so fest ich kann, schleudere sie stümpermäßig auf die Bahn, beinah so, als wäre ich beim Kugelstoßen. Sie knallt dumpf auf, schwenkt seitwärts in die Rinne und eiert dann den Rest der Bahn hinunter.

Meine Hand fühlt sich komisch an. Sie fühlt sich nicht an wie meine eigene. Ich wische sie mir an meiner Shorts ab und drehe mich um. Richte den Blick auf den hässlichen, grauen Teppich mit Neonkringeln und gehe los, zerre meine Tasche unter der Kunststoffbank hervor.

»Harp, warte.« Declan legt seine Kugel hin und streckt seinen Arm nach mir aus.

Ich wehre seine Hand ab und dränge an ihm vorbei. »Bitte nicht.«

Er läuft mir ein kleines Stück hinterher, aber Cory ist schneller. Er hat schon die Bowlingschuhe aus und die Vans an.

»Sie braucht nur eine Minute, um sich zu beruhigen«, höre ich ihn zu den anderen sagen. »Wartet hier. Ich rede mit ihr.«

Ich tigere in Bowlingschuhen auf dem Parkplatz hin und her und bleibe erst stehen, als Cory herauskommt. »Wie viel weiß er? Hast du ihm das vom Oktober erzählt?«

Er seufzt und reibt sich müde die Augen.

Ich versetze ihm einen Stoß vor die Brust. »Verdammt noch mal, hast du's ihm erzählt?«

»Schalt mal einen Gang runter, okay? Ich hab's ihm nicht erzählt.«

»Aber er hat irgendwelche anderen Geschichten über mich gehört, stimmt's? Ich weiß es; ich hab's an dem Blick gesehen, den er dir da drinnen zugeworfen hat.« Ich halte kurz inne. »Schwörst du, dass er es nicht weiß?«

»Ich schwöre. Er weiß nicht, was in dieser Nacht damals passiert ist.«

Ich gehe neben der Backsteinmauer in die Hocke und durchwühle meine Tasche. »Okay. Tut mir leid.«

Hitze steigt vom Asphalt auf und macht mir das Atmen schwer. Gott, gleich muss ich mich übergeben.

Ich finde, wonach ich gesucht habe, klappe den Deckel der Pfefferminzdose hoch und hole mein Feuerzeug und eine Zigarette heraus.

»Was soll das werden?«, fragt Cory.

Ich zünde die Zigarette an und stehe auf, inhaliere mit geschlossenen Augen.

Die Zigarette wird mir aus den Fingern gerupft. Ich reiße die Lider auf und sehe gerade noch, wie Cory sie in hohem Bogen wegschleudert.

Wir starren einander an.

»Ich war noch nicht fertig.«

»Doch, warst du.«

Er macht keinen Rückzieher, und ich überlege, mir eine neue anzustecken, nur um ihn zu ärgern, aber eigentlich will ich gar nicht mehr rauchen. Ich will einfach nur, dass Cory aufhört, mich mit gerunzelter Stirn zu taxieren. Als wäre er enttäuscht von mir. Wie an jenem Abend im letzten Herbst, als er mich von dieser Party wegtrug, als ich ihn anflehte, Declan nichts zu sagen. *Sag's bitte nicht. Bitte. Das regel ich selbst.*

Ich blinzele die Tränen zurück, die sich mir plötzlich in die Augen drängen.

Cory legt mir einen Arm um die Schultern und seufzt. »Du bist so eine krasse Nervensäge, weißt du das?«

»Cory, was ist mit den anderen Gerüchten, was hat er noch …«

Declan kommt mit Mackenzie zur Tür heraus. Corys Arm rutscht von meinen Schultern herunter und legt sich um Mackenzies Taille, doch Declans Blick wandert zwischen uns hin und her und den Ausdruck auf seinem Gesicht dabei habe ich das letzte Mal gesehen, als Cory mich im ersten Highschooljahr fragte, ob ich mit ihm zur Homecoming-Feier gehe. Er sieht aus, als wüsste er nicht, wem er vertrauen soll. Als hätte er die ganze Zeit eine bestimmte Version von mir verinnerlicht gehabt, Harper 1.0, und nun endlich begreift er, dass ein Jahr vergangen und seine Erinnerung völlig veraltet ist.

Declan blickt auf seine Hände, die meine Sandalen halten. Er reicht sie mir wortlos.

»Oh.« Ich bin die Einzige, die noch die rot-weiß-blauen Bowlingdinger an den Füßen hat. »Ja, gut … bin gleich wieder da.«

Ich verschwinde nach drinnen und gebe die Schuhe am Tresen ab. Als ich wieder nach draußen komme, ist Mackenzie die Einzige, die lächelt.

»Wollen wir nicht irgendwo was essen gehen?«, schlägt sie vor.

»Klingt gut«, erwidert Cory.

Alle sehen mich an. Ich sehe auf meine Zehen hinunter. »Ich bin irgendwie ganz schön k. o.«

Declan kratzt sich am Nacken und dreht sich zu den anderen um. »Warum geht ihr nicht einfach schon mal vor? Wir kommen ein bisschen später nach.«

Sie steigen in Corys Wagen ein, und wir schauen ihnen nach, wie sie davonfahren.

»Danke«, sage ich. »Ich wollte ihnen nicht das ganze Date ruinieren.«

»Ist wirklich alles okay mit dir?«

Das Zopfgummi schnippt gegen mein Handgelenk. Wieder und wieder, doch es nützt nichts. »Mhm.«

Er kommt einen Schritt näher und streckt sich nach meiner Hand aus. Idiotischerweise lasse ich zu, dass er sie nimmt, und als er mit dem Daumen über meinen Handrücken streicht, jagt ein seltsames Kribbeln durch meinen Arm.

Er zieht mich zum Bordstein rüber und setzt sich hin. Ich pflanze mich neben ihn, schlinge die Arme um meinen Körper und schlage die Beine übereinander, obwohl mir so noch heißer ist.

»Ich weiß …« Er reibt sich über die Augenbraue, bevor er fortfährt. »Ich weiß, dir ist es lieber, manche Dinge mit Cory zu besprechen. Aber wenn du jemanden zum Reden brauchst … Ich bin immer noch hier.«

Drei Mückenstiche an meinem Knöchel. Drei X.

Er ist immer für mich da gewesen. Immer. Und ich wünschte, nichts hätte sich verändert, dass ich ihm immer noch alles anvertrauen könnte, mit der Gewissheit, dass er mich nicht verurteilen wird. Aber ich habe sein Gesicht gesehen, als er den

Knutschfleck bemerkte, und ich sehe es jetzt. Wir können nicht darüber reden.

»Danke«, sage ich. »Aber ich glaube, es ist besser, wenn wir es einfach … gut sein lassen.«

Er schweigt eine Weile, den Blick starr geradeaus gerichtet. Dann steht er auf und ich tue das Gleiche. Er fährt sich mit den Händen übers Gesicht und lässt sie dann oben auf dem Kopf liegen, die Ellbogen stehen spitz heraus.

»Ich kann's nicht einfach gut sein lassen. Nicht, wenn's dich dermaßen mitnimmt.« Er lässt die Hände nach unten fallen. »Du darfst dich von diesem Typen nicht so fertigmachen lassen.«

Er kommt näher. Steht so nah vor mir, dass ich den Weichspülerduft in seinen Klamotten rieche, sehe, wie sich seine Brust hebt und senkt.

Aber ich bin gar nicht wirklich hier. Ich bin wieder in diesem Pool und es ist der Tag vor meinem siebzehnten Geburtstag, heute vor vier Monaten. Ich schütte den Inhalt aus Jakes Flasche in mich hinein, weil Declan nie auf meine Geburtstagskarte reagiert hat und ich nichts mehr habe, worauf ich mich freuen kann, außer darauf, mir die Lichter auszuschießen.

Jake wartete, bis der Wodka wirkte, dann bewegten sich seine Finger über meinen Arm zur Schulter hinauf bis zum Hals, und es fühlte sich weich und dumpf und schön an. Das Wasser war auch weich. Flüssiger Samt. Ich schöpfte es mit hohlen Händen und goss es lachend über Jakes Haar. Dann zog er mich an den Rand des Pools.

»Warte. Was ist mit Jenny?«

Er drängte sich an mich. Drängte mich an die Wand. »Zwischen uns ist es aus. Ich will nur dich.«

Und dann meine Lippen auf seinen Lippen und seine Lippen auf meinem Hals und meine Beine um ihn geschlungen und seine Hand zwischen meinen Beinen, bis die Tür des Umkleideraums aufschwang und uns der Kegel einer Taschenlampe erfasste.

Was ist mit Jenny? Ich fragte nur dieses eine Mal. Und erst nachdem wir bereits im Pool waren. Als hätte ich nicht gewusst, was passieren würde, wenn jemand wie ich mit jemandem wie ihm allein gelassen wird.

»Harper, hörst du mir eigentlich zu?«

Ich nehme mich wieder zusammen und gehe auf Declans Wagen zu. »Ehrlich, mir geht's gut.«

Er fährt uns quer durch die Stadt. Kurz bevor wir zu Hause sind, hält er an einem Stoppschild an. Ein paar Sekunden später steht er immer noch.

»Mein Dad arbeitet heute lange«, sagt er. »Willst du mit zu mir kommen?«

18

Der Neuanstrich von Declans Haus scheint eine langwierige Sache zu sein. Er und Cory haben bislang nicht mehr geschafft, als etwas von der alten Farbe abzukratzen, und jetzt blitzen an den weißen Fassadenpaneelen Stellen mit grauem Holz durch. Wie ein Zebramuster.

Declan schließt die Tür auf, und seine Hündin Lula kommt angesprungen, um uns zu begrüßen. Ich bücke mich, um ihr richtig Hallo zu sagen.

Sie ist offenbar wild entschlossen, jeden Zentimeter von mir mit Hundeküssen zu bedecken, und wedelt dabei so wild mit dem Schwanz, dass ihr gesamtes Hinterteil hin und her wackelt.

Ich kraule sie hinter den Ohren. »Sie weiß noch, wer ich bin.«

»Klar tut sie das. Du warst immer ihr Liebling.« Declan geht durch die Küche zur Terrassentür und lässt sie in den Garten hinaus, damit sie dort ihr Geschäft verrichtet.

Beim Betreten des Wohnzimmers fällt mir schlagartig auf, wie lange ich nicht mehr hier gewesen bin. Einiges ist unverändert. Auf dem Kaminsims stehen noch immer Declans alte Schulfotos in chronologischer Reihenfolge. Aber irgendwie wirkt das Haus jetzt farbloser. Die Sofakissen mit Blumenmuster sind fadenscheinig und voller Knubbel. Das silberne Kreuz an der Wand hat seinen Glanz verloren. Im Lauf der Zeit sind die ehemals purpurfarbenen Vorhänge in der Sonne zu einem fahlen Rot verblichen. Declans Mom verblasst in den Dingen.

Er tritt hinter mir in den Raum, während ich ein gerahmtes Foto von ihr betrachte. Er schiebt einen Stapel Zeitschriften auf dem Couchtisch zusammen. Dann sieht er sich im Raum um, als prüfe er, ob noch mehr zu tun ist.

»Kann ich dir irgendwas anbieten? Kaffee?«

»Nein danke.«

Er geht trotzdem in die Küche und kommt mit zwei Gläsern Wasser zurück.

Ich nehme eins entgegen und nippe daran. »Danke.«

Er legt die Fernbedienungen ordentlich nebeneinander und schiebt sich die Hände in die Hosentaschen. »Warum tust du eigentlich so, als wärst du dieses Mädchen?« Er stößt das in einem einzigen Atemzug hervor, als hätte er es seit dem Bowlingcenter in seiner Brust zurückgehalten.

»Welches Mädchen?«

»Komm schon, du weißt genau, wovon ich spreche. Was dieser Typ gesagt hat … was die Leute aus der Schule über dich erzählen. Du tust gerade so, als würden die Gerüchte stimmen. Du verteidigst dich nicht mal.«

»Doch, tu ich wohl.«

»Heute aber nicht.«

Er hat recht, nicht alles, was man sich über mich erzählt, ist wahr. Nicht mal annähernd. Aber meistens mache ich mir nicht die Mühe, irgendwas abzustreiten. Die Gerüchte sind wahr genug.

Außerdem glauben die Leute, was sie glauben wollen. Man nehme zum Beispiel nur Declan. Sein momentaner Gesichtsausdruck spiegelt Zerrissenheit. Schnipsel unserer gemeinsamen Vergangenheit, Momente, die er mit meinem alten Ich verbracht hat, trüben sein Urteilsvermögen.

»Was macht dich denn so sicher, dass ich nur so tue?«

»Weil ich dich kenne.«

Mein Herz schwillt an, drängt von innen gegen meinen Brustkorb. Sein Tonfall ist beinah flehend, und mir schwindelt bei dem Gedanken, dass ein Teil von ihm mich immer noch für das Mädchen hält, das er mal geliebt hat. Obwohl er sich irrt. Ich stelle mein Glas ab und nutze den Moment, um mich neu zu sortieren. »Jeder tut doch irgendwann mal so als ob, oder? Sogar du.«

»Was soll das denn bitte heißen?«

»Du hättest mir das mit Mackenzie und Cory ruhig sagen können. Du wolltest mir vormachen, du würdest auf sie stehen.«

Er starrt an mir vorbei auf den schwarzen Fernsehbildschirm.

»Ich wollte dir gar nichts vormachen. Du hast einfach drauflosvermutet.« Sein Blick schießt zu meinem Gesicht und er sieht mir direkt in die Augen. »Das tust du öfters.«

»Aha. Dann habe ich mir das anscheinend bloß eingebildet.«

»Aber spielt doch eigentlich auch gar keine Rolle, oder? Du hast Kyle. Kein Grund zur Eifersucht also.«

»Richtig.« Ich schüttele den Kopf. »Ich meine, nein.« Declan verengt die Augen zu Schlitzen. »Ich bin nicht mit Kyle zusammen. Das Thema ist gegessen.«

»Dann ist er also nicht der Grund …«

»Der Grund wofür?«

Er hebt ein Kissen hoch und dreht es zwischen seinen Händen hin und her. Dann wirft er es wieder zurück an seinen Platz. »Nichts.«

»Nein, was wolltest du sagen?«

»Ich dachte, vielleicht war er der Grund … warum bei uns Schluss war.«

Ich starre aus dem Erkerfenster. Eine Wolke schiebt sich vor die untergehende Sonne und im Raum wird es dunkel. »Damals habe ich ihn noch gar nicht gekannt.«

Er wartet. Wartet noch ein bisschen länger. Ein Ausdruck, in dem sich alle Fragen und der unterdrückte Schmerz eines ganzen Jahres spiegeln, huscht über sein Gesicht. »Ist das wirklich alles, was du dazu zu sagen hast?«

Ich streiche mir eine Strähne aus dem Gesicht und gehe einen Schritt rückwärts. »Was willst du von mir hören, Declan?«

»Ich will einfach nur, dass du ehrlich zu mir bist! Sag mir, was passiert ist. Sag mir, warum du uns das angetan hast!«

Ich pralle mit dem Rücken gegen das Regal, weiter zurück kann ich nicht. Aber genauso wenig kann ich ihm geben, wonach er verlangt.

In den Monaten vor Declans Abschied aus Carson gab ich mir alle Mühe, um für ihn da zu sein. Um ihm alles zu geben, was er brauchte. Aber die Angst, die mich seit Natalies Tod begleitete – die Angst, geliebte Menschen zu verlieren, *ihn* zu verlieren –, die war nicht verschwunden. Sie war stärker geworden, war in mir gewachsen wie ein wuchernder Tumor. Ich brauchte Declan genauso sehr wie er mich. An schlechten Tagen musste ich seine Hand halten, seinen Puls spüren als Erinnerung daran, dass wir gemeinsam alles überstehen konnten. Und an den guten Tagen, wenn ein Lächeln sein Gesicht und meine ganze Welt erhellte, war ich davon überzeugt, dass wir es wirklich schaffen würden.

Aber dann war er weg. Und es war so viel schwieriger, ihn am Telefon zum Lächeln zu bringen.

Ich versuche zu schlucken. »Nachdem du weg warst …«

Uns hat mehr getrennt als nur die Grenzen zwischen zwei Bundesstaaten.

Ich hab dich so vermisst und ich hab sie vermisst und ich wollte einfach etwas anderes fühlen als dieses Vermissen.

Etwas, das nicht so groß war.

Es sollte eigentlich eine Party werden wie jede andere auch, damals im Oktober. Doch von Anfang an stand der Abend unter einem schlechten Stern.

»Gehst du heute wieder mit Sadie aus?«, hatte Declan gefragt.

Im Klartext hieß das: »Wirst du dich betrinken?«, und ich hatte die falsche Antwort parat.

»Du solltest sie einfach mal besser kennenlernen. Sie ist mir eine echte Stütze.«

Declan lachte schnaubend. »Ja, sie stützt dich, wenn du kaum mehr aufrecht stehen kannst.«

Ich holte tief Luft und fasste an meine Kette. Es war diese Woche das erste Mal, dass wir miteinander sprachen, und ich hatte nicht die Kraft, schon wieder mit ihm zu streiten. »Und was machst *du* dieses Wochenende?«, fragte ich, bevor wir noch weiter vom Kurs abkamen.

»Ich werde einfach mit Dave rumhängen. Vielleicht gehen wir ins Kino.«

Im Hintergrund konnte ich Dave hören, seinen Zimmergenossen. Ich setzte mich auf den Boden und lehnte mich gegen mein Bett. »Und ist sonst noch wer mit dabei?«

Declan zögerte. Räusperte sich. »Tja, äh … ich glaube, noch zwei Mädchen aus meinem Französischkurs. Und vielleicht treffen wir uns später noch mit ein paar anderen Leuten …«

Ich hörte schon nicht mehr hin. Meine Lungen waren wie mit Blei ausgegossen. Sie weiteten sich einfach nicht.

Es war lächerlich; es gab keinen Grund, eifersüchtig zu sein. Doch ich war es.

Declan wartete darauf, dass ich etwas sagen würde.

»Klingt lustig«, flüsterte ich.

Die Hintergrundgeräusche verebbten, und als er wieder zu sprechen ansetzte, hallte es so komisch, als hätte er sich ins Bad eingeschlossen. »Alles okay?«

»Ja, es ist … nur komisch. Dass ich nichts über deine Freunde weiß.«

»Na ja, was willst du denn wissen?«

Ich wollte wissen, ob sie hübsch waren. Ob sie der Grund dafür waren, warum er ständig vergaß, mich zurückzurufen. Ob sie ihn an den Tagen zum Lächeln brachten, an denen ich es nicht konnte. Aber das sagte ich nicht. Das nicht. »Sind davon denn schon welche mehr als Freunde?«

Declan schwieg eine ganze Weile lang. »Wie kannst du mich so was überhaupt fragen?«

Jeden Morgen wachte ich auf und vermisste Declan. Und egal, ob wir miteinander sprachen oder nicht, am Abend vermisste ich ihn immer noch mehr.

Uns damit zu trösten, dass das Ganze nur vorübergehend war, half kein bisschen. Er war erst zwei Monate fort, und doch fing er schon an, mir zu entgleiten. Wir hatten noch den Rest des Schuljahres vor uns und dann noch ein weiteres, und am Ende landeten wir womöglich an verschiedenen Colleges und alles würde wieder von vorn beginnen.

Wir waren in diesem Kreislauf gefangen, und jeder Tag, den wir voneinander getrennt verbrachten, sorgte für einen weiteren Riss in unserem Für-immer-und-ewig.

»Es gibt einfach so viel Neues in deinem Leben, an dem ich keinen Anteil habe … es fühlt sich so an, als würden wir uns allmählich verändern.«

Er stieß einen langen Atemzug aus. »Ich weiß gerade einfach nicht, was ich dir sagen soll.«

Sag mir, dass du mich liebst. Sag mir, dass ich spinne.

Beantworte meine Frage.

»Mensch, Harper, du machst das Ganze noch viel schwerer, als es ohnehin schon ist.«

Eine Stunde später war ich sturzbesoffen.

Meine Erinnerung an jenen Abend ist bruchstückhaft, auch jetzt noch, nachdem ich mithilfe von Cory die Lücken gestopft habe. Aber an die wichtigen Teile kann ich mich erinnern, gut genug jedenfalls, um zu wissen, dass Declan selbst mit der gewagtesten Spekulation über diesen Abend der Wahrheit verdammt nahekäme. Und dass ich ihn am nächsten Morgen angerufen habe – daran erinnere ich mich, als wär's gestern gewesen.

Ihm die Wahrheit zu sagen hätte ihn verletzt. Zu diesem Zeitpunkt machte es keinen Unterschied, was ich tat, alles würde ihn verletzen.

Und so machte ich Schluss. Sagte Declan, ich würde keine Fernbeziehung hinkriegen, was einfacher war, als ihm von meinem Komabesäufnis zu erzählen. Und davon, dass ich mit einem fremden Jungen, dessen Namen ich nie erfahren habe, allein in einem Zimmer landete und mit den Lippen, die bis dahin nur Declan geküsst hatten, einen anderen küsste. Dass ich ihn berührte und mich von ihm berühren ließ. Es war einfacher, als Declan zu erzählen, wie Cory mich fand und den Jungen von mir runterzog und verhinderte, dass es zum Äußersten kam, weil ich zu betrunken war, um es selbst zu verhindern.

Oder wie ich Cory das Versprechen abknöpfte, nichts zu sagen. *Sag's bitte nicht. Das regel ich selbst.* Und ich regelte es. Ich ersparte Declan die Mühe, selber Schluss zu machen. Und er hätte Schluss gemacht, so viel steht fest. Denn egal, wie man die Sache auch drehte und wendete, ich hatte Declan betrogen.

Es war richtig, ihn mit den schaurigen Details zu verschonen.

»Nachdem du weg warst, habe ich … Es war einfach zu schwer.«

Ich höre den defensiven Ton in meiner Stimme und sehe, wie seine Züge hart werden. Ich hätte es wissen müssen. Wenn es jemanden gibt, der meine Lügen durchschaut, dann Declan.

Er lehnt sich nach vorn, ragt jetzt über mir auf. Er grinst ungläubig. »Schwer. Für dich.«

Meine Arme fallen seitlich an meinem Körper herab und ich atme seinen Atem. »Das verstehst du nicht.«

»Du hast recht, tu ich nicht.« Er tritt einen Schritt zurück und fährt sich mit der Hand durchs Haar. »Meine Mom stirbt, ich werde zu Hause rausgeworfen und in ein Internat abgeschoben, wo ich niemanden kenne, und dann verbannst du mich Knall auf Fall aus deinem Leben. Als hätte das zwischen uns rein gar nichts bedeutet.«

»Natürlich hat es etwas bedeutet.«

Die Muskeln an seinem Kiefer spannen sich an und werden wieder locker. Wir spielen eine kleine Runde Feiglingsspiel, beide warten wir darauf, dass der andere etwas sagt. Um alles wieder ins Lot zu bringen. Und das würde ich gern, nur wie soll ich erklären, wie es sich anfühlt, auf der Strecke zu bleiben? Es spielt keine Rolle, dass es nicht seine Entscheidung war, aufs Internat zu gehen. Declan hatte sich nicht an seinen Teil der Abmachung gehalten – er entfernte sich schneller von mir, als ich hinterherkonnte – und das tat weh. Und so stieß ich ihn weg, tat ihm meinerseits weh. Aber wenn ich ihm das jetzt alles erzähle, mache ich die Sache nur noch schlimmer.

»Gut zu wissen«, sagt er schließlich. Er schaut weg und massiert sich den Nacken. »Hör mal, ich habe noch eine Menge zu erledigen, bevor mein Vater nach Hause kommt …«

Hinter meinem Rücken schnippt das Zopfgummi gegen meine Haut. »Willst du, dass ich gehe?«

Er vergräbt seine Hände in den Hosentaschen und sieht zu mir hoch. Er nickt.

Ein weiteres kleines Stück meines Herzens zerbricht. So sollte es zwischen uns nicht sein. Wir waren beste Freunde; er kannte mich besser als jeder andere. Und jetzt kann er es nicht mal mehr ertragen, mit mir im selben Raum zu sein.

Das, was ich bei dieser Party im Wald gesagt habe, war mein Ernst. Er fehlt mir. Selbst jetzt, wo ich vor ihm stehe, vermisse ich ihn so sehr, dass es wehtut.

Aber ich tue, worum er mich gebeten hat. Ich verlasse das Haus, bleibe kurz auf der Veranda stehen und versuche, meine Atmung wieder unter Kontrolle zu bringen. Ich werfe einen letzten, langen Blick auf seine Tür und sprinte zu meinem Haus zurück.

19

Der Fotografie-Kurs am nächsten Tag fällt für mich flach. Ich schicke Mr Harrison meine Bilder per Mail mitsamt einer kurzen Nachricht, in der ich meine Abwesenheit mit dem Gesundheitszustand meiner Mutter erkläre.

Ja, ja, ich komme in die Hölle. Was gibt's sonst noch Neues?

Mom ist superfrüh zu einer weiteren Runde Chemo aufgebrochen, also bleibe ich im Bett und versuche, ein wenig Schlaf nachzuholen. Aber es dauert nicht lange und ich bin hellwach, starre an die Zimmerdecke und denke dabei an die Leuchtsterne, die an Declans kleben. Oder zumindest früher klebten. Wir hatten zusammen auf seinem Bett gestanden und sie da oben angebracht, alle Konstellationen nachgebildet, die wir kannten. Und ab und zu war einer von uns auf der Matratze hochgesprungen, nur um den anderen aus dem Gleichgewicht zu bringen.

Aber das ist eine halbe Ewigkeit her. Wir waren noch Kinder – so jung, dass unsere Eltern uns noch erlaubten, bei geschlossener Tür miteinander zu spielen. Mittlerweile ist er aus den Sternen vermutlich rausgewachsen.

Mein Telefon brummt auf dem Nachttisch.

»Hey, Sadie.«

»Ich hab tolle Neuigkeiten. Mikes Großtante ist letzte Nacht gestorben und seine Eltern sind das ganze Wochenende weg.«

»Oh mein Gott, das ist ja traurig.«

»Ja. Kann sein. Wie auch immer, er schmeißt heute Abend eine Party. Und Kyles älterer Bruder hat sich bereit erklärt, Alk zu besorgen. Das wird der Kracher. Ich habe mir überlegt, das pinkfarbene Top anzuziehen, das ich neulich in der Mall geshoppt habe? Und wenn du ein bisschen früher zu mir kommst, kann ich dir noch die Haare glätten. Und ich habe einen total süßen Minirock, den kannst du dir ausleihen …«

»Danke, aber … ich kann heute Abend nicht weg.«

»Warum nicht?«

Ich konzentriere mich auf den Dielenboden. Normalerweise lüge ich Sadie nicht an. Aber sie kann ein Nein einfach nie gelten lassen und mir hängen die Carson-Partys so zum Hals raus. Schon beim bloßen Gedanken daran läuft es mir kalt den Rücken herunter.

»Familienabend. Meine Mutter macht deswegen ein Riesengewese … echt nervig. Aber du wirst bestimmt einen Mordsspaß haben, so wie sich's anhört.«

»Boah, das ist ja voll öde.«

»Wem sagst du das.«

»Na ja, ich halt dich jedenfalls auf dem Laufenden. Vielleicht kannst du dich abseilen, wenn deine Mutter die Schnauze voll hat von Brettspielen oder was ihr auch immer so macht.«

»Vielleicht …«

Sie räuspert sich. »Habe ich dir eigentlich schon erzählt, was mir letztens im Drugstore passiert ist?«

Ich presse mir das Telefon ans Ohr und lausche, während Sadie erzählt, wie sie nichts ahnend einen neuen Lipgloss kaufen wollte und da dieser College-Typen war, der einfach nicht lockerließ, bis sie ihre Nummer rausrückte. Ich schnappe nach

Luft und lache an genau den richtigen Stellen, während ich meine Decke zur Seite werfe und meinen Laptop zu mir aufs Bett ziehe. Ich mache mich daran, meine Bilder durchzuscrollen, auf der Suche nach Ideen für meine neue Hausaufgabe. Ich bin ein wahres Multitasking-Genie.

Sie quasselt noch immer, als unten die Garagentür aufgeht. Ich klappe den Laptop zu und würge sie ab.

»Hey, sorry, meine Mom ist gerade nach Hause gekommen. Kann ich dich nachher noch mal anrufen?«

»Ja, gut. Und ernsthaft: Sieh zu, dass du dich heute Abend irgendwie loseisen kannst.«

»Okay. Tschüs.«

Zu spät fällt mir auf, dass ich noch im Schlafanzug bin. Der Kurs ist inzwischen längst vorbei und unter normalen Umständen würde meine Schwänzerei jetzt voll auffliegen. Doch Moms Hirn ist in letzter Zeit therapiebedingt vernebelt, und so registriert sie meinen Aufzug nicht mal, als ich in die Küche komme.

Sie läuft schon wieder voll im Alles-eiapopeia-Modus – obwohl sie ein Tuch um den Kopf hat und ihre Finger alle dreißig Sekunden nervös daran rumfummeln, vermutlich aus Angst, dass die spärlichen Haarreste darunter vom leisesten Luftzug weggepustet werden könnten. Aber ist ja alles total normal. So richtig beschissen *prima*. Zumindest ist es das Wort, das Mom ständig im Mund führt.

Gestern aber hat sie nur mit Mühe zum Abendbrot einen Joghurt runtergewürgt, und wenn wir uns unterhalten, kann sie sich fünf Minuten später nur noch an die Hälfte des Gesagten erinnern. Die Situation ist Horror pur, und es wird zunehmend schwieriger, so zu tun, als wäre dem nicht so.

Sie sieht vom Abwasch hoch und lächelt mich an. »Wie war dein Kurs heute?«

»Der Kurs war der Kurs«, erwidere ich. »Wie war die Chemo?«

Sie wirft mir einen verschwörerischen Blick zu. »Wie immer ein reines Vergnügen. Eigentlich ist es gar nicht so schlimm. Dein Vater war die meiste Zeit da, um mir Gesellschaft zu leisten, und ich habe mein Buch ausgelesen, während er ein paar Anrufe erledigt hat. Er ist gerade eben los ins Büro.«

»Weißt du, du musst für mich keine tapfere Miene aufsetzen. Du darfst miese Tage haben oder traurig sein oder die Situation als das bezeichnen, was sie ist.«

»Und was ist sie?«

»Sie ist …« Ich schlucke. »Sie ist ungerecht.«

Mom lacht. »Ach, Schätzchen. Nichts ist jemals gerecht.«

Und damit widmet sie sich wieder dem Schmutzgeschirr im Spülbecken.

»Kannst du nicht ein einziges Mal zugeben, dass du Angst hast?«

Sie hält in ihrem Tun inne und sieht mit gerunzelter Stirn auf den Abwasch hinunter. »Ja, manchmal ist das alles ein bisschen beängstigend. Aber davon werde ich mich nicht vom Glücklichsein abhalten lassen. Es besteht kein Grund, dieser temporären Situation mein ganzes Leben in den Rachen zu werfen, nicht?«

Wir sind grundverschieden, Mom und ich. Sie nimmt jeden Tag, wie er kommt, flüchtet nie vor der Wahrheit und braucht keine Trickser eien, um schwierige Momente auszuhalten. Für sie steht die Zukunft offen, weil sie nicht in der Vergangenheit schwelgt. Aber ich schaffe es nicht, im Zusammenhang mit ihrer Krankheit nicht automatisch daran zu denken, wie es sich für mich angefühlt hat, einen geliebten Menschen zu verlieren. Jedes Mal, wenn ich wegen Mom am Boden bin, sehe ich Natalie vor mir.

Offenbar bemerkt sie, dass ich ziemlich aufgelöst bin, denn sie trocknet sich die Hände an einem Geschirrtuch ab und dreht sich zu mir um. »Hey, ich will nicht, dass du dir meinetwegen Sorgen machst. Es wird alles gut. Versprochen.«

Sie schenkt mir ein Lächeln und ich balle meine Hand zur Faust und lächele zurück. »Komm, warum lässt du mich das nicht machen?«

»Oh, schon okay, Schätzchen. Ich bin so gut wie fertig. Aber weißt du, was mir eine große Hilfe wäre?« Sie nimmt eine Glasauflaufform vom Abtropfgestell herunter. »Wärst du so lieb, die hier zu Bridget zu bringen?«

»Klaro.«

Ich fahre in meine Flipflops und gehe über die Rasenfläche hinüber zu Corys Haus. Klopfe einmal kurz an die Haustür und trete ein.

»Bridget?«

»In der Küche!«

Sie sitzen am Küchentisch. Cory, Bridget und natürlich Declan.

Warum habe ich vorm Herkommen nicht wenigstens meine Schlafanzughose gegen etwas anderes getauscht? Und warum in aller Welt ist sie mit kleinen gelben Enten bedruckt? Warum nur?

»Oh, danke!«, sagt Bridget. »Ist deine Mom schon vom Krankenhaus zurück?«

»Ja, sie ist gerade eben nach Hause gekommen.«

Sie nickt. »Hast du Hunger? Die Jungs helfen mir dabei, ein paar Reste zu vernichten.«

»Nein danke.«

Während sie noch einen Schluck Kaffee trinkt, sieht sie auf ihre Uhr. Sie trägt einen Kittel und ist vermutlich auf dem Sprung zum Dienst ins Krankenhaus. Sie steht auf und stellt sich hinter Declan, legt ihm dabei eine Hand auf den Kopf. Auf die gleiche Art hat Natalie auch immer Cory und mich berührt. Und so, wie Declans Stirn sich kräuselt, während er konzentriert sein Platzdeckchen mustert, schätze ich, dass ich nicht die Einzige bin, die jetzt an sie denken muss.

»Es ist so schön, euch drei wieder vereint zu sehen. Wir haben dich wirklich sehr vermisst, Declan. Stimmt's, Harper?«

Bridget liebt es, uns in Verlegenheit zu bringen. Sie ist ein wahrer Profi darin.

Ich starre auf die Auflaufform in meinen Händen. »Natürlich haben wir das.«

Er legt seine Gabel auf seinen Teller.

»Na schön, ich muss los zur Arbeit«, sagt Bridget mit einem nochmaligen Blick auf ihre Uhr. »Cory, sorg bitte dafür, dass die Teller im Geschirrspüler landen.«

Er nickt und schiebt mit dem Finger die letzten Makkaroni auf seine Gabel, als sie sich nach unten beugt und ihre Wange kurz an seinen Kopf schmiegt.

Bridget bleibt noch einmal auf der Türschwelle stehen. »Oh, Harper, Liebes, im Kühlschrank steht noch ein Auflauf. Nimm den bitte mit. Ich komme nachher noch mal bei euch vorbei und sehe nach deiner Mutter.«

»Danke, Bridget.«

Mit einem letzten Winken ist sie zur Tür hinaus.

»Okay«, sagt Cory, sobald sie weg ist. »Ich gehe mir die Zähne putzen, dann bin ich so weit.«

Declan nickt, während Cory die Teller einsammelt. Auf dem Weg zur Tür lädt er den Stapel im Spülbecken ab.

Die plötzliche Stille ist unerträglich. Ich beschäftige mich damit, die Auflaufform in Bridgets Schrank einzuräumen, innerlich betend, dass Cory schnell runterkommt und dieser Qual ein Ende bereitet.

Ich spiele an meiner Halskette herum, lasse den Anhänger hin und her surren. Dabei starre ich die Fotos an, die an der Kühlschranktür haften. Vor allem eins erregt meine Aufmerksamkeit, und ich schiebe den Magnet ein Stück zur Seite, um es genauer ansehen zu können.

Es ist ein Schnappschuss von Cory, Declan und mir, der schon ein paar Jahre zurückliegt. Ich weiß noch, dass er an Corys vierzehntem Geburtstag gemacht wurde. Wir haben alle drei Partyhütchen auf dem Kopf und ein breites Grinsen im Gesicht. Ich stehe in der Mitte, einen Arm um Corys, den anderen um Declans Schulter, und blicke direkt in die Kamera. Declan steht rechts neben mir, doch statt nach vorn zu schauen, sieht er mich an.

Hitze kriecht mir im Nacken hoch. Überall finden sich die Beweise: Declan war mir stets ein besserer Freund als ich ihm. Und ich habe ihn als selbstverständlich betrachtet.

Zehn Tage nachdem ich Schluss gemacht hatte, hörte er auf, mich anzurufen. Und auch daran war ich schuld. Weil ich auf keine einzige seiner Nachrichten reagiert hatte. Stattdessen machte ich dicht. Verließ kaum noch das Haus, außer um zur Schule zu gehen. Sprach kaum mit jemandem, was Cory nur recht war, da auch er mir nicht allzu viel zu sagen hatte. Nur Sadie war sauer.

Dann rückten die Winterferien immer näher, und auf einmal sehnte sich jede Faser meines Körpers danach, Declan zu sehen. Und so setzte ich mich an Heiligabend über meine eigene Regel hinweg. Ich fragte Cory nach ihm. Und noch einmal zerbrach mein Herz in tausend Stücke. Declan hatte es abgehakt. Ich kam zu spät.

Danach verlor alles an Farbe. Es würde kein Zurück mehr geben, keinen Weg, Vergangenes ungeschehen zu machen. Also hielt ich an meinem ursprünglichen Entschluss fest. Ich fing wieder an, mit Sadie wegzugehen, und gleich auf der ersten Party knutschte ich mit irgendwem rum. Und von da an wurde die Liste immer länger. Mit jedem neuen Jungen vergrub ich das, was mich mit Declan verband, noch ein Stück tiefer in meinem Inneren, zimmerte mir ein Leben ohne ihn zurecht. Ein Leben, in dem ich tun konnte, was ich wollte und mit wem ich wollte, weil es nicht mehr von Bedeutung war; es tat ja keinem mehr weh. Und mit der Zeit wurde es immer leichter. Vorzugeben, dass ich diese anderen Jungs mochte, meine Augen zu schließen und mich einfach treiben zu lassen. Aber tief in mir drin verloren die vergrabenen Teile meiner Vergangenheit nichts von ihrer Bedeutung. Weil ich nicht nur den Declan verloren hatte, den ich liebte. Ich hatte auch meinen besten Freund verloren.

Ich schickte ihm eine Postkarte. Als wäre es damit getan, als wäre diese läppische Geste überhaupt einer Antwort wert. Aber Declan hat so viel Besseres verdient und ich darf ihn nicht noch einmal so leichtfertig aufgeben. Ich bin es leid, vor Schwierigkeiten wegzulaufen. Bin es leid, vor allem Angst zu haben, ein Feigling zu sein, wie Graham mich immer nennt. Ich möchte jemand sein, der Declans Freundschaft wert ist; ich möchte sie mir zurückverdienen.

Ich hefte das Bild wieder an den Kühlschrank. »Habe ich irgendwas Tolles im Kurs verpasst?«

Declan lehnt sich zurück, hängt seinen Ellbogen über die Stuhllehne. »Ich hab dein Bild gesehen. Die Aufnahme mit den Rosen.«

Mein Bein will nicht aufhören zu zappeln. »Ach ja?«

»Ja.« Erneut Schweigen. »Willst du gar nicht wissen, wie ich es fand?«

»Wie fandest du's?«

»Hat mich nicht vom Hocker gehauen.«

Ich drücke den Anhänger ein letztes Mal, dann lasse ich ihn los. Vermutlich hätte ich damit rechnen müssen. »Oh.«

»Versteh mich nicht falsch, das Foto war hübsch und alles. Aber es war banal. Und deshalb total langweilig.«

»Na ja, danke für deine Einschätzung.«

»Jederzeit.«

Ich ziehe am Saum meines T-Shirts, zerknülle den Stoff zwischen geballten Fäusten. »Können wir noch mal von vorn beginnen?«

Declan schiebt sich vom Tisch weg und geht auf dem Weg zum Spülbecken an mir vorbei. Er dreht den Wasserhahn auf und spült seinen Teller ab. »Wie? Wir schütteln die Hände und tun so, als wären wir uns nie zuvor begegnet?«

»Nein, das meinte ich nicht. Ich wollte bloß … Gestern hat sich alles so blöd hochgeschaukelt. Ich hatte gehofft, wir könnten heute Nachmittag alle zusammen irgendwas Cooles unternehmen. Vielleicht Minigolf? Du könntest uns ein paar Golftricks zeigen.«

Uah. Geht's noch lahmer?

Er dreht den Wasserhahn zu. Dann macht er sich daran, den Geschirrspüler einzuräumen. »Cory und ich treffen gleich Gwen und Mackenzie, um auf den Rummel zu gehen.«

»Oh, cool. Ich hab völlig vergessen, dass der heute eröffnet.«

Er trocknet sich die Hände an einem Geschirrtuch ab. Und sieht mich nicht an. Ganz offensichtlich kriege ich keine Einladung.

»Okay«, sage ich. »Ich sollte jetzt wohl mal langsam nach Hause.«

Sein Daumen streicht über seine Oberlippe. Diese Geste macht er immer, wenn er über irgendetwas nachdenkt.

Cory kehrt in die Küche zurück und lässt den Oberkörper

kreisen. »Aufwärmung ist das beste Rezept zur Vorbeugung von Magenkrämpfen«, sagt er. Dann nickt er mir zu. »Bist du bereit für fetttriefendes Schmalzgebäck mit einer Extraladung Zucker?«

»Ähm …« Ich werfe Declan einen Blick zu. »Also, wenn es für euch okay ist, dass ich mitkomme …«

Cory runzelt die Stirn. »Wovon redest du? Natürlich ist es okay.«

Declan kramt seine Schlüssel aus der Hosentasche. »Seid ihr so weit?«

Ich zupfe an meiner Schlafanzughose. »Ich muss nur kurz nach Hause und mich um…«

Er stiefelt los zur Tür, noch ehe ich meinen Satz zu Ende geführt habe. Cory sieht ihm hinterher, dann grinst er mich an.

»Das kann ja heiter werden«, sagt er.

»Vielleicht sollte ich nicht mitkommen.«

»Vermutlich hast du recht. Besser auf Abstand bleiben, bis er weg ist. Hat für dich bisher ja auch richtig gut funktioniert, stimmt's?«

Ich schneide eine Grimasse. »Halt die Klappe.«

»Geh dich umziehen.«

Der Rummelplatz quillt über von Menschen. Erst werde ich von einem Pulk Schüler eingekesselt, dann remple ich gegen ein älteres Ehepaar. Als ich mich umdrehe, um mich zu entschuldigen, verliere ich den Anschluss an meine Gruppe. Kaum dass ich sie wieder eingeholt habe, greift Mackenzie nach Corys Hand und rennt mit ihm rüber zum Riesenrad.

Sie stellen sich an der Schlange an und ich verspüre einen leisen Stich im Herzen. Was völlig ungerechtfertigt ist, denn Cory schließt mich weder aus noch gehört er mir. Aber ohne das Schwimmtraining sehe ich ihn sowieso schon seltener. Und es sind die kleinen Dinge – dass er stets in Mackenzies Nähe bleibt und auf sie aufpasst –, die mich ins Grübeln bringen, ob er für mich jetzt wohl weniger da sein wird.

Ich schüttele den Gedanken ab. Hauptsache, Cory ist glücklich.

Gwen grinst. »Und, habt ihr auch Lust?«

Declan und ich fahren immer eine Runde Riesenrad zusammen. Jedes Jahr.

Er zuckt mit den Schultern. »Geht so.«

Er hat wieder seine Sonnenbrille auf, und dass ich seine Augen nicht sehen kann, gibt mir das Gefühl, er wäre furchtbar weit weg. Es ist, als wäre der Sommer bereits vorbei und er und ich meilenweit voneinander entfernt.

Wir spazieren weiter, kommen an einem Stand vorbei, der frittierte Gurken verkauft. Ich lächle Declan zu, aber er schaut in die andere Richtung.

Ich räuspere mich und starte den zehnten Anlauf für heute, ihn in ein Gespräch zu verwickeln. »Habt ihr Hunger? Ich könnte uns was Kleines zu essen besorgen.«

Gwen lebt sichtlich auf. »Mir ist jetzt voll nach gefrorener Banane.«

Ich drehe mich zu Declan um. »Wie steht's mit dir?«

»Ich will nichts, danke.«

»Bist du sicher? Ich könnte …«

»Ich sagte gerade, ich will nichts.«

Ich beiße mir auf die Lippe. Nicke. »Ist ja gut, hab's verstanden.«

Gwen rümpft die Nase und blickt auf ihre Füße hinunter. Ich drehe mich um und gehe weg.

Der Geruch nach frittiertem Teig und Würstchen, der einerseits ekelhaft, aber auch herrlich nostalgisch ist, hängt schwer in der Luft. An einer der Fressbuden bleibe ich stehen. Offenbar kann man heutzutage alles frittieren. Pecan Pie, Oreos, sogar Marshmallows.

Ich überlege, ob ich den anderen welche mitbringen soll, aber Declan mag Marshmallows nur pur ohne alles. Früher haben wir oft Lagerfeuer am Baumhaus gemacht. Cory und ich bastelten uns Sandwiches aus Keksen, Schokolade und gerösteten Marshmallows, aber Declan futterte die einzelnen Zutaten immer so aus der Tüte.

Er hatte sogar welche an unserem letzten gemeinsamen Abend mitgebracht. Wir hatten ein Lagerfeuer machen wollen, aber dann setzte der Regen ein und wir kletterten hoch ins Baumhaus, und danach war Dessert nicht mehr wichtig.

»Was Leckeres gefunden?«

Gwen bleibt neben mir stehen und studiert die Menütafel. Ich straffe die Schultern und klemme mir mein Haar hinters Ohr. »Oh hey. Ähm … entschuldige, aber was wolltest du vorhin noch mal?«

»Gefrorene Banane. Schon mal probiert?«

Ich schüttele den Kopf.

»Die machen echt süchtig. Und sind nicht so ungesund wie frittierter Keksteig, was ein klarer Vorteil ist.« Sie tippt mir gegen den Arm. »Na komm, ich lade dich ein.«

Wir gehen an den Stand rüber, wo sie die Bananen entdeckt hat, und bestellen zwei mit Schokoüberzug. Sie gibt mir meine und wir setzen uns auf eine Bank in der Nähe.

Ich probiere den ersten Bissen. »Interessant.«

»Ein bisschen wie Bananeneis, oder?« Sie wischt sich den Mundwinkel mit der Serviette ab. »Und, willst du drüber reden?«

»Worüber reden?«

»Musst du nicht. Mir ist nur aufgefallen, dass dies ein besonders feindseliges Kapitel in der Harper-und-Declan-Saga ist.«

»Wir haben keine Saga.«

»Doch, habt ihr. Aber das war nicht die Frage.«

Ich wische meine Handfläche an meiner Shorts ab. »Wir waren mal für eine Weile ein Paar. Und jetzt hasst er mich. Damit ist eigentlich alles gesagt.«

»Also bitte, er hasst dich nicht.«

»Ähm, und was war vor einer Minute?«

»Ja okay, er hat sich ziemlich arschig verhalten. Aber vertrau mir, Declan *wünscht* sich nur, er würde dich hassen.«

Ich stoße ein grunzendes Lachen aus. »Jetzt fühle ich mich gleich viel besser.«

Sie lächelt. »Ja, das solltest du auch.«

Ich pflücke einen Schokosplitter von der Banane. »Ich habe einfach das Gefühl, dass die Entfernung zwischen uns mittlerweile so groß ist, und ich weiß nicht, wie ich sie überwinden kann. Jedes Mal, wenn er mich anschaut, kommt es mir so vor, als wäre er enttäuscht, dass ich nicht mehr derselbe Mensch bin wie früher, weißt du?«

Gwen schlägt ihre Beine übereinander. »Menschen verändern sich. Und manchmal heißt das, sie driften auseinander. Aber manchmal heißt das auch, dass man nur tiefer graben muss, um das gemeinsame Fundament zu finden.«

Ich denke darüber nach, was Mom vorhin in der Küche gesagt hat, und versuche mir das nächste Jahr vorzustellen. Überlege, was passieren müsste, damit Declan wieder ein Teil davon wäre, doch jedes Mal bleibe ich am Oktober des letzten Jahres hängen, und an jedem schrecklichen Moment, den es seitdem zwischen uns gegeben hat. Denn die Vorstellung, wie Declan auf die Wahrheit reagieren würde, war dermaßen beängstigend gewesen, dass ich ihm nie die Chance dazu gegeben habe. Sosehr ich mir wünsche, die Vergangenheit ungeschehen machen zu können oder die Gegenwart zu ändern: Wovor ich mich wirklich fürchte, ist die Zukunft.

»Ich bin bereit zu graben«, sage ich, beinah mehr zu mir selbst.

Wir essen unsere Banane auf und machen uns auf den Rückweg zu den anderen. Unterwegs kommen wir an einem Stand mit frischer Limonade vorbei – die Sorte, die nur aus einer halben Zitrone und massenhaft Zuckerwasser besteht. Ich selbst finde das Zeug total widerlich. Aber Declan liebt es.

Ich bestelle einen Becher und trotte Gwen hinterher, die auf unsere Clique zuhält. Sie zieht einen Zahnstocher aus der Hosentasche und kaut darauf herum, hält sich wie zufällig abseits, als wir uns den anderen nähern.

»Hier.« Ich reiche Declan den Becher. »Den habe ich aus Versehen bestellt. Willst du?«

»Du willst nicht? Sicher?«

»Ja, ganz sicher.«

Er nimmt mir den Becher aus der Hand. »Danke.«

Er schenkt mir ein kleines Lächeln. Doch es ist ohne Grübchen, und ich weiß, es ist reine Höflichkeit. Aber es ist ein Fortschritt. Und was Declan angeht, nehme ich alles, was ich kriegen kann.

20

Sadie schreibt im Gehen eine Nachricht und stolpert um ein Haar über ein kleines Kind, das auf dem Bürgersteig spielt. Ich zerre sie am Ellbogen zur Seite. Sie schaut nicht mal hoch.

»Hey, wen findest du süßer, Mike oder diesen John aus der Zehnten?«

»Du überlegst, einen aus der Zehnten zu daten? Wie fortschrittlich.«

Wir schwenken auseinander, um ein paar Schaufensterbummlern auszuweichen, dann treffen wir wieder zusammen. Sie verdreht die Augen und steckt ihr Telefon ein. »Ich date keinen von beiden.«

»Also, wenn das so ist, dann John.«

»Mhm, ich wusste, dass du das sagen würdest. Andererseits wissen wir ja beide, dass du nicht unbedingt den besten Jungsgeschmack hast.«

Ich verschränke die Arme. »Was fragst du mich dann, wenn dich meine Antwort sowieso nicht interessiert?«

»Ist doch egal.« Sie beschleunigt ein wenig ihre Schritte und biegt in die Ninth Street ein.

Wir kommen an Second Helpings vorbei und ich bleibe kurz stehen, um zu sehen, ob ich Mackenzie im Laden entdecke. Die Schaufensterpuppen sind mit Blumenschürzen und Petticoat-Röcken herausgeputzt. Außerdem liegen Vintage-Sonnenbrillen in Schmetterlingsform und glitzernde Broschen in der Auslage, daneben noch ein paar alte Postkarten, die genauso albern aussehen wie die, die ich Declan geschickt habe.

»Sag nicht, du willst dich jetzt auch anziehen wie ein Hausmuttchen aus den Fünfzigern.«

»Ich wollte nur gucken, ob ich Mack sehe. Aber ich glaube, heute arbeitet sie nicht.«

Sadie marschiert weiter, ohne einen Kommentar abzugeben. »Willst du vielleicht was essen oder so?«

»Ja, ich bin schon am Verhungern.«

Wir steuern den mexikanischen Imbiss an der Ecke an. Ich bestelle einen Burrito mit extra Guacamole, Sadie einen Salat, das Dressing in einer Extraschale. Wir setzen uns auf eine Zweierbank und ich schiebe mir den ersten Bissen mit geschmolzenem Käse und Bohnen in den Mund. Köstlich. Sadie hält den Kopf gesenkt, aber ich sehe, wie ihre Augenbrauen in die Höhe schießen.

Ich halte mir beim Kauen die Hand vor den Mund. »Was?«

Sie sieht mich mit Unschuldsmiene an. »Ach, nichts. Ich wünschte nur, ich könnte so essen wie ein Scheunendrescher.«

Augenblicklich schrumpft mein Magen zusammen und ich sehe auf mein Essen hinunter. Vielleicht hat sie recht. In den letzten zwei Wochen habe ich ein wenig von dem Gewicht verloren, das ich nach meinem Ausscheiden aus dem Schwimmteam zugelegt hatte, und das hier ist sicher nicht die gesündeste Wahl. Ich lege den Burrito hin und wische mir mit einer Serviette den Mund ab.

»Du hast mir gar noch gar nicht erzählt, wie die Party neulich Abend war.«

»Gut.« Sie sieht auf ihr Telefon.

»Nur gut? Hast du nicht gemeint, sie würde hammermäßig werden?«

Sie zuckt mit den Schultern und isst eine Gabel voll von ihrem Salat, der ohne Dressing allerdings eher Kaninchenfutter ist. Im Ernst mal, wie schafft sie es nur, so diszipliniert zu sein? Ich nehme noch einen klitzekleinen Bissen von meinem Burrito und warte darauf, dass sie ausführlicher erzählt.

»War sie ja auch. Es waren massenhaft Leute da und das Ganze ging bis vier morgens. Meinem Dad hab ich gesagt, ich übernachte bei dir, und hab dann dort gepennt. Aber seit der Party ist Mike die totale Klette. Ich glaube, es ist an der Zeit, die Sache zu beenden und mir jemand Neues zu suchen.«

»Zum Beispiel John?«

Sie seufzt. »Oder irgendwen anders. Ist doch scheißegal.«

Offenbar will sie nicht weiter drüber reden. Ich fummele an der Alufolie meines Burritos herum. »Hm, die Situation zwischen Declan und mir ist echt rettungslos verfahren.« Schweigen. »Ich glaube, ihm wär's am liebsten, ich würde einfach aufhören, mit ihm befreundet sein zu wollen. Aber das will ich nicht; ich will die Sache zwischen uns wieder ins Lot bringen, bevor er ins Internat zurückfährt.«

Sadie schreibt mal wieder eine Textnachricht. Ich bin mir nicht mal sicher, ob sie mir überhaupt zuhört. Jedenfalls zeigt sie keinerlei Reaktion.

»Bist du sauer auf mich?«, frage ich. Obwohl ich weiß, dass ich nichts Falsches getan habe.

Sie sieht nicht von ihrem Telefon auf. »Nope.«

»Echt nicht? Weil's mir so vorkommt, als wärst du wegen irgendwas angepisst.«

»Nein, ich bin nur … egal. Müde.«

Ich beiße noch ein paarmal von meinem Burrito ab, dann stehe ich auf und werfe den Rest weg. Ich bleibe neben unserem Tisch stehen und setze mich nicht wieder hin. Weil auf einmal *ich* ein bisschen sauer bin. »Können wir gehen?«

Sie gibt keine Antwort, sondern schreibt stattdessen ihren Text fertig. Dann erhebt sie sich und folgt mir bis zur Ladentür. Wir treten nach draußen und tauchen ein in die feuchte Luft. Sadie setzt ihre Sonnenbrille auf und ich blinzele die Straße hinunter, in entgegengesetzter Richtung von ihrem geparkten Wagen.

»Können wir?«, fragt sie.

»Ich glaube, ich schlender hier noch ein bisschen rum. Ich rufe Graham an, dass er mich nachher einsammelt.«

»Oh.« Sadie lässt ihr Telefon sinken. »Bist du sicher?«

Sie hat bereits einen Schritt auf ihr Auto zu gemacht. Doch selbst wenn ich sie bitten würde, noch zu bleiben, heute kann ich es keinen ganzen Nachmittag mit ihrem üblichen Blabla aushalten. Ich denke, wir sind beide ein bisschen *müde*.

»Ja, wir reden später noch, okay?«

Sie umarmt mich rasch und dann trennen sich unsere Wege. Ich spaziere knapp eine Stunde durch die Gegend, vorbei am Park, wo Eltern ihre Kinder dick mit Sonnencreme einschmieren. Vorbei an Frank's, wo eine lange Schlange Kirchgänger am Brunchbüfett ansteht. Ich gehe immer weiter, bis die Hitze unerträglich wird und mir das durchgeschwitzte T-Shirt am Rücken kleben bleibt. Ich rufe meinen Bruder an und bitte ihn, dass er mich abholt, und als ich wieder in die Ninth Street einbiege, um dort auf ihn zu warten, finde ich einen Vierteldollar auf dem Bürgersteig.

Sofort muss ich an den Tag denken, als ich mit Declan auf dem Abschlagplatz war und einen Vierteldollar im Snackautomaten zurückgelassen hatte, um jemand anderem damit eine Freude zu machen. So eine kleine Geste, aber seinen Gesichtsausdruck dabei werde ich nie vergessen, als wäre ich jemand ganz Besonderes. Ich höre wieder, wie er zu mir sagt, dass er wisse, wer ich sei, und wünsche mir inständig, dass er recht hat.

Ich hebe die Münze auf und lasse meinen Blick über die lange Reihe am Bordstein parkender Autos wandern, bis ich eines finde, dessen Parkuhr abgelaufen ist. Als ich die Münze in den Schlitz werfe, während dieses winzigen Stückchens Zeit, scheint mein altes Ich gar nicht mehr furchtbar unerreichbar.

Am nächsten Morgen bei Sonnenaufgang habe ich es längst aufgegeben, noch Schlaf zu finden. Ich packe meine Kameratasche und steige in mein Auto. Auf diese Weise fange ich wenigstens rechtzeitig mit der Fotografie-Aufgabe für diese Woche an.

Ich kurve eine Weile wie auf Autopilot durch die Gegend, während ich in meinem Hirn nach einer zündenden Idee fahnde. Wir sollen *Leben* im Bild einfangen. Noch schwammiger ging's wohl nicht, Mr Harrison, was?

So wie immer habe ich null Plan. Was deutlich wird, als ich schließlich vorm Carsoner Friedhof zum Stehen komme.

Natalies Grab liegt eine Viertelmeile Fußmarsch vom Eingang entfernt. Ich gehe langsam den schmalen Pfad entlang, lese im Vorbeigehen die Namen und Daten. Ich bleibe stehen und knipse ein paar Bilder von einer Grabsteinreihe, deren Silhouette sich dunkel gegen die aufgehende Sonne abzeichnet. Ein neuer Tag, ein Neuanfang.

Mr Harrison wird begeistert sein.

Ich setze den Schutzdeckel zurück aufs Objektiv und lege mir den Kameragurt quer über den Oberkörper. Sie ist gleich da vorne.

Ich knie mich vor dem Grabstein hin und lege die Kameratasche neben mir ab. Es fühlt sich immer ein bisschen absurd an, sich mit jemandem zu unterhalten, der nicht da ist. Ich weiß nicht, wie es war, wenn Declan mit seinem Vater herkam, aber jedes Mal, wenn wir zusammen hier waren, berichtete er Natalie die ganze Zeit von all dem, was in letzter Zeit in seinem Leben passiert war. Und die Art, wie er mit ihr sprach, nahm mir meine Befangenheit. Aber als er dann fort und zwischen uns Schluss war, fand ich nicht den Mut, allein mit ihr zu sprechen.

»Tut mir leid, dass mich in letzter Zeit so selten hab blicken lassen«, sage ich mit leiser Stimme. »Ich glaube, Mom ist auch schon eine Weile nicht mehr hier gewesen. Aber vermutlich weißt du, dass sie krank ist.« Ich pflücke eine einsame Butterblume und drehe sie zwischen meinen Fingern. Ich hätte ihr Blumen kaufen sollen. Declan und Mom bringen immer welche mit, wenn sie sie besuchen. »Bridget ist echt Weltklasse; sie schickt uns immer Aufläufe rüber, schneller, als wir sie aufessen können. Und sie hilft Mom bei der Chemo und so.« Ich lasse die Butterblume fallen. »Aber ich weiß, dass sie dich beide vermissen. Wir alle vermissen dich.«

Ich setze mich nach hinten und ziehe meine Knie an die Brust. Starre ihren Namen an. GELIEBTE EHEFRAU UND MUTTER.

Alles wäre tausendmal besser, wenn sie noch hier wäre. Declan wäre glücklicher. Und vielleicht wären wir auch immer noch ein Paar.

Ich lege meine Stirn auf die Knie, schließe die Augen und atme tief ein. Es ist sinnlos, sich zu fragen, was passiert wäre, wenn Natalie den Unfall überlebt hätte. Ich weiß nicht, ob Sadies blödsinniges Wahrheit-oder-Pflicht-Spiel funktioniert hätte oder ob wir immer noch zusammen wären, wenn Natalie am Leben wäre.

Was ich mit Sicherheit weiß, ist, dass wir nie einfach nur ein Paar waren. Wir hörten nicht plötzlich auf, mit Cory rumzuhängen. Unsere Vergangenheit und Freundschaft war untrennbar mit unserer Beziehung verknüpft. Aber dass wir erst gute Freunde waren, machte den Übergang nicht unbedingt leichter. Es half nicht gegen das nervöse Kribbeln im Magen, wenn er mich zärtlich berührte. Verhinderte nicht, dass ich ihm beim Küssen aus Versehen auf die Lippe biss, oder dass ich Angst hatte, etwas Falsches zu sagen. Doch es bedeutete, dass wir einander blind verstanden.

Wir kommunizierten mit Blicken und Berührungen ebenso oft wie mit Worten. Und das ging uns verloren, als er fortmusste. Keiner von uns war gut darin, am Telefon zu kommunizieren. Das hatten wir vorher nie gebraucht.

Ein Zweig knackt hinter mir. Ich fahre herum und sehe ein Stück entfernt Declan stehen. Ich drehe mich wieder zurück, wische mir mit dem Handrücken über die Augen, dann stehe ich auf und sehe ihn an.

»Was machst du denn hier?«, fragt er. Er hat keine Kamera dabei, stattdessen hält er einen Strauß Gänseblümchen in der Hand.

»Tut mir leid.« Ich sehe wieder das Grab an. »Ich habe ein paar Fotos gemacht und dachte mir, ich sage mal kurz Hallo.«

Seine Stirn legt sich in Falten. Er tippt sich mit den Blumenstängeln gegen das Bein.

»Ähm … ich lasse dich jetzt wohl mal besser allein.« Ich greife nach meiner Tasche und wende mich zum Gehen um.

»Warte«, sagt er. Er runzelt wieder die Stirn und macht einen Schritt auf mich zu. »Du musst nicht gehen.«

Eine herzlichere Einladung zum Bleiben ist vermutlich nicht drin. »Okay.«

Er nickt und legt die Blumen am Fuß des Grabs seiner Mutter ab. Er lässt sich auf den Boden plumpsen und stützt sich auf beiden Händen auf. Sein T-Shirt ist knittrig und sein Haar zerwühlt, als hätte er sich aus dem Bett gerollt und das Haus verlassen, ohne sich zu kämmen. Oder er hatte auch Schlafprobleme.

Nach anfänglichem Zögern setze ich mich neben ihn und schlinge die Arme um meine Beine.

»Das ist nett von dir. Sie zu besuchen.«

Ich kratze mich am Arm. »Ist doch keine große Sache.«

Er lehnt sich nach vorn. Wischt sich über den Mund. »Für mich schon.«

Wir sehen beide stur geradeaus. »Worüber wollen wir reden?«, frage ich.

»Bridget hat erzählt, deine Mom hatte gestern wieder Chemo?«

»Oh. Ja, stimmt.«

»Wie geht's ihr?«

»Gut. Na ja, zumindest behauptet sie, dass es ihr gut geht. Aber alle zwei Wochen pumpt man ihr Gift in die Adern, von daher ist ›gut‹ eher relativ.« Ich mache eine Pause. »Sie ist so dünn geworden.«

»Alles hat seinen Preis, oder?«

»Du und deine Weisheiten«, sage ich. Er grinst und stupst mich mit der Schulter an. Ich lächele ein wenig und die Anspannung fällt von mir ab, jetzt, wo er offenbar bereit ist, mit mir zu reden. »Ja, vermutlich schon. Aber das sind halt alles so Sachen … dass ihr die Haare ausgehen und sie keine Wimpern mehr hat …« Ich beiße mir auf die Lippe und schüttele den Kopf. »Das ist einfach irgendwie echt schräg.«

Er nickt nachdenklich. »Das war insgesamt ein schräger Sommer.«

»Total. Und er ist dahingerast.« Im Affentempo. Noch drei

Wochen, dann ist er vorbei. Und Declan wieder weg. »Du vermisst bestimmt deine Internatsfreunde.«

»Ja, ein paar vielleicht.« Er zuckt mit den Schultern. »Dave ist ganz in Ordnung. Aber ich würde lieber hierbleiben.«

Das überrascht mich. »Aber vor ein paar Wochen hast du noch gesagt, dass es dir da richtig gut gefällt.«

Er zuckt wieder mit den Schultern.

»Weiß dein Dad, dass du gern hierbleiben würdest?«

»Das weiß er.«

»Vielleicht, wenn du mit ihm reden würdest –«

»Meinst du wirklich, er hätte mich überhaupt erst dahin geschickt, wenn er sich für meine Gefühle irgendwie interessieren würde?«

Declan zupft am Gras. Er zwirbelt einen Halm zwischen den Fingern, während die Worte aus ihm heraussprudeln.

»Manchmal glaube ich fast, er will mich bestrafen. Weil er nie ein alleinerziehender Vater sein wollte und mich jetzt bis an sein Lebensende am Hals hat. Und am meisten regt mich auf, dass er so tut, als würde er mir einen Riesengefallen tun. Weil er beruflich so oft unterwegs ist oder weil er meint, ich würde allein nicht zurechtkommen oder … aus welchen Gründen auch immer. Er tut so, als wäre es das Beste für uns beide. Und egal, was ich auch sage, nichts wird ihn je umstimmen.«

»Dec, das tut mir total leid. Ich hatte keine Ahnung, dass es dir immer noch so geht.«

»Na ja. Woher auch?«

Aber er sagt es nicht mit Bitterkeit. Verglichen mit unserer Unterhaltung in Corys Küche klingt er geradezu vergnügt. Aber je länger wir schweigen, desto schwerer lastet das Gewicht auf meiner Brust. Erst jetzt wird mir klar, wie furchtbar allein Declan sich das vergangene Jahr gefühlt haben muss, vor allem mit der Trauer um seine Mutter. Nachdem ich in den

Winterferien mit seinem Vater und Cory gesprochen hatte, war ich zu dem Schluss gekommen, dass Declan zufrieden wäre und es ihm besser ginge als bei mir. Dass es die richtige Entscheidung gewesen war, mich von ihm zu trennen und die Gründe dafür für mich zu behalten. Aber jetzt weiß ich nicht mehr, was ich denken soll. Die Rechtfertigung, die ich das ganze letzte Jahr über bemüht hatte, basierte auf einer Lüge.

Und alles, was mir dazu zu sagen einfällt, klingt wie eine neue Ausrede.

Ich hole tief Luft. »Tja, ich bin froh, dass du's mir erzählt hast.«

»Ja, tut mir leid, dass ich so Dampf ablasse. Aber das macht mich alles dermaßen wütend!«

»Du sollst Dampf ablassen! Es ist nicht fair, dass du kein Mitspracherecht hast und …« Ich zögere. Declan sieht zu mir rüber. »Ich wünschte auch, du würdest hierbleiben.«

Er mustert mich einen langen Moment. Seine Augenbrauen rutschen zu einem V zusammen und er senkt den Blick auf seine Hände. »Danke.«

Er lehnt sich zurück, macht es sich wieder bequem. Wir reden nicht mit Natalie. Wir reden überhaupt nicht, um genau zu sein. Doch dieses Schweigen ist anders als die sonstige Stille, die es im Verlauf dieses Sommers immer wieder zwischen uns gegeben hat. Es ist auf eine schwer zu beschreibende Weise schön. Es fühlt sich wieder nach uns an.

21

In der Woche darauf sitzt Declan im Fotografie-Kurs neben mir.

Als sich der Unterricht dem Ende neigt, dreht er sich mit hoffnungsvoller Miene zu mir um. »Hast du danach noch was vor?«

»Nicht dass ich wüsste.«

Er grinst. »Wir fahren zum Steinbruch. Du solltest mitkommen.«

Die logische Antwort lautet *Ja, klar, mit dir würde ich überallhingehen, Declan.* Andererseits habe ich Mom versprochen, die Wäsche zu machen, wenn ich nach Hause komme. Das sage ich ihm.

»Wir wollen nur für zwei Stunden hin.« Er wirft einen Blick über die Schulter, um sicherzugehen, dass die Mädchen außer Hörweite sind. »Außerdem will Cory Mackenzie dazu bewegen, ihre Klamotten auszuziehen. Der Plan wird voll nach hinten losgehen. Das willst du doch nicht verpassen.«

Was soll ich sagen, ich bin ein Fähnchen im Wind. »Okay, wir haben ein Date.«

Augenblicklich bereue ich meine Wortwahl, sehe sie zwischen uns hängen wie in einer Sprechblase, die ich so, *so* gern einfach wegradieren würde.

»Aber nicht … also, ich meine nicht … Du weißt schon, wie ich's meine.«

O Gott. Halt die Klappe, Harper. Halt. Die. Klappe.

Er versucht, sein Lächeln zu verbergen. »Wir treffen uns dann bei Cory?«

»Ja, okay.«

Ich sammle meine Sachen zusammen und renne quasi hinaus zu meinem Auto. *Warum?* Warum habe ich »Date« gesagt?

Nach einer Turbo-Beinrasur und einem schnell dahingeworfenen Hallo in Richtung meiner Eltern – die erstaunlich nachgiebig sind, wenn es um Unternehmungen geht, die Cory und Declan mit einschließen – bin ich zur Tür hinaus.

Die Jungs warten in Corys Einfahrt. Cory hat blassrote Abdrücke von seiner Schwimmbrille um die Augen.

»Morgentraining?«

Cory nickt. »Mhm.«

Mehr fällt uns beiden dazu nicht ein, und mir tut es fast leid, dass ich überhaupt gefragt habe. Declan räuspert sich. »Sieht so aus, als könnten wir los.«

Er verbannt Cory wieder auf die Rückbank – sehr zu Corys Leidwesen – und wir fahren los. Am Steinbruch parken wir neben Mackenzies Datsun und Gwens SUV. Wir folgen dem Pfad zwischen den Kiefern hindurch bis runter zum alten Steinbruch, wo sich die Mädchen am Rand des Baggersees sonnen. Ich schmeiße meine Strandtasche neben Macks Handtuch, das mit Disneymotiven bedruckt und quietschrosa ist.

Sie schiebt die Sonnenbrille nach oben in ihr Haar, Cory hockt sich neben ihr hin und begrüßt sie.

Ich streife mein Strandkleid ab und stemme die Hände in die Hüften. Unter meinen bloßen Füßen ist der Granit einladend warm. Ich breite mein Handtuch neben Gwens aus und mustere dabei verstohlen ihre fuchsiarote Sonnenbrille.

Sie blickt von ihrem Buch auf. »Die ist ein Geschenk von Mack. Sie versucht langsam, Kontrolle über meinen Kleiderschrank zu erlangen, Accessoire für Accessoire.«

»Ein raffiniertes Schlitzohr.«

Mit einem Grinsen steckt sie wieder die Nase ins Buch. Unterdessen hat sich Declan an den Rand des Felsvorsprungs hinbewegt und testet das Wasser. Ich hole tief Luft und gehe zu ihm rüber.

»Kalt?«, frage ich.

»Geht eigentlich.«

Er lügt. Das erkenne ich daran, wie er den Mundwinkel schief zieht. Außerdem hat er Gänsehaut an den Armen.

»Nach dir«, sagt er.

Ich hebe eine Augenbraue und sehe ihn mit Pokermiene an, bis er sich schließlich geschlagen gibt. Sein Mund zuckt und er rückt ein kleines Stück näher an mich heran. Seine Hand findet meinen Rücken.

Mir stockt der Atem, aber plötzlich lächelt er breit und es dämmert mir.

»Halt.« Ich versuche, von der Felskante wegzutreten, stemme mich gegen seine Hand. »Nein. Declan. Wehe …«

Er schubst mich rein. Als ich wieder aus dem Wasser auftauche, landet er mit einer Arschbombe neben mir. Ich wische mir das nasse Haar aus dem Gesicht und schicke ihm eine Spritzersalve entgegen.

Er gluckst vor Lachen. Dieses lautlose Lachen, bei dem sich alles schüttelt und das nur auftritt, wenn er etwas zum Schreien komisch findet.

»Das wirst du mir büßen!«

»Ach ja?« Er legt den Kopf nach hinten ins Wasser. »Ich freu mich drauf!«

Auf der Stelle schwimmend umkreisen wir einander. Er lächelt noch immer sein Grübchenlächeln und ich spritze ihn noch mal voll. Er schnappt nach mir und ich kreische, entkomme ihm nur um Haaresbreite. Und bereue es sofort, denn alles, was ich will, ist wieder von ihm berührt werden.

Er erwischt mich an der Taille und wirbelt mich herum. Ich fasse ihn an den Schultern und … Moment mal.

Flirtet er etwa mit mir?

Es fühlt sich genauso an wie an all diesen Tagen im letzten Sommer und damals hatten wir definitiv miteinander geflirtet.

Er taucht unter. Ich halte mich strampelnd über Wasser und warte auf seinen nächsten Zug. Doch als er zum Luftholen wieder hochkommt, bleibt er auf Abstand.

»Ist echt schweinekalt«, sagt er. »Wollen wir wieder raus?«

»Okay.« Ich zögere noch, bis er sich wegdreht, dann schwimme ich ihm hinterher bis zum Felsen. Wir klettern an Land.

Cory liegt ausgestreckt neben Mack und unterhält sich leise mit ihr. Gwen sieht aus, als würde sie schlafen, den Arm über die Augen gelegt. Ich hole mein Handtuch aus meiner Tasche und rubble mich ab.

»Oh ja. Er *hasst* dich.«

Mein Kopf fährt blitzschnell zu Gwen herum. Ihre Lider sind noch immer geschlossen, aber sie lächelt.

Ich werfe einen verstohlenen Blick über die Schulter, aber Declan hat mir den Rücken zugekehrt. Er ist außer Hörweite. »Hast du uns beobachtet?«

Sie blinzelt gegen die Sonne zu mir hoch. »Zeit für eine Abkühlung.« Sie dreht sich zu Mack und Cory um. »Hey, Leute, Lust auf eine Runde schwimmen?«

Alle drei hüpfen johlend ins Wasser. Ich stehe mit den Füßen scharrend da und verschränke die Arme vor der Brust. Ich will gern wissen, was Gwen damit gemeint hat. Ob sie Declans Verhalten irgendwie auffällig fand.

Aber egal, es spielt keine Rolle, was sie zu sehen geglaubt hat. Weil ich diesen Weg nicht noch einmal einschlagen werde. Jetzt geht es darum, Declans Vertrauen zurückzugewinnen und unsere Freundschaft zu retten. Und das beinhaltet nicht, ihm hinterherzuhecheln.

Ich krame in meiner Tasche nach der Sonnencreme und verteile jeweils einen Klecks auf Bauch und Beine.

»Kann ich auch was davon haben?« Declan schiebt seine Sonnenbrille hoch. »Hab meine vergessen.«

»Oh, klar.« Ich gebe ihm eine ordentliche Portion auf die Hand, dann reiben wir beide unsere Beine und Schultern ein.

Er zeigt auf die Flasche. »Soll ich dir den Rücken eincremen?«

»Nein, ist schon okay.«

Er verdreht die Augen und schnappt sich die Flasche. »Du bist schon ganz rot.«

Er stellt sich hinter mich und ich streiche mein nasses Haar über die Schulter nach vorn. Meine Muskeln spannen sich an und meine Atmung wird schneller, und ich hoffe, dass es nicht zu offensichtlich ist. Ich konzentriere mich auf den Steinboden und die Feldspatkristalle im Granit, die glitzernd das Licht der Sonne reflektieren. Nicht auf seine Hände auf meinem Körper.

Er geht mit methodischen Bewegungen vor, unterbricht den Rhythmus nur, wenn er an die Bänder meines Bikinis kommt. Und dann ist es vorbei.

»Und jetzt du«, sage ich und tausche mit ihm die Plätze.

Ich verteile die Creme in großen Kreisen und versuche eisern zu ignorieren, was ich direkt vor Augen habe. Doch als ich an seine Schultern komme, knicke ich ein. Sie sind so schön gebräunt. Und stark. Und schon fährt mein Daumen zwischen seinen Schulterblättern entlang. Declan brummt wohlig und ich wandere weiter nach oben zu seinem Nacken. Eine Stelle, die er locker selbst erreichen könnte.

Er dreht seinen Kopf, hält aber inne und blickt nicht über seine Schulter. Ich ziehe meine Hände zurück und gehe einen Schritt rückwärts.

»Ähm … fertig.« Ich bücke mich nach meinem Handtuch und schüttele es aus.

Declan hat sich nicht gerührt. Ich setze mich hin und tauche meine Füße wieder ins Wasser. Die Kombination von leichter Brise und noch feuchter Haut lässt das Wasser wärmer erscheinen. Declan kommt schließlich herüber und lässt sich neben mir nieder.

Ich starre auf meine Hände hinunter. *Verräter.*

Er findet einen flachen Stein und lässt ihn übers Wasser flitschen. Nach fünf Hüpfern geht er unter. Declan reibt seine Handflächen aneinander.

»Nicht übel«, sage ich.

»Danke.« Er räuspert sich und deutet mit dem Kinn auf Mackenzie und Cory im Wasser. »Was meinst du? Noch eine Woche, bevor sie die Nase voll hat von Corys zweideutigen Witzen?«

»Das Verrückte an der Sache ist, dass sie seine Sprüche förmlich aufsaugt. Du hattest total recht, was die beiden angeht.«

»Tja, was soll ich sagen. Ist meine Gabe.«

»Ach ja, das weiß ich ja noch gar nicht.« Ich fahre zu ihm herum. »Was ist denn jetzt sein toller Plan?«

»Nein, nein, das verrat ich nicht. Vertrau mir einfach; das Warten lohnt sich.«

Und das tut es. Eine halbe Stunde später liegen wir wieder alle auf dem Felsen in der Sonne und Declan und ich spielen eine Runde »Ich sehe was, was du nicht siehst«, während Gwen eine von Mackenzies Modezeitschriften durchblättert. Plötzlich steht Cory auf.

»Ich finde, wir sollten nackt baden.«

Mir fällt die Kinnlade runter. Ich drehe mich zu Declan um, er schließt die Augen und nickt feierlich.

Gwen fängt an, ihre Sachen einzupacken. »Das ist mein Stichwort.«

Ohne auf eine Antwort zu warten, springt Cory ins Wasser. Einen Moment später klatscht seine Badehose neben mir auf dem Granit auf.

Ich wende den Blick ab und drehe den Kopf zur Seite. *Himmel, nein.*

Mackenzie steht auf. Sie zögert nur eine Sekunde, dann bindet sie ihr Oberteil auf und schält sich aus ihrem Höschen. Mit einem spitzen Schrei stürzt sie sich in die Fluten.

Ich drehe mich mit weit aufgerissenen Augen zu Declan um. »Krass. Das ist gerade echt passiert.«

»Ja, allerdings.«

Gwen stopft den Rest ihrer Sachen in eine Strandtasche und winkt uns zu. »Bis später.«

»Bis später, Gwen«, sagt Declan.

Ich winke zurück, dann schüttele ich den Kopf, noch immer unter Schock. »Wow. Okay, das klingt jetzt vermutlich echt schräg, aber irgendwie bin ich richtig ein bisschen stolz auf Cory.«

»Ich weiß, was du meinst. Ich war mir nicht sicher, ob er's wirklich durchziehen würde. Und ich hab definitiv nicht geglaubt, dass er mit seiner Strategie Erfolg hätte.«

Ihr Gelächter hallt zu uns rüber und ich schließe die Augen. »Oh Mann, das kann ich mir nicht mit ansehen.«

Ich kann richtig spüren, wie Declan grinst. »Ja, ich glaube, es ist an der Zeit, dass wir die beiden allein lassen.«

Mir fällt ein Riesenstein vom Herzen, dass er sich nicht dazugesellen will. Und das nicht nur, weil vier nun mal zwei zu viel sind, sondern auch, weil ich mit diesem Platonische-Freundschaft-Ding ziemlich zu kämpfen habe. Und sich nackt auszuziehen wäre da nicht sehr hilfreich.

Und doch birgt die Situation ein paar Möglichkeiten, vor denen man nicht die Augen verschließen kann.

»Aber wir werden ihm doch sicher die Klamotten klauen, oder?«

Declan grinst. »Hundertpro.« Er hat sich bereits aufgerappelt, schnappt sich Corys Badehose und marschiert los.

Ich greife mir Corys Handtuch und eile ihm hinterher. Wir rennen an Gwen vorbei Richtung Autos, einen Teppich aus Kiefernnadeln unter den bloßen Füßen. Mackenzies Lachen und Corys flehendes Rufen verhallen hinter uns. Für einen Moment frage ich mich, ob Declan den ganzen Weg bis zu unserem Baumhaus rennen wird.

Stattdessen verstecken wir uns hinter seinem Auto, eng an den Vorderreifen gekauert. Ich konzentriere mich auf den Himmel, die Sonne blinzelt zwischen den Kiefernästen hindurch, und ich reiße mich mit aller Macht zusammen, um nicht loszuprusten. Aber jedes Mal, wenn ich spüre, wie es Declan hinter mir vor unterdrücktem Lachen schüttelt, fange ich an zu kichern.

Ich knuffe ihn mit dem Ellbogen in die Rippen, worauf er nur noch mehr herumprustet.

Natürlich ist es nur eine Sache von Sekunden, dass unser Versteck entdeckt wird. Cory bleibt auf der anderen Seite des Wagens stehen, während er sich notdürftig mit dem T-Shirt bedeckt, das wir zurückgelassen haben. Ich spähe über die Motorhaube, verliere das Gleichgewicht und knalle gegen Declan, woraufhin er hysterisch lachend auf den Boden purzelt.

»Sehr lustig, Leute. Meine Shorts, wenn ich bitten darf.« Declan wirft sie Cory direkt aufs Gesicht und ich halte das Handtuch hoch. Cory reißt es mir aus der Hand und weicht zurück. »Ihr seid so scheiße.«

Vor lauter Lachen tun mir die Bauchmuskeln weh, und ich ringe so heftig nach Atem, dass ich laut grunze. Zweimal. Meine Hände fliegen an meine Nase, um zu verhindern, dass mir noch mehr peinliche Geräusche entschlüpfen. Declan, der sich gerade erst wieder gefangen hat, kriegt erneut einen Lachanfall.

»Du hast gegrunzt!«

»Hab ich nicht.« Ich schüttele langsam den Kopf, bin aber nicht in der Lage, mein Grinsen abzustellen. »Auf keinen Fall.«

Declan holt tief Luft und vermeidet es, mich anzusehen, bis er sich wieder im Griff hat. Wir liegen noch immer der Länge nach ausgestreckt auf dem Boden. Schließlich stützt er sich auf einem Ellbogen hoch und zeigt mit einem Nicken auf mich.

»Das ist das Lächeln.«

Ich kichere erneut los. »Was?«

Seine Miene wird weicher. Er kratzt sich an der Augenbraue und schüttelt den Kopf, sieht plötzlich beinah verlegen aus. »Den ganzen Sommer lang habe ich darauf gewartet, dieses Lächeln zu sehen.«

22

Es ist einfacher denn je, meine Eltern zu belügen. Mein Vater ist die meiste Zeit mit den Gedanken ganz woanders, und Mom leidet so stark unter dem Chemobrain, dass ich ihr alles Mögliche auftischen könnte, und sie würde es glauben.

Bloß dass sich lügen nicht länger anfühlt, als würde ich mit irgendwas davonkommen. Und bei jeder sich bietenden Gelegenheit das Haus zu verlassen wirkt nicht mehr so befreiend wie früher. Am Ende habe ich immer ein schlechtes Gewissen. Ich liebe meine Mom, und so hilflos es mich auch macht, sie dermaßen krank zu sehen, ich will sie unterstützen. Und das heißt präsent sein, hier sein, selbst wenn es hart ist. Selbst wenn ich lieber woanders wäre. Außerdem interessiert sich Mom neuerdings brennend für meine Freunde. Noch vor einem Monat hätte ich eher eine Wurzelbehandlung über mich ergehen lassen, als mich einen Nachmittag lang mit meiner Mom über mein Sozialleben zu unterhalten. Das sich seit Kurzem ziemlich verändert hat. Denn vergangene Woche habe ich jeden Tag mit Declan verbracht. Nicht dass wir je allein sind oder irgendwas entfernt Pärchenähnliches tun würden, aber auch wenn wir mit der ganzen Clique rumhängen, ziehen wir uns gegenseitig an wie Magneten. Genau wie früher.

Aber heute Morgen arbeitet er auf dem Golfplatz und ich bin zu Hause, lümmele neben Mom auf dem Bett herum. Mit dem Finger male ich das Muster ihrer Tagesdecke nach, während sie durch ein paar Fotos auf meinem Laptop scrollt. Bei dem Bild von Declan, das ich bei unserer ersten Exkursion geschossen habe, verweilt sie kurz.

»Ich habe das Gefühl, ich hätte den ganzen Sommer verschlafen.« Sie klappt den Laptop zu und reckt sich, krümmt und streckt die Füße unter der Wolldecke, die sie über sich gebreitet hat, obwohl es draußen über dreißig Grad sind. »Erzähl mir, was es so Neues gibt.«

»Hm, keine Ahnung. Der Fotokurs ist eigentlich ziemlich interessant. Mr Harrison sagt, ich hätte Potenzial«, sage ich mit einem Augenrollen. »Und mit Mack und Gwen bin ich inzwischen richtig gut befreundet.«

»Und mit Declan?«

Unwillkürlich muss ich lächeln. »Und mit Declan.«

Sie schürzt die Lippen. »Du magst ihn wirklich, nicht?«

Mein Lächeln verflüchtigt sich. Ich nicke.

Das ist der einzige Haken an dieser wundervollen Woche. Es ist toll, dass wir uns wieder gut verstehen, aber je weiter Declan und ich uns annähern, desto schwieriger wird es, meine wahren Gefühle zu verbergen. Und manchmal, wie zum Beispiel neulich am Baggersee, habe ich den Eindruck, dass ich damit nicht allein dastehe. Doch dann zieht er sich wieder in sein Schneckenhaus zurück, und ich erinnere mich daran, wie ich mich nach dem Kuss bei der Lagerfeuer-Party gefühlt habe.

Mom schüttelt den Kopf. »Ich hab immer gewusst, dass es bei euch beiden nur eine Frage der Zeit war. Dein Vater hat ja gedacht, du würdest mal mit Cory enden, weißt du?«

»Cory?« Ich lache, dann stocke ich, als ich an das letzte Jahr denke und daran, wie Dad zunehmend brummiger reagierte, sobald ich sagte, ich ginge jetzt zu Cory rüber. Nicht, dass er Cory nicht trauen würde. Aber deshalb will er noch lange nicht, dass ich was mit ihm anfange. »Okay, das erklärt so einiges. Aber freu dich nicht zu früh, Declan und ich freunden uns gerade erst wieder an und in zwei Wochen ist er schon wieder weg.«

»Warum sollte sich deshalb irgendwas ändern müssen?«

Das ist eine verdammt gute Frage. Vermutlich sogar die größte, wichtigste Frage von allen. Ich glaube, das letzte Mal, als Declan fortging, hatte ein Teil von mir sich schon vorauseilend damit abgefunden, dass ich ihn verlieren würde. Aber so muss es nicht zwangsläufig sein. Siehe Gwen zum Beispiel. Ihr Freund lebt in einem anderen Bundesstaat und natürlich vermissen sie einander, aber sie sind zu Opfern bereit und kriegen hin, dass es funktioniert. Declan und ich könnten das auch schaffen. Vielleicht nicht als Paar, aber wir können Freunde bleiben.

Ich werde mich bemühen, offener mit ihm zu sein, und falls es mal Probleme gibt, werde ich nicht davor weglaufen. Ich werde ihn unterstützen. Stärker sein. Diesmal wird alles anders.

»Das sollte es nicht. Du hast recht. Ich wünschte nur, er müsste nicht wieder weg. Er will hierbleiben, das hat er mir selbst gesagt. Und ich kapiere einfach nicht, warum sein Dad ihm das antut. Natalie an seiner Stelle würde ihn niemals einfach ins Internat stecken.«

Mom drückt tröstend meine Hand. »Ich weiß, Spatz. Und ich wünschte, es wäre anders. Aber er tut eben das, was er für Declan am besten hält.«

»Klar. Vielleicht könnte er ihm stattdessen einfach mal zuhören.«

Mom seufzt mitfühlend und tätschelt mir noch mal die

Hand. Anscheinend fehlen ihr die Worte. Ich rutsche vom Bett herunter und schnappe mir ihren Becher.

»Dein Tee ist ganz kalt. Ich geh und mach dir frischen.«

Während der Kessel auf dem Herd steht, hole ich ein paar von Moms Lieblingsingwerkeksen aus dem Schrank und blättere in ihrer Krankenakte auf dem Küchentisch, um herauszufinden, welche Pille sie nehmen soll, wenn die von vorhin nicht gegen ihre Übelkeit hilft. Ihr selbst fällt es schwer, den Überblick zu behalten. Ich schnappe mir zwei Pillenfläschchen und sehe zwischen ihnen hin und her. Dann schaue ich wieder in die Akte. Ich habe keine Ahnung. Der Kessel pfeift, ich stelle die Fläschchen wieder hin und gehe zum Herd rüber.

Über mir im Schlafzimmer meiner Eltern poltert es laut. Ich erstarre, die Hand noch am Drehknopf. Dann ein weiterer Rums.

Ich stürze aus der Küche und fliege die Treppe hinauf, zwei Stufen auf einmal nehmend.

Ich finde sie auf dem Badezimmerboden, eingekeilt zwischen der Wanne und dem Klo. Sie hält sich den Magen und ihr rosa Schlafanzug ist voller Blut. Warum ist da so viel Blut?

»Mom!«

Ich hocke mich neben sie und ein scharfer Schmerz fährt durch mein Knie. Ich ziehe einen kleinen Splitter aus meiner Haut. Der ganze Boden ist übersät mit Scherben von der Vase, die sie im Fallen umgerissen hat.

»Mom, alles okay?« Sie nickt schwach, aber ich kann nicht erkennen, wo sie überall blutet. An den Händen. Aber ist das alles? »Kannst du dich hinsetzen?«

Sie rollt sich auf die Seite und erbricht sich.

Ich springe hoch und fasse hinten an meine Hosentasche, aber mein Telefon ist nicht da. Ich schnappe mir das Mobilteil von Moms Nachttisch, mein Finger verharrt zögernd über den Tasten. Dad ist bei der Arbeit und die Nummer kenne ich nicht auswendig, deshalb probiere ich es auf seinem Handy. Es klingelt und klingelt und er geht nicht ran.

Auflegen.

Graham anrufen.

Doch nach dem ersten Freizeichen fällt mir ein, dass Graham zu Besuch bei einem Freund in einer anderen Stadt ist. Und Bridget hat heute Dienst, ist also schon im Krankenhaus. Ich blicke zu Mom rüber, und es sieht aus, als würde sie einschlafen. Das ist kein gutes Zeichen. Mit zittrigen Händen wähle ich den Notruf. Ich höre meine Stimme, die einen Krankenwagen anfordert.

»Ich weiß nicht, ich weiß nicht, was mit ihr los ist. Also, sie hat Brustkrebs. Aber heute, ich weiß es nicht, ihr ist furchtbar übel und sie hat sich an Glasscherben geschnitten, und ich weiß nicht, wie schlimm es ist. Ich weiß nur, dass sie ins Krankenhaus muss, aber sie kann nicht allein gehen.«

»Okay«, sagt die beinah schon zu gefasste Frauenstimme am anderen Ende der Leitung. »Ich schicke einen Krankenwagen; bleiben Sie einfach bei Ihrer Mutter, und ich bleibe bei Ihnen in der Leitung, bis das Notfallteam da ist.«

Es dauert hundert Jahre, bis sie endlich anrücken. Zwei Rettungssanitäter und ein Feuerwehrmann betreten unser Haus. Die Sanis schnallen Mom auf eine Transportliege und rollen sie durch die Tür.

Ich springe in den Rettungswagen und bemühe mich, die zahlreichen Fragen zu beantworten, die sie mir auf der Fahrt ins Krankenhaus stellen.

»Welche Medikamente nimmt sie?«

Das fragt mich die Sanitäterin, eine zierliche Frau, die Moms Vitalfunktionen überprüft. Ich sitze auf meinen Händen und starre meine Mutter an. Sie ist praktisch bewusstlos. Zumindest kann sie ihre Augen nicht offen halten.

Vor fünfundzwanzig Minuten ging es ihr noch gut. Wie kann so was in nur fünfundzwanzig Minuten passieren?

»Ich weiß nicht, wie sie alle heißen«, erwidere ich. »Sie ist in Behandlung – Chemo – und sie nimmt Pillen gegen Übelkeit. Von denen hat sie heute Morgen eine oder zwei genommen.«

Es ist höllisch laut im Rettungswagen; keine Ahnung, wie sie bei dem Lärm überhaupt arbeiten können. Die Sirene kreischt, mit sogar noch lauterem Widerhall, als wir unter einer Brücke hindurchfahren, und um mich herum klirrt und scheppert alles, als wäre die gesamte Ausrüstung genauso nervös wie ich und kurz vorm Zusammenbrechen. Aus dem Funkgerät vorne dringen Stimmen, und ich habe Mühe, die nächste Frage zu verstehen.

»Was hat sie heute schon gegessen?«

Das kommt von dem anderen Sanitäter. Er hat Mom eine Sauerstoffmaske angelegt und spricht mit ruhiger Stimme, so als hätte er jeden Tag mit so was zu tun. Was vermutlich auch so ist.

»Einen halben Joghurt und Tee.«

Im Krankenhaus angekommen, wird Mom gleich zum Nähen weggebracht und ich bleibe allein zurück. Ich setze mich für zehn Minuten in einen leeren, von Neonröhren erhellten Warteraum, bis eine Krankenschwester auftaucht und mich fragt, ob ich jemanden anrufen möchte. Ich greife nach meinem Telefon, aber meine Hosentasche ist immer noch leer. Ich habe mein Smartphone auf dem Küchentresen liegen lassen.

Ich folge der Krankenschwester zu einem Münzapparat und wähle Dads Nummer. Diesmal hebt er schon nach dem ersten

Läuten ab. Noch bevor ich ausreden kann, sagt er, dass er schon unterwegs sei und auch noch Graham Bescheid gibt. Ich lege auf und starre auf das Telefon. Ich verspüre das überwältigende Verlangen, Declan zu sehen. Seine Stimme zu hören, die beteuert, dass alles gut wird, weil er der einzige Mensch ist, den ich kenne, der das Recht hat, so etwas zu sagen. Ich brauche ihn, damit er mir sagt, wie er weiteratmen konnte, als seine Mutter damit aufhörte.

Ich hebe den Hörer ab und wähle seine Nummer.

Bis hierhin habe ich es erstaunlich gut hingekriegt, mich zusammenzureißen. Aber in dem Moment, als er sich meldet, mit diesem neugierigen Ton in der Stimme, weil es ein Anruf von einer ihm unbekannten Nummer ist, verliere ich die Fassung. Alles geht mir verloren – meine Vernunft, meine Beherrschung und das letzte bisschen Stärke, das ich noch in mir hatte.

»Ich bin's, Harper.« Ich schniefe und versuche, nicht in den Hörer reinzuschluchzen.

»Harper? Was ist los?«

»Ich bin im Krankenhaus. Irgendwas stimmt nicht mit meiner Mutter.«

»Ich bin schon auf dem Weg. Okay? Ich bin gleich da.«

Ich nicke, als könnte er mich sehen. »Okay.«

Er kommt noch vor Dad und Graham bei mir an. Er eilt auf mich zu, zieht mich an seine Brust, ohne sich darum zu kümmern, dass ich sein T-Shirt mit einer Mischung aus Tränen und Rotz vollschmiere.

Er streicht mir übers Haar, während ich versuche, mein krampfartiges Schluchzatmen unter Kontrolle zu bringen. Wir setzen uns auf die wasserblauen Kunstledersitze und Declan nimmt meine Hand. Und lässt für Stunden nicht mehr los.

Dehydrierung war das größte Problem. Und die meisten Schnittwunden vom Sturz auf dem Weg zur Toilette hat sie sich an den Händen zugezogen. Aber sie behalten Mom zur Überwachung eine Nacht da, also schickt Dad Graham und mich nach Hause.

Declan begleitet uns hinaus auf den Parkplatz.

»Ich weiß, es ist schon spät«, sage ich zu ihm. »Aber magst du vielleicht noch für ein Weilchen mit zu uns zu kommen?«

Sein Blick wandert zu Graham, der ein paar Autolängen vor uns geht. »Sicher.«

»Okay. Ähm … Ich fahre bei meinem Bruder mit. Wir sehen uns dann gleich.«

Zu Hause angekommen, zieht Graham mich in seine Arme. »Danke, wie du die Sache heute geregelt hast. Gut gemacht.«

»Danke, Graham.«

Er nickt. »Ich lasse dich jetzt in Ruhe. Versuch, ein bisschen Schlaf zu kriegen.«

»Okay.«

Er geht hoch auf sein Zimmer und ich öffne Declan die Haustür. Er folgt mir in die Küche und schmeißt die Kaffeemaschine an, weil er genau weiß, dass ich nicht vorhabe zu schlafen, bis Mom wieder zu Hause ist. Dann schnappt er sich das Brot und die Butter und fängt an, mir ein Grillsandwich zu machen.

»Das brauchst du nicht zu tun.«

»Ist kein Problem für mich. Und du musst etwas essen.«

Ein paar Minuten später stellt er den Teller vor mich hin und wirft mir einen besorgten Blick zu.

»Danke«, sage ich, obwohl mir rein gar nicht nach Essen ist.

Er beobachtet mich, wie ich mit dem Finger am Tellerrand entlangfahre. Er verlagert sein Gewicht und der Holzstuhl quietscht.

»Du musst etwas essen, Harper.« Seine Stimme ist leise, beinah angespannt.

»Ich habe keinen Hunger.«

»Nur ein paar Bissen.« Seine Hand schwebt wenige Zentimeter über meiner Schulter in der Luft. Zögerlich streicht er über eine Sommersprossenreihe. »Bitte.«

Seine Augen blicken mich eindringlich an und ich knicke ein. Ich beiße vom Sandwich ab, verbrenne mir fast die Zunge am noch heißen Käse.

»Könntest du mir den Ketchup geben?«

Er grinst mich an und tritt an den Kühlschrank heran.

So etwas wie ein Lächeln zuckt um meine Mundwinkel. »Also Ketchup und Grillsandwich ist eine vollkommen gewöhnliche und delikate Kombination.« Ich schüttele die Flasche und gebe einen Klecks Ketchup auf meinen Teller.

»Genau wie mit Speck umwickelte Ananas?«

»Jep.«

»Und Erdnussbutter auf Kartoffelchipssandwich?«

»Genau.« Ich beiße noch einmal ab und kaue betont langsam, da ich plötzlich Angst habe, dass er geht, sobald ich aufgegessen habe. »Declan?«

»Hm?«

»Kommt dein Dad heute Abend noch zurück?«

Er schüttelt den Kopf.

Ich pule an der Kruste. »Dann müsstest du also auch nicht gleich nach Hause gehen?«

»Ich kann so lange bleiben, wie du magst.«

Als ich mit meinem Sandwich fertig bin, ziehen wir ins Wohnzimmer um. Declan setzt sich auf die Couch und ich nehme die Fernbedienung, zappe durch die Kanäle, bis ich eine Komödie finde, die schon ein paar Jahre alt ist. Der Film hat vor einer Stunde angefangen, aber wir kennen ihn beide bereits.

»Ist das okay für dich?«

»Ja, super.«

Ich lege die Fernbedienung auf den Tisch und schnappe mir eine Decke, bevor ich mich neben ihn setze.

»Macht's dir was aus, wenn ich das Licht lösche?«, fragt er. »Es spiegelt so.«

»Nee, ist okay.«

Der Raum wird in Dunkelheit getaucht und ich breite die Decke über mir aus, rutsche hin und her, bis ich es bequem habe. Aber ich bin nicht entspannt. Denn abgesehen von der Sorge um Mom beschäftigen mich auch die fünfzehn Zentimeter Sofa, die sich zwischen meinem und Declans Bein befinden.

Und ich weiß, dass es total daneben ist, mir jetzt darüber Gedanken zu machen, aber ich kann nicht anders: Wann war das letzte Mal, dass wir allein im Dunkeln waren?

Ich schaffe noch zehn weitere Filmminuten, bevor ich heimlich zu ihm rüberschiele. Er fläzt in der Ecke des Sofas und seine Augen kleben am Bildschirm. Ich fahre mir mit der Hand durchs Haar und sehe wieder weg.

»Harp?«

Mist. Erwischt. Ich nehme meine Augen nicht vom Fernseher. »Ja?«

»Hast du das eigentlich wirklich so gemeint? Was du neulich gesagt hast. Dass du dir wünschst, ich würde hierbleiben?«

»Natürlich.«

Seine Stimme klingt rau. »Und was passiert, wenn ich wieder weg bin?«

Ich ziehe am Haargummi an meinem Handgelenk, bis es gespannt ist, dann lasse ich langsam wieder locker.

»Was meinst du damit?«

Sein Kiefer mahlt. Dann bleibt er wieder stehen. »Meinst du, wir reden dann noch miteinander?«

Ich schließe die Lider und atme langsam ein. Dann drehe ich mich zu ihm um. »Declan … Ich weiß, ich hab Mist gebaut. Ich habe dieses Jahr eine Menge dämlicher Entscheidungen getroffen. Und dich aus meinem Leben auszusperren war die dümmste von allen.«

Er beobachtet mich mit ernstem Gesicht. Dann streicht er sich mit dem Daumen über die Lippen und stemmt sich ein Stückchen aus den Polstern hoch. Ein Lächeln blitzt in seinem Gesicht auf. »Dann ist das also ein Ja?«

»Das ist ein Ja. Zumindest bis du die Nase voll hast von meinen Anrufen.«

Die Szene im Fernseher ändert sich und Declan wird in helleres Licht getaucht. Seine Augen huschen über mein Gesicht. »Du bist müde. Sicher, dass ich nicht lieber gehen soll?«

Ich schüttele den Kopf. »Ich werde sowieso nicht schlafen können.«

»Okay.« Er streckt seinen Arm auf der Rückenlehne der Couch aus und lümmelt sich in die Polster, bis er seine Wohlfühlposition gefunden hat.

Wir gucken beide den Film weiter, aber würde ich ihn nicht bereits kennen, hätte ich keine Ahnung, worum es darin überhaupt geht. Diese Abmachung zwischen uns beiden ist bittersüß. Seine Freundschaft bedeutet mir alles und der Gedanke, sie ein zweites Mal zu zerstören, ist unerträglich. Aber die Geheimisse, die ich hüte, nagen an meinem Glücksgefühl. Declan sollte alle Fakten kennen, bevor er sich entscheidet, eine wie auch immer geartete Beziehung mit mir einzugehen.

Weitere fünfzehn Minuten verstreichen und ich halte es nicht mehr aus. Mein Puls beginnt zu rasen. Ich öffne den Mund – nichts. Ich weiß nicht, wie ich dieses Gespräch anfangen soll.

Declans Lider sind nahezu geschlossen und sein Atem geht schwer. »Ist es unbequem für dich?«

»Nein, alles gut.« Ich schaue wieder zum Fernseher.

»Hier.« Mit einer Geste bedeutet er mir, mich an ihn anzulehnen.

Ich messe die Entfernung zwischen uns und schlinge die Decke fester um mich. Ich rutsche näher an ihn heran, streiche mir das Haar über die Schulter nach vorn und mache es mir bei ihm bequem. Meine Hände sind um die Decke geballt.

»Ähm, könntest du …« Declan rückt sich zurecht, schiebt behutsam meinen Ellbogen so weg, dass er ihm nicht in die Rippen pikst.

»Oh, tut mir leid.« Ich drehe mich ein Stück, um mich seiner Haltung anzupassen. Jetzt liegt mein einer Arm eng an meinem Körper, aber ich weiß nicht, wohin mit der anderen Hand. Ich lege sie auf seine Brust und bette meine Wange daneben. Mein Kopf hebt und senkt sich mit jedem seiner Atemzüge. »Besser?«

»Besser«, antwortet er mit leiser Stimme.

Binnen weniger Minuten wird sein Atem langsamer und ruhig. Ich schiele zu ihm hoch, seine Lider sind geschlossen, seine Lippen leicht geöffnet.

Ich lausche auf seinen Herzschlag. Mit jedem Mal, das ich die Augen schließe, fällt es mir schwerer, sie wieder zu öffnen.

Seine Finger wandern über meinen Handrücken und kitzeln mich wach.

»Harp?«

Mit einem tiefen Atemzug hebe ich den Kopf. Der Film ist vorbei. Es ist vier Uhr morgens.

»Sorry.« Unsere Beine sind ineinander verschlungen und seine andere Hand ruht federleicht auf meiner Hüfte. »Ich wollte nicht einschlafen.«

Er schluckt. »Schon okay. Aber ich glaube, dein Dad ist wieder da.«

Jetzt höre ich es auch. Das Garagentor. Aber mein Körper gehorcht nicht, und so liege ich noch immer auf Declan drauf, als mein Vater durch die Küchentür ins Wohnzimmer kommt.

Er bleibt wie angewurzelt stehen, als er uns sieht. Dann macht er den Rücken gerade und räuspert sich.

Ich rappele mich hoch und reibe mir die Augen. »Wie geht's Mom? Ist sie wieder ansprechbar?«

»Sie wird wieder«, sagt er. »Sie bleibt eine Nacht im Krankenhaus, wird aber entlassen, sobald sie ein paar Tests gemacht haben.« Seine Augen wandern zu Declan. Sein Schnurrbart zuckt. »Declan, ich glaube, für dich wird's auch allmählich Zeit, nach Hause zu gehen.«

»Ja, Sir.« Declans Augen huschen zu mir und er steht auf. Ich bringe ihn zur Tür. »Nacht, Harper.«

»Gute Nacht.«

Er tritt nach draußen und ich halte ihn am Arm fest, ziehe ihn ein letztes Mal zurück.

Es ist anders als die verzweifelte Umarmung im Krankenhaus. Ich schlinge meine Arme um seinen Hals und sein ganzer Körper ist noch warm vom Schlaf. Seine eine Hand schmiegt sich an meinen Hinterkopf, die andere liegt an meinem Rücken und presst mich an ihn heran.

»Danke«, flüstere ich.

Er lehnt den Oberkörper nach hinten und sieht zu mir runter. »Jederzeit.«

Ich lasse ihn los und gehe ins Haus zurück. Er springt von der Veranda herunter, und ich mache Anstalten, die Tür zu schließen. Aber ich kann meine Augen nicht von ihm losreißen. Er dreht sich um, geht rückwärts unsere Einfahrt hinunter. Hält dabei die ganze Zeit meinen Blick fest.

Und trotz allem, was heute passiert ist, lächele ich.

Denn so wie's aussieht, kann Declan ebenso wenig seine Augen von mir lassen.

23

Dad steht immer noch in der Küche. Die Mikrowelle macht ping und er nimmt einen Teller mit aufgewärmten Resten heraus, stellt ihn auf den Tresen und sieht mich an.

»Ganz schön spät für Declan, um noch hier zu sein, meinst du nicht?«

Ich recke mich, bis es in meinem Rücken knackt. »Sein Dad ist mal wieder geschäftlich unterwegs. Und ich wollte Gesellschaft haben.«

»Graham ist zu Hause.«

»Genau.« Ich versuche ihn durch reine Willenskraft dazu zu bewegen, eine Gabel zu nehmen und das Thema fallen zu lassen. »Deshalb ist es auch kein großes Ding.«

Sein Schnurrbart zuckt, aber er nickt und zieht die Besteckschublade auf. Sein drahtiges Haar ist zerzaust und leicht fettig, so als hätte er die ganze Nacht darin herumgewühlt. Sein Anzughemd ist zerknittert und der Krawattenknoten hängt zehn Zentimeter unter seinem Kragen.

Er nimmt einen Bissen und wischt sich den Mund mit einer Serviette ab. »Ich lege mich kurz eine Runde aufs Ohr, dann fahre ich wieder ins Krankenhaus. Vielleicht könntest du nachher ja einkaufen gehen?«

»Ich komme mit dir mit.«

Er spießt eine Kartoffel auf. »Das ist nicht nötig. Du solltest dich ein bisschen ausruhen. Deine Mutter …«

»Warum lässt du mich nicht helfen?«

Er hält mitten im Kauen inne. Schluckt. »Das *ist* ja hilfreich. Alle diese Sachen muss ja auch jemand machen.«

»Nein, aber … Schau, es macht mir nichts aus, einkaufen zu gehen. Aber ich war diejenige, die den Rettungswagen gerufen und sie ins Krankenhaus gebracht und stundenlang dort gewartet hat. Ich weiß, vergangenes Jahr habe ich euch ziemlich enttäuscht, und in letzter Zeit war ich nicht so oft hier, wie ich es hätte sein sollen, aber *jetzt* bin ich hier. Und ich komme mit dir mit.«

Dad lehnt sich gegen den Tresen und verschränkt die Arme. Mit geschlossenen Augen atmet er langsam ein und aus. »Bist du sicher, dass du das willst? Es kann eine Weile dauern, bis das Entlassungsprozedere durch ist und sie nach Hause kann.«

»Ja, ich bin sicher. Ich will für sie da sein.«

»Okay.« Er schenkt mir ein erschöpftes Lächeln und zerrt sich die Krawatte vom Hals. Dann legt er mir eine Hand auf die Schulter. »Ich habe mich noch gar nicht bei dir bedankt, wie großartig du die ganze Sache gemanagt hast. Du hast einen kühlen Kopf bewahrt und die richtige Entscheidung getroffen. Ich bin sehr stolz auf dich.«

»Danke«, murmele ich.

Eine Stunde später brechen wir erneut Richtung Krankenhaus auf, für einen weiteren langen Tag, ausgefüllt mit Warten.

Sadie tigert in ihrem Zimmer auf und ab, ihr Telefon ans Ohr gepresst.

»… aber du hast es versprochen!« Sie dreht einen Stift zwischen den Fingern ihrer freien Hand. »Aber … Wie auch immer. Mir egal. Schön. Mhm, gut, tschüs.« Sie legt auf und pfeffert das Telefon auf ihre Frisierkommode. Sie sieht zu mir rüber und lächelt. »Du bist wach!«

»Nein, bin ich nicht.« Ich rolle mich auf die andere Seite und ziehe mir das Kissen über den Kopf. Sie springt aufs Bett und schmiegt sich an mich, gräbt ihren Kopf in meine Achsel wie ein Welpe.

»Hast du schon einen Boomerang getrunken?«, nuschle ich unter den Kissen hervor. Es grenzt an ein Wunder, dass ich Sadie gestern Abend überzeugen konnte, nicht noch um die Häuser zu ziehen, was auch erklärt, warum sie heute Morgen schon dermaßen rappelig ist. Sie hüpft neben mir auf der Matratze auf und ab und reißt mir das Kissen vom Gesicht. »War das gerade deine Mutter?«

Sie verdreht die Augen und sieht total genervt aus. »Ja. Blöde Kuh. Aber egal, Zeit fürs Frühstück!«

Mom war erst am späten Nachmittag entlassen worden, und als wir dann endlich zu Hause ankamen, hatte Dad mich kurzerhand rausgeworfen, damit sie ihre Ruhe hatte. Und richtig, ich konnte Sadie zwar zum Filmgucken überreden, doch das heißt nicht, dass wir früh im Bett waren. Ich bin wie gerädert.

Aber Sadies Miene nach zu urteilen, wird sie einen Eins-a-Tobsuchtsanfall kriegen, wenn ich mich jetzt ausklinke, also wälze ich mich unter lautem Ächzen aus dem Bett.

Für Sadie ist Frühstück ein dehnbarer Begriff und so fahren wir zur Tanke, um Kaffee und Zigaretten zu besorgen. Auf dem Weg zurück zu ihrem Auto kommen wir an Christopher, Sadies Ex, vorbei. Er tankt seinen Wagen an Zapfsäule drei auf. Seine neue Freundin sitzt auf dem Beifahrersitz.

Hastig macht Sadie den Rücken gerade und setzt ein

schüchternes Lächeln auf, das ihr in dem Moment vom Gesicht rutscht, als wir an ihnen vorbei sind.

»Ich fasse es nicht, dass Chris mit einer aus der Zehnten zusammen ist«, schnaubt sie, als wir an ihrem Wagen sind. Sie reißt die Fahrertür auf. »Und sie spielt in einer Band. *Band*, verstehst du.«

Ich verkneife mir den Hinweis, dass Sadie vor ein paar Tagen noch selbst mit einem Zehntklässler geliebäugelt hatte. »Und was ist jetzt falsch an einer Band?«

Darauf hat Sadie keine schlüssige Antwort parat, also zuckt sie nur mit den Schultern und zündet sich eine Zigarette an. Sie hält mir die Schachtel hin.

Ich schüttele den Kopf und trinke einen Schluck Kaffee. Mit Zigaretten bin ich durch. »Was *ich* nicht fasse, ist, dass du mit ihm Schluss gemacht hast.«

»Du meinst wohl eher, warum ich je mit ihm zusammen war? Ich auch nicht.«

Ich wette, dass seine Nummer nach wie vor in ihrem Telefon gespeichert ist. Genau wie diese Fotos. Jedes Mal, wenn ich sie erwische, wie sie sie ansieht, reagiert sie auf die gleiche Weise. Sagt immer irgendwas Fieses über ihn, beinah als wäre es ein Reflex, den sie nicht kontrollieren kann.

»Stimmt, ich weiß. Er geht dir total am Arsch vorbei.« Ich trinke noch einen Schluck brühheißen Kaffee und füge hinzu: »Deswegen hebst du ja auch immer noch seine Orchidee auf.«

Sie schnippt Asche aus dem offenen Fenster. »Du weißt ja nicht, was du da redest.«

»Oh, okay.« Ich warte und beobachte den Rauch, der von der Spitze ihrer Zigarette aufkräuselt.

»Er hätte sowieso mit mir Schluss gemacht.«

Es ist das erste Mal, dass Sadie etwas Derartiges äußert, und sofort wird sie unruhig, startet den Wagen und stößt mit Karacho aus der Parklücke, als wollte sie ihren eigenen Worten davonfahren.

»Das weißt du doch gar nicht«, sage ich vage.

»Doch, tu ich. Er wollte nie einfach mit mir rumhängen, und wenn er's mal gemacht hat, hat er nie mit mir geredet. Und einen Freund nur zum Fummeln brauche ich nicht, also …«

Sie fährt scharf links und brettert an unserer Highschool vorbei. Als sie durch ein Schlagloch fährt, verschütte ich beinah den heißen Kaffee.

»Kannst du gefälligst langsamer fahren? Die stoppen dich noch, wenn du so weitermachst.«

»Hast du Lust, nachher noch was zu unternehmen?«, fragt sie, ohne auf meine Verärgerung einzugehen. »Wir könnten uns bei Mike an den Pool knallen oder zu dieser Party gehen, die ein Typ aus der Mittelstufe heute Nachmittag bei sich zu Hause schmeißt.«

»Ich hab dir doch schon gesagt, dass ich mich mit Declan treffe.« Ich schaue auf die Uhr am Armaturenbrett. Beinah schon Mittag. »Apropos, könntest du mich bitte bei ihm absetzen?«

»Schön.« Sie biegt rechts ab und umfährt das Zentrum. »Was ist das eigentlich mit euch?«

Sie klingt beinah motzig und ich ahne, dass es keine Antwort gibt, die sie zufriedenstellen wird.

»Keine Ahnung. Wir hängen einfach miteinander rum.«

Sie kneift die Augen zu Schlitzen zusammen. »Pah! Seit ihr beiden ›miteinander rumhängt‹, krieg ich dich kaum noch zu Gesicht. Was ich damit sagen will: In zwei Wochen fängt die Schule wieder an. Ist er nicht eh bald wieder weg?«

Ich pule mit dem Daumennagel am Deckel meines Kaffeebechers herum. Ich habe den Gedanken an seine Abreise mit ganzer Kraft erfolgreich beiseitegeschoben.

»Ich mein's ja nur gut mit dir«, fährt sie fort. »Überleg doch mal, wie schnell beim letzten Mal alles in die Brüche ging, kaum dass er weg war. Das solltest du im Kopf behalten, bevor du dich wieder auf irgendwas einlässt.« Sie fährt in mein Viertel hinein, an meiner Grundschule vorbei und bleibt vor Declans Haus stehen. »Es lohnt sich nicht, sich dafür wehtun zu lassen.«

Sie sieht mich nicht an, als sie das sagt, sondern untersucht ihre Fingernägel.

Declan steht oben auf einer Leiter und streicht zusammen mit Cory, Mack und Gwen die Seitenfassade seines Hauses. Mackenzie bespritzt Cory mit Farbe und Declan fängt an zu lachen. Er sieht glücklich aus. Und ihn so zu sehen macht mich glücklich.

»Declan würde mir nie wehtun.«

»Das ist das Kuriose an Beziehungen, Harper.« Sadie zündet sich noch eine Zigarette an und zupft beim Ausstoßen des Rauchs an der Naht der Lenkradhülle. »Gibst du jemandem die Macht, dir das Herz zu brechen, ist es für einen immer verdammt überraschend, wenn er's wirklich tut. Ich mein's nur gut mit dir«, sagt sie noch mal.

»Ja. Danke. Bis dann«, erwidere ich, schnappe mir den To-go-Becher und werfe ihr ein Lächeln zu, obwohl ich ihr liebend gern den Kopf abreißen würde.

Sie hat erlebt, wie mies es mir letztes Jahr ohne Declan ging. Aber okay, ich verstehe schon, sie will nicht, dass ich die gleiche Chose noch mal durchmache, und obendrein hat sie keinen Bock auf mein Depri-Gesicht. Doch ich dachte, sie würde sich wenigstens ein bisschen für mich freuen. Pustekuchen.

Aber eigentlich ist mir auch egal, was sie denkt.

»Harper?« Sie drückt ihre halb aufgerauchte Zigarette aus. »Wenn du nicht zu beschäftigt mit deinen neuen Freunden bist, kannst du Samstagabend ja vielleicht mit mir auf eine Party gehen.«

»Ja, klar. Samstag.« Ich lächele und werfe die Autotür hinter mir zu. Mack winkt mir mit dem Pinsel in der Hand und kleckert dabei Cory mit Farbe voll. Schon wieder.

»Hey, Leute«, sage ich.

Declan klettert von der Leiter herunter und hängt seine Daumen in die hinteren Taschen seiner Jeans ein. »Hey.«

Ich lächele noch breiter und schiebe den Taschengurt höher auf meine Schulter.

»Komm«, sagt er, »du kannst deine Sachen drinnen abstellen.«

Ich folge ihm in die Diele und hänge meine Tasche an einen Garderobenhaken, damit Lula nicht daran rumschnuppert, dann bücke ich mich und streichele sie.

»Magst du dein Top ausziehen?«

Ich federe hoch. »Wie?«

Declans Augenbrauen heben sich. »Oh, ha, nein. Ich meinte, magst du dich umziehen? Ich kann dir fürs Malern ein T-Shirt geben. Damit du deine Sachen nicht mit Farbe einsaust.«

»Oh. Ja, okay.«

Er zeigt auf die Treppe. Wir gehen rauf in sein Zimmer, und ich warte auf der Schwelle, während er seine Schubladen durchforstet.

Es ist ein ordentlicher Raum, mit einem von Staubsaugerspuren gestreiften Teppich und einem picobello gemachten Bett. Absolut makellos, sozusagen. Außer dem roten Fleck auf dem Läufer vor seinem Schreibtisch, der dort ist, seit wir elf waren und ich ihn dermaßen zum Lachen brachte, dass ihm Fruchtsaft aus der Nase lief.

Jetzt parkt ein Koffer in der Nische neben seinem Schrank

und auf seinem Schreibtisch steht ein Pappkarton. Die Leuchtsterne kleben nach wie vor an der Decke. Es ist immer noch sein Zimmer, nur ein bisschen zu unbewohnt.

Er hält ein schlichtes weißes T-Shirt hoch. »Ist das okay für dich?«

»Ja, das ist super. Danke.«

»Nichts zu danken.« Er wirft mir das Shirt zu und klopft mit den Knöcheln an die Seitenwand seiner Kommode.

Er macht eine Seitwärtsbewegung, als wollte er aus dem Zimmer gehen, und ich ziehe sein Shirt über mein eigenes. Dann fummele ich die Spaghetti-Träger meines Tops durch die T-Shirt-Ärmel, schiebe es bis zur Taille nach unten, dann über die Hüften und weiter, bis es schließlich am Boden landet.

Declan macht ein verblüfftes Gesicht. So als wäre er nicht sicher, was gerade passiert ist.

Na ja, genau genommen habe ich mich eben vor ihm umgezogen. Ich habe es getan, ohne vorher drüber nachzudenken; diese Umziehmethode ist mir während der Schwimmtrainingzeit in Fleisch und Blut übergegangen.

Also, okay, vielleicht wusste ich schon, dass es ein wenig aufreizend wirkt. Aber es ist ja nicht so, dass ich einen Striptease hingelegt hätte. Es war eher ein Anti-Striptease. Und außerdem hat er die nackten Tatsachen schon längst gesehen.

Ich trete rückwärts auf den Flur hinaus. »Fertig?«

Declan nickt und folgt mir die Treppe hinab. Unten gibt er mir einen Pinsel und stößt mich mit der Schulter an.

»Nimm dich bloß vor Mackenzie in Acht«, sagt er so laut, dass sie es hört.

Sie zeigt mit dem Pinsel in der Hand auf ihn. »Das ist Verleumdung. Nimm du dich mal besser selbst in Acht, Declan.«

Er geht hinter mir in Deckung und legt mir auf Schlüsselbeinhöhe einen Arm um den Körper, als wäre ich ein menschlicher Schild. Automatisch lasse ich mich gegen seine Brust sinken. Er legt sein Kinn auf meinen Scheitel.

»Waffenstillstand?«

Macks Lippen zucken. »Na gut.«

Er lässt mich frei und zwinkert mir zu, bevor er die Leiter hochsteigt, um Cory zu helfen.

Mackenzie knufft mich freundschaftlich in die Schulter. »Awww, er hat dich alphamäßig geschildkrötet.«

Ich blicke fragend zu Gwen, deren Miene zu erkennen gibt, dass sie genau wie ich nur Bahnhof versteht. Ich bin nicht sicher, ob ich alphamäßig geschildkrötet werden will.

»Er hat *was* bitte?«

Mackenzie huscht hinter Gwen und stellt sich auf Zehenspitzen, sodass Gwens Kopf unter ihrem Kinn klemmt. »Dominante Schildkröte!« Gwen verdreht die Augen und versucht sich wegzuducken, aber Mackenzie lässt nicht locker. »Du weißt schon! So drücken die männlichen Schildkröten ihre Dominanz aus …«

»Pervers«, sagt Gwen.

»Und?« Mackenzie stampft mit dem Fuß auf.

Ich blinzele. »Und was?«

Sie wirft Gwen einen Augen rollenden Blick zu. »Was ist denn jetzt mit euch beiden? Sein Augengezwinker habe ich übrigens auch mitgekriegt.«

»Verstehe, Miss Marple.« Ich tauche meinen Pinsel in den Farbeimer und zucke mit den Schultern. Und versuche krampfhaft, nicht zu grinsen. Und scheitere. »Ich weiß nicht. Wir verbringen wieder mehr Zeit miteinander. Es läuft gut.«

»Wie gut?«

Mein Grinsen wird breiter. »Keine Ahnung. Und *pscht*!«

Sie seufzt sehnsuchtsvoll. Während Gwen mich immer noch mit geschürzten Lippen anstarrt.

»Was?«, frage ich.

»Das wird verdammt noch mal auch Zeit.«

Ich schneide eine Grimasse. »Können wir bitte über was anderes reden? Ihr beiden macht mich total nervös.«

Ich mache mich mit ausladenden Pinselstrichen ans Werk. Mackenzie wirft ihren Pinsel auf den Farbeimerdeckel zwischen uns. Farbe spritzt auf mein – Declans – T-Shirt und natürlich bemerkt sie es nicht mal.

»Ich glaube, ich bin jetzt so weit, mit Cory zu schlafen«, sagt sie.

»Gah!« Ich halte mir mit beiden Händen die Ohren zu. »Themenwechsel!«

Gwen neben mir lacht.

»Ach komm schon«, sagt Mack und stemmt die Hände in die Hüften. »Ich brauch deinen Rat!«

Ich fahre mir mit der Zunge über die Lippen und tauche meinen Pinsel aufs Neue in die Farbe ein. »Äh, also eigentlich … tja. Ich habe noch nie …«

»Ach Quatsch. Echt jetzt?« Gwen zieht die Nase kraus und kommt näher an mich herangerückt. »Du bist noch Jungfrau?«

»Gwen!« Mackenzie versetzt ihr einen Klaps.

Ich blicke verstohlen zur Leiter hinüber, doch Cory und Declan streichen noch immer, tief ins Gespräch versunken.

»Da brauchst du gar nicht so überrascht zu klingen.«

»Ich glaube, sie meinte nur, weil …« , springt Mackenzie für Gwen in die Bresche. »Du bist so hübsch und so beliebt! Deshalb.«

Ich verdrehe die Augen und widme mich hoch konzentiert dem Stück Holzverkleidung, das ich gerade streiche. »Wie auch immer«, sage ich zu ihr, »was diesen Programmpunkt angeht, hast du sicher mehr Erfahrung als ich.«

Sie betrachtet Cory. Scannt ihn von Kopf bis Fuß ab. Dann schnappt sie sich ihren Pinsel und nickt. »Jep. Ich bin so weit. Ich glaube, ich bin in ihn verliebt.«

»Das ist …« Mein Mund bewegt sich und versucht, *großartig* zu sagen, doch heraus kommt »fix«.

»Tja, du weißt ja, was man über Mädchen sagt, die Sportwagen fahren …« Gwen kichert und weicht geschickt Macks Pinsel aus.

Mackenzies Blick wandert wieder zu Cory zurück. »Er ist einfach so hammersexy, weißt du.«

Ich stöhne. Zu viel Information.

»Du hast ihn doch schon oft genug in Badehose gesehen«, sagt sie. »Erzähl mir also nicht, das wäre dir noch nicht aufgefallen.«

»Ich, nein!« Ich kann nicht aufhören, den Kopf zu schütteln. »Nein.«

Mein Pinsel fährt über dieselbe Stelle, die ich gerade fertig gestrichen habe, weil der Gedanke an Sex jetzt von meinem Hirn Besitz ergriffen hat und ich nicht mehr in der Lage bin, effizient zu arbeiten.

»Na dann … viel Glück?«, sage ich. »Oder viel Spaß? Ich habe keine Ahnung, was man zu jemandem sagt, der plant, mit jemandem ins Bett zu gehen.«

»Viel Spaß passt schon«, sagt Gwen mit einem Lächeln.

Declan und Cory klettern die Leiter herunter und verschwinden im Haus, um etwas zu trinken. Sie bringen uns einen Krug Wasser und ein paar Becher mit nach draußen.

Declan gießt mir ein und ich nehme den Becher entgegen, ohne ihn anzuschauen. Weil ich ihn auf einmal nicht mehr anschauen kann.

Wegen dem Sex. Weil ich an nichts anderes mehr denken kann.

»Alles okay?«, fragt er mich. »Geht's deiner Mom wieder gut?«

Er hat eine Falte auf der Stirn. Die habe ich hervorgerufen. Das mag ich überhaupt nicht.

»Ja«, sage ich mit fröhlicher Stimme. »Im Krankenhaus haben sie festgestellt, dass die Anzahl ihrer weißen Blutkörperchen zu niedrig ist, deshalb darf sie zurzeit nicht das Haus verlassen. Aber sie hat sowieso Ruhe nötig, und sie sagt, dass sie sich schon viel besser fühlt.«

»Okay, gut. Und du? Du siehst immer noch ganz schön müde aus. Hast du letzte Nacht geschlafen?«

»Nicht so richtig. Ich habe bei Sadie übernachtet. Aber mir geht's gut, ich war nur gerade mit den Gedanken woanders.«

Ich lächele tapfer weiter, bis er nickt und wegsieht. Wir tauschen die Trinkbecher gegen unsere Pinsel ein und machen uns wieder an die Arbeit. Doch die Falte ist noch immer sichtbar. Angestrengt überlege ich, wie ich ihn aufmuntern könnte.

Dann habe ich einen Geistesblitz.

Declans ganzer Körper erstarrt, als ich meinen Pinsel langsam von seinen Schläfen bis zu seinem Kinn hinunterwandern lasse. Als ich fertig bin, sieht er mich mit zusammengekniffenen Lippen und hochgezogenen Augenbrauen an. Er wippt mit dem Kopf, so als würde er den Regeln einer Pausenhofkeilerei zustimmen.

»Na schön.« Er lässt seinen eigenen Pinsel fallen und stürzt sich auf mich.

Er nimmt mich mit beiden Armen gefangen und reibt wie wild seinen Kopf an meinem Hals und meinem Gesicht, schmiert mich komplett mit Farbe voll. Ich quietsche laut, als er mich rangelnd gegen die frisch gestrichene Fassade drückt. Und dann hört er plötzlich auf und sein Gesicht ist nur wenige Zentimeter von meinem entfernt. Er sieht mich durch farbverschmierte Wimpern an. Wir lachen nicht mehr. Und zwei Meter von uns entfernt stehen unsere Freunde und starren uns an.

Einen Moment lang herrscht befangene Stille, dann ducke ich mich unter ihm weg und verpasse ihm einen spielerischen Stoß gegen die Schulter.

»Glückwunsch«, sage ich außer Atem. »Du hast gerade dein eigenes T-Shirt versaut.«

Er läuft rot an. »Ja, na ja. Du hast angefangen.«

Wir benehmen uns in dieser Sache wie zwei Erwachsene.

Gwen beißt sich so fest auf die Lippe, dass es aussieht, als müsse jeden Moment Blut fließen. Hinter Declans Rücken macht sie affige Kussgesichter. Ich schieße ihr einen tödlichen Blick zu und pflücke mir ein paar festgeklebte Haare aus dem Gesicht.

Cory reibt sich über die Wange und dreht sich zu Mackenzie um, die aussieht, als würde sie jeden Moment vor Zufriedenheit platzen.

»Okay, wir sollten allmählich zusammenpacken«, sagt er. »In anderthalb Stunden fängt der Film an.«

»Ja, und ich habe ein Skype-Date mit Jason.« Gwen legt den Pinsel ab und holt ihre Schlüssel hervor. »Bis später, Leute.«

»Bis später.« Dann drehe ich mich zu Declan um. »Ich sollte mich auch mal wieder zu Hause zeigen.«

Mit dem Handrücken wischt er sich Farbe von der Schläfe. »Ja, okay.«

»Harper, sollen wir dich mitnehmen?« Mackenzie macht ihre Autotür auf und lehnt sich dagegen.

»Ja, bitte.« Ich husche ins Haus, um meine Sachen zu holen, und bleibe auf meinem Weg zum Auto noch mal bei Declan stehen. »Ich wasche dein T-Shirt und gebe es dir morgen zurück.«

Er machte eine wegwerfende Handbewegung. »Mach dir darum keinen Kopf.«

»Okay.«

Er grinst. »Okay.«

Ich klettere auf die Rückbank. Man muss Mackenzie zugutehalten, dass wir es immerhin bis ans Ende von Declans Einfahrt schaffen, bevor sie quietschvergnügt in die Hände klatscht.

»Ihr beide seid sooo süß!«

Cory schüttelt den Kopf, aber um seinen Mund zuckt ein Lächeln. »Ich halt mich aus der Sache raus.«

24

Ich sitze auf dem Dach, als Declan unsere Einfahrt hochkommt. Er entdeckt mich und nickt mir grüßend zu. Ich klettere durchs Fenster in mein Zimmer zurück und schleiche so leise wie möglich die Treppe hinunter. Mom ruht sich wieder mal aus.

Er wartet auf der Verandaschaukel auf mich. Ich ziehe die Haustür hinter mir zu und verschränke die Arme vor der Brust. Und öffne sie wieder. Stecke sie in meine hinteren Hosentaschen.

»Hey.«

»Hey du.« Er lächelt schüchtern, dann bückt er sich und zieht ein Notizbuch aus seiner Tasche. »Ich wollte fragen, ob ich deine Fotografie-Mitschrift vom Freitag borgen kann. Irgendwie habe ich vom Unterricht nicht so viel mitgekriegt.«

»Ja, klar. Keine Ahnung, ob meine wirklich mehr hergibt, aber du kannst sie dir gern ansehen.«

Ich flitze nach oben und kralle mir meinen Notizblock, der auf meinem Schreibtisch liegt, blättere ihn eilig durch, um sicherzugehen, dass ich nicht irgendwas Peinliches an die Ränder gekritzelt habe wie *Tampons kaufen!* oder *Harper + Declan 4ever.*

Was ich – nur der Klarheit halber – schon seit Jahren nicht

mehr an meine Ränder kritzele. Aber Vorsicht ist besser als Nachsicht.

Ich schlüpfe wieder nach draußen und Declan strafft die Schultern, fährt mit den Händen über seine Oberschenkel.

Ich setze mich neben ihn und gebe ihm den Notizblock.

»Super, danke.« Er schlägt ihn nicht auf. Sieht ihn nicht mal an. Er sieht mich an.

Meine Handflächen fühlen sich ganz heiß an. Und schwitzig. Und ich kann nicht aufhören, an gestern zu denken, an sein mit Farbe beschmiertes Gesicht an meinem Hals.

Ich widerstehe dem Drang, mich auf meine Hände zu setzen. »Kein Problem.«

»Was machst du eigentlich da oben?« Er zeigt aufs Dach.

»Nachdenken. Meistens jedenfalls. Oder ich versuche, *nicht* nachzudenken, kommt ganz auf meine Stimmung an.«

»Worüber hast du nachgedacht?«

»Ach, du weißt schon. Über Mode, Make-up und ob ich Spliss habe oder nicht. Wichtige Dinge eben.«

Seine Lippen zucken. »Ich mein's ernst.«

Ich lehne mich zurück und stoße mich mit den Füßen ab, um der Verandaschaukel Schwung zu geben. »In letzter Zeit denke ich viel über meine Mutter nach. Und darüber, wie es sein wird, nach den Ferien wieder in die Schule zu gehen, so ganz ohne Schwimmen.« Ich lasse die Schaukel auspendeln. »Manchmal denke ich über dich nach.«

Er holt langsam Luft. »Ach ja?«

Ich kratze an dem hölzernen Sitz und nicke. Die oberste Schmutzschicht löst sich ab und der Dreck bleibt unter meinem Fingernagel hängen.

Declan hebt seine Hand und streicht über meine Finger. Seine Berührung ist federleicht, als wollte er eine Seifenblase fangen. Seine Stimme ist dunkel.

»Harp?«

Ich starre auf unsere Hände. »Ja?«

»Warum trägst du immer noch meine Kette?«

Mein Herzschlag beschleunigt sich. Ich lecke mir über die Lippen. Zähle bis fünf. Und sehe ihn schließlich an. »Du weißt, warum.«

Seine Augen wandern zu meinem Mund und er lehnt sich nach vorn. Behutsam schiebt er mir eine Strähne hinters Ohr, lässt seine Finger an meiner Wange hinabgleiten bis zu meinem Kinn. Meine Eingeweide fangen an, Pogo zu tanzen, und mein Atem kommt stoßweise, wird megafonlaut. Hier ist er; der Punkt, an dem es kein Zurück mehr gibt.

»Declan … es gibt da etwas, was ich dir sagen muss. Über die Zeit, als du weg warst.«

Seine Augen lassen mich nicht los. »Nichts, was du sagst, wird irgendwas daran ändern, wie viel du mir bedeutest. Das Einzige, was ich wissen muss, ist, was du für mich empfindest.«

Jetzt bin ich diejenige, die über seine Wange streicht. Er zieht scharf die Luft ein und hält ganz still. »Ich trage deine Halskette, richtig?«

Ein Lächeln huscht über sein Gesicht. »Dann können wir doch eigentlich aufhören mit Reden.«

Er lehnt sich nach vorn. Meine Lider schließen sich langsam und ich warte.

Die Haustür schwingt auf. Declan und ich fahren auseinander und meine Hand legt sich reflexartig über meinen Mund, während ich an meinem T-Shirt zupfe, mit megaschuldbewusster Miene.

Declan reibt sich den Nacken und nickt Graham zu, der ihn mit verschränkten Armen in Großer-Bruder-Manier anstarrt.

»Morgen«, sagt Graham.

Ich beiße die Zähne aufeinander und lächele. »Geh bitte wieder rein.«

Er runzelt die Stirn. »Aber draußen ist es so schön. Und ich kann eine Dosis Vitamin D gut gebrauchen.«

»Dann trink ein Glas Milch.«

Er rümpft die Nase und setzt sich auf die Verandastufen. »Nee. Das macht doch nur halb so viel Spaß.«

Declan erhebt sich. »Hey, ich muss jetzt los zur Arbeit.«

Ich stehe auch auf, streiche mir eine Strähne hinters Ohr und überlege krampfhaft, wie ich auf Zurückspulen drücken könnte. Declans Hände waren in meinem Haar vergraben, sein Mund so nah an meinem. Ich konnte seinen Atem schmecken. Beinah hätten wir uns geküsst.

Aber jetzt sieht er mich nicht mal mehr an. Er stopft sein Notizbuch in seine Tasche und drückt mir meinen Block in die Hand. »Ich denke, ich komme auch ganz gut ohne klar. Aber danke trotzdem.«

»Oh … okay.«

Er drängt sich an Graham vorbei. Ich folge ihm und verpasse meinem Bruder im Vorbeigehen einen leichten Tritt. Am Ende unserer Einfahrt bleiben wir stehen.

»Also, ähm, du musst jetzt arbeiten?«

»Ja, einer meiner letzten Tage.«

»Oh, cool.«

Declan scharrt mit den Füßen. »Ich habe so gegen sechs Uhr Schluss. Wenn du heute Abend noch nichts vorhast, könnten wir uns treffen.«

»Okay!« Aber dann fällt es mir wieder ein. »Warte, nein. Sadie hat mich bequatscht, dass ich mit ihr zu dieser Party gehe. Aber ich kann ihr auch absagen.«

»Nee, das musst du nicht machen.«

Jetzt bin ich richtig verwirrt. Will er sich jetzt mit mir treffen oder nicht?«

»Okay. Ich kann dir ja eine Nachricht schreiben, wenn wir auf dem Weg dahin sind. Du könntest auch kommen.«

»Hm, ich weiß nicht. Das ist nicht so ganz meine Szene.«

»Es könnte ganz lustig werden«, sage ich hoffnungsvoll. »Ich will einfach … Ich würde dich wirklich gern sehen.«

Er wird weich. Seine Schultern entspannen sich und das Lächeln kehrt auf sein Gesicht zurück. »Ich will dich auch sehen.«

»Super«, sage ich. »Dann ist es also abgemacht.«

Kaum sind wir angekommen, zieht Sadie eine Flasche Wodka aus ihrer Tasche und genehmigt sich einen Schluck. Mike Wright schlendert zu uns rüber und drückt ihr einen Becher mit Bier in die Hand. Er ist das Willkommenskomitee und der Ausguck für die anderen Jungen, die auf der Terrasse sitzen und ihren Namen rufen. Anscheinend stört es Sadie inzwischen nicht mehr, dass er die totale Klette ist. Sie drückt mir die Flasche in die Hand und hat prompt das Interesse daran verloren. Und an mir auch.

Ich bin allein, umgeben von Leuten, die nicht meine Freunde sind. Ich schraube den Deckel fest auf die Flasche, klemme sie mir unter den Arm und zücke mein Telefon. Declan hat noch nicht auf meine Nachricht reagiert, die ich ihm vorhin geschickt habe. Aber vermutlich ist er erst spät von der Arbeit nach Hause gekommen. Und dann wird er noch Abendbrot essen und duschen müssen und so. Richtig?

Ich schreibe ihm noch einmal. *Gerade angekommen. Sag Bescheid, wenn du losfährst.*

Ich drücke auf Senden, bevor mir wieder Zweifel kommen oder ich noch irgendwas peinlich Schnulziges hinzufügen kann.

Sadie sitzt mit Mike hinten im Garten am Lagerfeuer. Ich spaziere hinüber und mache es mir den beiden gegenüber in einen Liegestuhl bequem. Ich versuche, das Feuer zu genießen, kann aber einfach nicht ausblenden, dass erst zwanzig Minuten und dann vierzig vergehen, ohne dass Declan sich bei mir gemeldet hat.

Ich versuche es mit Anrufen. Nach einem Dutzend Mal Läuten oder mehr springt die Mailbox an. »Hey, ich bin's. Vermutlich bist du bei der Arbeit aufgehalten worden oder so …« Ich mache eine Pause. Vielleicht ist er nicht aufgehalten worden. Vielleicht werde ich gerade versetzt. »Na egal, ich hoffe jedenfalls, dass wir uns bald sehen!«

Ich lege auf und lasse die Wodkaflasche auf meinem Knie kreisen. Sadie lacht schallend über irgendwas, das Mike gesagt hat. Ich kämme mir mit den Fingern durchs Haar, entwirre meine Locken und wische mir Lipgloss aus den Mundwinkeln. Er könnte jede Minute auftauchen.

Jemand lässt sich auf den Stuhl neben mir fallen. Ich werfe einen Blick rüber und stöhne innerlich auf. Kyle grinst.

»So ganz allein heute Abend, Harper?«

»Ich bin mit Sadie hier.« Ich halte den Blick unbeirrt aufs Feuer gerichtet.

Er sieht zu Sadie rüber, die jetzt mit dem Rücken zu uns auf Mikes Schoß sitzt.

»Ah ja, verstehe.« Kyle zieht eine Glaspfeife und ein Päckchen Gras aus seiner Hosentasche und baut sich eine Pipe. »Na ja, da sie im Moment ziemlich beschäftigt aussieht …« Aus seiner anderen Hosentasche fördert er eine Zigarettenschachtel zutage und holt ein Feuerzeug heraus, »… und das hier einfach zu zweit mehr Spaß macht …«

Er zündet die Pfeife an, nimmt einen tiefen Zug, hält den Rauch ein paar Sekunden lang in der Lunge und atmet in einem Stoß aus. Der Geruch ist mir mittlerweile wohlvertraut, auch wenn Mom sich größte Mühe gibt, ihre neue Angewohnheit zu verheimlichen. Er hält mir die Pfeife hin.

»Nein danke.« Ich checke noch mal mein Telefon. Inzwischen muss Declan meine Nachrichten gelesen haben.

Mein Magen krampft sich schmerzhaft zusammen. In fünf Tagen kehrt er ins Internat zurück. Was, wenn das heute Abend meine letzte Chance mit ihm ist? Oder hatte ich sie etwa bereits heute Nachmittag?

Ich stehe auf und entferne mich ein paar Schritte vom Feuer. An meiner Oberlippe nagend wähle ich noch mal seine Nummer. Während es läutet, wiederhole ich die Worte in meinem Kopf wie ein Mantra.

Du und ich. Du und ich. Du und …

Er hebt ab.

»Hey«, sage ich. »Wo bist du?«

»Immer noch zu Hause.«

»Oh … Wann glaubst du denn hier sein zu können?«

Er zögert. »Ich bin nicht sicher, ob ich's überhaupt schaffe.«

Meine Schultern sacken nach unten. Ich scharre mit der Fußspitze im Dreck herum. »Das ist echt schade.«

Am anderen Ende der Leitung höre ich, wie er sich bewegt.

»Ja … hör mal, ich werde versuchen, noch vorbeizukommen. Ich muss hier nur gerade noch ein paar Dinge regeln und –«

»Nein, mach dir deshalb keinen Stress. Ist total okay.« Meine Stimme zittert. Ich schließe die Augen, während mir die Hitze durch den Körper schießt. »Na ja, ich sollte jetzt mal wieder zu den anderen zurückgehen.«

»Okay. Hey, tut mir echt leid. Ich würde trotzdem später gern noch mit dir reden.«

Schwamm drüber, okay?

Ich traue meiner eigenen Stimme nicht mehr. »Mhm, klingt gut.«

»Okay. Tschüs, Harper.«

»Tschüs.« Mit zitternden Händen lege ich auf.

Wann hat es sich geändert? Denn nach dem Krankenhaus und der Farbschlacht und dem Beinah-was-auch-immer auf unserer Veranda heute Morgen habe ich wirklich geglaubt, er hätte mich vielleicht immer noch gern.

Ich wollte partout, dass er mich gernhat.

Ich kehre zum Lagerfeuer zurück und setze mich neben Kyle. Die Flammen tanzen wie wild, brennen immer heller, je dunkler der Himmel wird. Ich halte Sadies Wodkaflasche hoch und beobachte das Feuer durch das Glas hindurch.

Bisher bin ich total brav gewesen. Vorhin, als Sadie und ich uns für die Party fertig machten, hatte ich keinen einzigen Tropfen angerührt. Ich wollte Declan nicht betrunken gegenübertreten. Wollte nicht mehr das Mädchen sein, das Alkohol braucht, um Spaß zu haben. Aber welchen Unterschied macht das jetzt noch?

Den ersten Schluck stürze ich hastig herunter. Es brennt höllisch, so als wäre das Feuer in meine Kehle gerutscht und dann wieder in meine Stirnhöhle hochgewallt. Ein paar Sekunden später ist das Brennen abgeklungen und ich trinke noch einen Schluck. Diesmal fühlt es sich gut an und ein wohlig warmes Gefühl breitet sich in meinem Inneren aus.

Kyle stößt eine weitere Rauchwolke aus. »Darf ich auch mal?«

»Bitte.« Ich reiche ihm die Flasche und er gibt mir dafür die Pfeife.

Ich habe noch nie Gras geraucht. Mein Ding war immer das Trinken. Aber im Ernst jetzt, wie schlimm kann's schon sein, wenn sogar Mom kifft? Vielleicht ist es ja besser als Trinken. Vielleicht ist es genau das, was ich brauche.

»Hast du's dir anders überlegt?« Kyle stellt die Wodkaflasche auf seiner Armlehne ab und hält fragend sein Feuerzeug hoch.

»Vielleicht.« Ich blicke auf die Pfeife, dann auf das Partygetümmel. Es ist nur Gras. Die Leute rauchen das doch ständig. »Ja. Warum nicht?«

Ich nehme die Pfeife zwischen die Lippen, beuge mich vor und Kyle gibt mir Feuer. Heißer Rauch füllt meine Lungen, sie fühlen sich eng und kratzig an. Meine Nase kräuselt sich, in dem Versuch, den Husten so lange wie möglich zurückzuhalten.

Ich gebe Kyle die Pfeife zurück und werde im gleichen Moment von einem heftigen Hustenanfall geschüttelt. Als er endlich vorbei ist, lasse ich mich in meinen Stuhl zurücksinken. Kyle lächelt mich an und schon bin ich wieder dran mit der Pfeife. Beim zweiten Mal klappt es besser. Der Rauch steigt geradewegs nach oben.

Nach meinem dritten Zug frage ich: »Kiffst du oft, Pu-Bär?«

Er ignoriert den Spitznamen. »Was heißt schon oft?« Er pustet die Asche aus dem Kopf der Pfeife und steckt sie dann wieder in seine Tasche. »Hilft mir eben beim Einschlafen.«

Ich frage mich, was er wirklich von schlaflosen Nächten versteht. Von Träumen und Albträumen.

»Ich schlafe auch nicht viel«, erwidere ich.

Er sieht mich an und um seine Mundwinkel spielt ein Lächeln, und dann brechen wir beinah zusammen vor Lachen wegen etwas, was eigentlich eher traurig ist.

»Oh Scheiße, das ist krass gutes Zeug diesmal«, sagt er schließlich und fährt sich mit den Händen übers Gesicht.

Die Wodkaflasche steht immer noch zwischen uns. Plötzlich bin ich kurz vorm Verdursten. Ich nehme einen großen Schluck und gebe sie dann automatisch Kyle. Es sind nur noch ungefähr zwei Zentimeter Flüssigkeit in der Flasche übrig, aber ich kann mich nicht erinnern, dermaßen viel getrunken zu haben, und frage mich, wie viel noch drin war, als Sadie sie mir gegeben hatte.

Allerdings kriege ich gerade so einiges gedanklich nicht auf die Reihe. Zum Beispiel, warum Kyle mir so dicht auf der Pelle hockt und warum seine Hand auf meinem Oberschenkel liegt.

Ich setze mich aufrechter hin, schlage die Beine übereinander und ziehe sie ein Stück von ihm weg.

»Ich vermisse es, mit dir rumzuhängen«, sagt er. Seine Hand kehrt zurück, rutscht jetzt weiter Richtung Innenseite meines Schenkels, bewegt sich langsam aufwärts, und dann noch weiter aufwärts. Ich spüre die Hitze, die seine Haut verströmt. »Vielleicht sollten wir reingehen und nachholen, was wir versäumt haben.«

Ich schiebe seine Hand weg. »Ich warte auf Declan.« Meine Stimme hallt dumpf in meinem Kopf wider, und ich weiß gar nicht, warum ich das überhaupt gesagt habe. Ich warte nicht auf Declan, weil Declan nicht kommt. »Ich muss aufs Klo«, platze ich heraus, hieve mich aus dem Stuhl hoch und stolpere ums Feuer herum zu Sadie.

Jetzt im Stehen spüre ich die Wirkung der letzten halben Stunde mit voller Wucht, ich kann mich kaum auf den Beinen halten. Bei jedem Schritt habe ich das Gefühl, in Treibsand zu treten. Ich beuge mich zu Sadie herunter und flüstere ihr in Ohr, hoffe, dass niemand meinen derangierten Zustand bemerkt.

»Sadie, können wir gehen? Ich würde wirklich gern gehen«, sage ich leise.

Sie schiebt mich mit einem Arm weg. »Auf keinen Fall! Die Party ist geil; geh dich amüsieren.«

»Sadie, bitte …«

»Was denn? Hast du Declan nicht erwischt?«

»Wie?«

Sie funkelt mich an. »Zu mir kommst du doch nur noch, wenn er keine Zeit für dich hat.« Sie richtet ihr Augenmerk wieder auf Mike. »Ich bleibe hier.«

Plötzlich stürzt alles über mir zusammen. Die Sorge um Mom, die Zweifel wegen Declan und die Erkenntnis, dass ich mich immer abstrampeln werde, mit Sadie mitzuhalten, um sie bloß nicht als Freundin zu verlieren.

Aber selbst wenn ich mehr Zeit mit Declan verbracht habe? Sie ist diejenige, der ihre jeweils neueste Eroberung wichtiger ist als ihre angeblich beste Freundin. Und wenn sie nicht für mich da sein kann, wenn ich sie am nötigsten brauche, dann ist dem nichts weiter hinzuzufügen.

Plötzlich laufen mir Tränen über die Wangen und ich wische sie hastig weg. »Na schön.«

Unsanft drängele ich zwischen den Leuten hindurch, die vor der Terrassentür im Pulk zusammenstehen, und schwanke ins Haus. Ich finde das Badezimmer und schließe mich ein. Dann hole ich mein Telefon hervor, öffne meine Kontaktliste und scrolle zu Corys Nummer. Sie sind ebenfalls beste Freunde. Sie reden ständig miteinander. Cory weiß bestimmt, was hier los ist.

Ich stütze mich an der Wand ab, weil ich ziemlich wackelig auf den Beinen stehe, und lausche auf das Freizeichen.

»Hey«, sagt Cory, als er rangeht.

»Hat er irgendwas –« Jemand klopft an die Tür. Ich fahre mir mit der Hand über die Stirn und blinzele das Telefon an. Cory. Warum habe ich Cory angerufen?

»Harper?«

»Ja?«

»Alles okay bei dir?«

Ich erinnere mich wieder. Declan. Das war es, was ich fragen wollte.

»Hat er irgendwas über mich gesagt?«

»Wer?«

»Declan. Ich will wissen, was er gesagt hat.«

Er macht eine Pause. »Bist du betrunken?«

Im Hintergrund kann ich Mackenzie hören, und ich komme mir reichlich dämlich vor, weil ich sie vermutlich beim Abendessen gestört habe. Oder vielleicht wollten sie gerade miteinander ins Bett. Ich fange an zu lachen.

»Harper, wo bist du?«

»Bloß …« Meine Hand umfasst den Waschbeckenrand und ich ziehe mich nach vorn. »Vergiss es, okay?«

»Warte …«

»Sag ihm einfach, ist schon okay. Ich hab's geschnallt.«

Ich lege auf. Dann stütze ich mich mit beiden Händen am Waschbecken ab, lehne mich nach vorn und betrachte mich im Spiegel.

Meine Haare sind glatt. Wodurch ich in Kombination mit dem dunklen Smokey-Eyes-Make-up, das Sadie mir verpasst hat, zu sehr wie die Version aussehe, die ich eigentlich nicht sein will. Ich hasse das Mädchen, das mir entgegenstarrt.

Ich hasse dich.

Ich bin zwischen zwei Polen hin- und hergerissen. Da gibt es das Mädchen, das ich in letzter Zeit bin, mit all den Dingen, die ich getan habe. Und dann gibt es die Person, die ich sein will. Das Mädchen, das Declan mal geliebt hat. Und zurzeit bin ich weder die eine noch die andere. Ich hänge irgendwo zwischendrin fest.

Wieder klopft es an der Tür, diesmal lauter. Ich kippe den letzten Rest Wodka runter, schleudere die leere Flasche in den Mülleimer und werfe dem verhassten Mädchen noch mal einen langen Blick zu, bevor ich die Tür aufsperre und in den Flur hinauspurzele.

Kyle wartet auf mich.

»Uah, Sloan.« Er streckt den Arm aus und fängt mich auf. »Du siehst aus, als solltest du dich dringend hinsetzen.«

Er nimmt mich an die Hand und bugsiert mich den Flur entlang. Ich werde hinter ihm zwischen den Wänden hin- und hergeworfen wie eine menschliche Flipperkugel. Die Leute glotzen mich an, aber ich weiß nicht, wer sie sind, es sind nur Gesichter. Und dann sind wir oben und stehen in einem Raum, der stockdunkel ist.

Kyle wurschtelt herum und knipst das Licht an. Wir blinzeln gegen die plötzliche Helligkeit an.

»Hier, setz dich«, sagt er.

Wir setzen uns ans Fußende und ich lasse mich nach vorne sinken und vergrabe meinen Kopf in den Händen. So weit habe ich es nie kommen lassen wollen. Dass ich dermaßen von der Rolle bin.

»Du musst nicht hierbleiben«, sage ich zu ihm.

Kyle zuckt die Schultern. »Ist sowieso voll öde, die Party.«

Ich setze mich wieder auf, stütze beide Hände rechts und links neben meinem Körper auf. Kyle rutscht an mich heran und fasst mein Haar im Nacken zusammen. Dann nähert er sich meinem Gesicht und streicht mit seiner Nase über meine Wange.

Ich ziehe den Kopf weg, verliere das Gleichgewicht und kippe seitwärts. »Kyle, nicht.«

»Wo ist das Problem?«

Seine Hand liegt an meiner Taille, er zieht mich zurück in eine aufrechte Position. In meinem Hirn rattert es, aber der ganze Raum dreht sich wie ein rasantes Karussell.

»Warte.« Ich versuche, mein Denken zu beschleunigen. Kyles Hand gleitet unter mein T-Shirt. »Stopp. Ich liebe Declan.«

Sein Atem ist heiß an meiner Wange. »Das ist okay. Er muss es nie erfahren.«

Ich bin noch dabei, die Logik dahinter zu ergründen, als seine Hand wieder mein Bein findet, seine Finger sich zwischen meine Schenkel graben. Kyle sieht mich an, auf die gleiche Weise, wie er mich schon den ganzen Sommer über angesehen hat – als würde er mich wollen –, und es fühlt sich vertraut an und leer und Declan erwidert meine Liebe nicht.

Ich kann nicht mehr aufrecht sitzen, und als ich nach hinten sacke, kommt er mit, und das ist der Moment, in dem die Knutscherei anfängt. Meine Glieder sind bleischwer und meine Augen wässrig und meine Lippen geben eine Antwort.

Die Welt rückt in weite Ferne und nichts, nichts, nichts fühlt sich so an wie mit Declan.

Seine Hand fährt unter mein Top, dann abwärts an meiner Hüfte entlang, schlüpft zwischen meine Beine und taucht wieder auf, gleitet unter meinen Hosenbund. Und dann immer tiefer.

Und das reißt mich endlich zurück ins Bewusstsein.

Ich schiebe seine Hand weg, versuche, Nein zu sagen, doch sein Mund versperrt den Worten den Weg. Aber ich will das hier nicht, und dabei ist es ganz egal, ob Declan mich liebt oder nicht, weil meine Gefühle für ihn nicht einfach aufhören, nur weil ich mit einem anderen zusammen bin.

»Stopp.« Ich stemme meine Hand gegen seine Schulter. Er liegt mit seinem ganzen Gewicht auf mir drauf und ich kriege keine Luft. »Kyle, hör auf!«

Er hebt den Kopf und sieht mich an. Sein Atem riecht nach schalem Bier und Gras. »Es fühlt sich gut an, versprochen.«

Er beugt sich wieder zu mir runter und ich drehe den Kopf weg. Sein Mund landet auf meinem Hals und ich ringe nach Luft.

»Geh runter, verdammt noch mal!« Es klingt schrill. Hysterisch.

Er hievt sich mit gerunzelter Stirn hoch. »War früher lustiger mit dir.«

Ich drehe mich auf die Seite, rolle unter ihm durch und lande auf dem Boden. Ich rappele mich hoch. Der Boden ist total schief, und ich knalle kurz gegen die Tür, bevor ich hindurchtaumle, hinaus in den Flur, der voller Lärm ist, aber außer Kyles Reichweite.

Eng an die Wand gedrückt, schiebe ich mich Schritt für Schritt vorwärts und mache mich daran, die Treppe hinabzusteigen. Ich will wieder nach draußen ins Freie; ich brauche frische Luft.

Auf halber Höhe der Treppe sehe ich die Glasschiebetür zum Garten. Dann sehe ich Declan.

Er steht auf der Schwelle und sieht mich auch. Er schlängelt sich zwischen ein paar Leuten hindurch und kommt auf mich zu. Ich atme erleichtert aus, weil jetzt alles gut ist. Er ist gekommen.

Ich sinke gegen das Geländer, halte mich mit beiden Händen daran fest.

»Declan.«

»Hey.« Er lächelt mich an, so als wäre sein Abend schöner, weil jetzt ich darin vorkomme. »Tut mir leid, dass ich so spät bin. Ich hatte Riesenzoff mit meinem Dad. Aber es gibt gute Neuigkeiten …«

Sein Blick zuckt über meine Schulter hinweg und sein Rücken wird gerade. Ich folge seinen Augen bis zum Schlafzimmer, bis zu Kyle, der gerade herausgetreten ist. Kyle schiebt sich an uns vorbei, aber Declan lässt ihn nicht aus den Augen, bis er die Treppe herunter und durch die Tür verschwunden ist. Dann dreht er sich langsam zu mir um. Und ich kann es sehen. Das Misstrauen. An der Art, wie seine Mundwinkel nach unten fallen und sein Kiefer mahlt. Seine Augen scannen mich von Kopf bis Fuß ab und ich hoffe inständig, dass meine Haare nicht zu zerzaust sind und dass Kyles Rasierwasser nicht auf mich abgefärbt hat. Declan sieht mir fest in die Augen, als lese er in mir. Als wäge er etwas ab.

Ich bin durchgefallen.

Declan atmet schnaubend aus und sein Lächeln ist wie weggewischt. Er schluckt und schüttelt den Kopf und dann tritt er den Rückzug an, rennt die Treppe schneller herunter, als ich hinterherkomme.

»Declan, warte! Wo willst du hin?«

An der Tür erwische ich seinen Ärmel. Er fährt herum. Kopfschüttelnd ringe ich verzweifelt um Worte, die alles erklären können.

Die Worte kommen nicht.

Er rückt von mir ab. »Du hast dich nicht verändert, was?«

Ich gehe einen Schritt näher an ihn heran und er weicht einen zurück.

»Doch, das habe ich«, sage ich mit zaghafter Stimme.

Seine Hand zerrt an seinen Haaren. »Sieh dich doch nur mal an, Harper.«

Mein Kopf schwimmt immer noch. Ich versuche gerade zu stehen, mit dem Getaumel aufzuhören. »Es ist nur, dass … Ich habe nicht gedacht, du würdest noch kommen.«

Etwas Schlimmeres hätte ich nicht sagen können. Declan beißt die Zähne zusammen und wippt auf den Ballen.

»Verstehe. Tut mir sehr leid, dass ich deine Pläne durchkreuzt habe.« Er dreht sich um und marschiert auf sein Auto zu. »Kommt nie wieder vor.«

25

Auf der Heimfahrt mit Graham wird das Schuldmonster, das in mir haust, immer größer und größer, mein Magen fängt an zu schlingern. Jedes Mal, wenn er vor einer roten Ampel abbremst, erfasst mich eine neue Welle der Übelkeit und ich muss mir mehr als einmal die Hand vor den Mund pressen, um zu verhindern, dass alles aus mir herausschießt, einschließlich der Wahrheit über den heutigen Abend.

Graham lehnt sich in seinem Sitz zurück und trommelt mit den Fingern aufs Lenkrad. »Wieso sind Mom und Dad bei dir eigentlich so verdammt blauäugig, was den Alkohol angeht? Mich haben sie schon beim winzigsten Tropfen drangekriegt, aber bei dir …«

»Wirst du's ihnen sagen?«

Graham starrt durch die Windschutzscheibe. »Du lässt mir hier wohl keine andere Wahl, Harper.«

Ich lehne mich an die Tür und drücke die Stirn gegen das kühle Glas der Scheibe.

»Mit wem warst du heute Abend überhaupt unterwegs? Was sind das für Freunde, die sich dermaßen die Lichter ausschießen, dass sie dich nicht mehr nach Hause fahren können?«

»Ich war mit Sadie da. Sie hatte noch keine Lust zu gehen.«

»Wo war Declan?«

Meine Lider schließen sich und eine Träne rollt mir über die Wange. »Er ist gegangen.«

»Er hat dich da alleingelassen? Hat *der* dich etwa so abgefüllt? Gott, ich schwör dir …«

»Es war nicht seine Schuld. Er war nicht mal dort, als ich mit Trinken angefangen hab.« Ich zögere. »Und mit Kiffen.«

»Verdammt noch mal, Harper, was, zum Henker geht eigentlich in deinem Kopf vor? Dir so die Kante zu geben! Vor allem nach der Sache letztes Frühjahr.«

Neue Tränen steigen mir in die Augen und mein Bruder rutscht unbehaglich auf seinem Sitz hin und her.

»So was passiert nicht noch mal, dass das klar ist. Wäre Dad gekommen, um dich abzuholen, wärst du jetzt tot.«

»Ich weiß.«

»Das ist echt das Allerletzte, was sie im Moment gebrauchen können …«

»Dann sag's ihnen nicht.«

Ich sitze tief in mich zusammengesunken, mit dem Kopf an der Tür, als wir zu Hause ankommen. Ich spähe durch die Scheibe und sehe oben im ersten Stock Licht brennen. Die Uhr an Grahams Armaturenbrett zeigt 22:37 Uhr an, also ja, meine Chancen, ungeschoren davonzukommen, stehen nicht berauschend.

Ich döse wieder weg.

»Du gehörst ins Bett, Harper. Bist du so weit? Können wir jetzt rein?«

Meine Stimme trieft vor Weinerlichkeit. »Ich bin ein schlechter Mensch.«

Graham seufzt. »Nein, bist du nicht. Du bist einfach nur ein stockbesoffener Mensch.«

Er geht ums Auto herum auf meine Seite, öffnet die Beifahrertür und zieht mich hoch. Er bugsiert mich bis an die Haustür.

»Du musst jetzt superleise sein, Harper. Okay?«

Ich lege mir einen Finger auf die Lippen. Graham schüttelt den Kopf und sieht mehr als nur ein bisschen skeptisch aus. Er schließt die Tür auf und wir treten in die Diele. Nein, *er* tritt. *Ich* stolpere.

Gerade als er die Tür hinter uns zumacht, geht das Licht im Erdgeschoss an und ich sehe meinen Vater oben am Kopf der Treppe stehen.

»Was ist hier los?«, zischt er zwischen zusammengebissenen Zähnen hindurch.

Ich verliere den Halt und strauchele seitwärts gegen Graham, der mich gerade noch auffängt und zurück auf die Füße stellt. Die Übelkeit meldet sich wieder und mir kommt der Gedanke, dass ich vielleicht – nein, ganz bestimmt sogar – kotzen werde.

»Scheiße«, presst Graham leise hervor.

»Oh Harper«, sagt Dad mit zutiefst enttäuschter Stimme.

Dann kotze ich auf meine Schuhe.

Der nächste Morgen ist viel zu schnell da. Ich wache auf und fühle mich, als hätte ich überhaupt nicht geschlafen. Es gibt einen kurzen Moment, den Bruchteil einer Sekunde, bevor die Erinnerung einsetzt. Aber dann ist dieser Moment der seligen Unwissenheit vorbei.

Unter Stöhnen wälze ich mich auf die Seite und stemme mich hoch. Mein Kopf und mein Magen fühlen sich einigermaßen okay an, bis das Blut wieder in meinen Schädel strömt und das Wummern zwischen den Schläfen beginnt. Und der fiese Nachgeschmack des Alks und der … o Gott, Kotze sorgt dafür, dass sich mir der Magen umdreht.

Nachdem ich einen Schluck Wasser getrunken und beschlossen habe, dass ich – nein danke – garantiert nichts essen will, schleppe ich mich ins Badezimmer und drehe die Dusche auf. Ich habe noch immer meine Klamotten von gestern Abend an. Meine Wimperntusche ist um die Augen verschmiert, dunkle Ringe, die sich scharf gegen meine Haut abzeichnen, die noch blasser ist als sonst. Ich steige in die Wanne, habe aber nicht die Kraft, mich richtig zu waschen, und so setzte mich auf den Boden und lasse das Wasser auf mich herabprasseln, bis es kalt ist.

Ich drehe die Dusche aus und rappele mich hoch, indem ich mich am Wannenrand festhalte. Bevor ich mich in ein Handtuch wickle, stehe ich da und inspiziere mit fast klinischer Genauigkeit meinen Körper im Spiegel. Ich suche nach einer Schramme oder einem blauen Fleck, nach irgendeinem auf meiner Haut verbliebenen Beweis für das, was gestern passiert ist.

Er muss es nie erfahren.

Sag's bitte nicht. Bitte. Das regel ich selbst.

Die geflüsterten Worte schreien in meinem Kopf. Bittere Galle steigt mir in die Kehle. Ich fahre blitzschnell herum und übergebe mich ins Klo. Ein paar tiefe Atemzüge später geht es mir schon etwas besser, aber in meinen Kopf läuft eine Schleife: *Was habe ich getan, was habe ich getan?*

Ich muss Declan alles sagen. Dass ich ihn liebe, dass es ein Fehler war. Ich muss es ihm heute sagen.

Ich putze mir die Zähne und hülle mich wieder ins Handtuch ein, setze mich mit klitschnassen, zerzausten Haaren für ein paar Minuten still auf mein Bett, um das Unvermeidliche noch eine Weile hinauszuzögern. Dann ziehe ich mich fertig an und bleibe ein letztes Mal am Kopf der Treppe stehen, um tief durchzuatmen, bevor ich meinen Eltern unter die Augen trete.

Während er seine Zeitung zusammenfaltet, lässt mein Vater mich nicht aus den Augen. »Und, möchtest du uns erzählen, was gestern Nacht passiert ist?«

Ich fahre mir mit der Zunge über die Lippen. Sie fühlen sich ausgedörrt und rissig an. »Ich hab was getrunken. Aber ich wusste nicht, wie viel Alkohol da drin war.«

Mein Blick huscht zu meinem Bruder rüber, der mich betont ausdruckslos anstarrt, als würde er genau Buch führen über die Lügen, die ich von mir gebe. Dad sieht ihn an und deutet mit einem Nicken aufs Wohnzimmer. Graham steht vom Tisch auf und nimmt seinen Frühstücksteller mit.

Dad reibt sich übers Gesicht. »Ich versteh's einfach nicht, Harper.«

Mehr sagt er nicht. Die nächste Minute vergeht im Schneckentempo und ich halte das Schweigen nicht länger aus.

»Ich habe nicht nachgedacht. Es tut mir ehrlich leid.«

»Ich will nicht hören, dass es dir leidtut. Ich will wissen, was mit meiner schlauen, vernünftigen Tochter passiert ist.« Er legt die Zeitung hin und schüttelt den Kopf. »Wie konntest du das deiner Mutter antun? Wir haben dir diesen Sommer wieder mehr Freiheiten eingeräumt, haben angefangen, dir zu vertrauen, und was machst du?«

Meine Wangenmuskeln zucken, und ich kneife mich in die Innenseite meines Arms, um mich am Weinen zu hindern.

»Ihr könnt mir vertrauen.«

»Das werden wir noch sehen.« Er räuspert sich. »Bis auf Weiteres hast du Hausarrest.«

»Dad, es tut mir leid.« Die Worte kratzen in meiner Kehle auf ihrem Weg hinaus. Ich habe es so satt, sie sagen zu müssen.

»Gut. Geh jetzt auf dein Zimmer.«

Ich gehe nach oben, bleibe vorm Schlafzimmer meiner Eltern stehen. Die Tür ist nur angelehnt und ich schiebe sie ein

Stück weiter auf, luge hinein zu meiner Mutter. Sie liegt auf ihrem Bett, um den Kopf einen blauen Seidenschal. Sie sieht zu mir herüber und runzelt die Stirn.

»Wie geht's dir?«, fragt sie.

Ich sinke gegen den Türrahmen, als das erste Schluchzen aus mir herausrasselt.

Sie klopft neben sich auf die Matratze. »Komm her.«

Ich krabbele auf ihr Bett, rolle mich mit angezogenen Knien zu einer Kugel zusammen und weine. Sie streckt die Hand aus und streicht mir die Haare aus dem Gesicht.

»Das wollte ich nicht.« Ein Atemzug drängt sich in meine Lungen. »Ich wollte nicht, dass das passiert.«

»Was passiert ist, ist passiert«, sagt sie. »Du kannst nur noch daraus lernen. Und du hast jetzt viel Zeit, um darüber nachzudenken.«

Ich setze mich auf und wische mir das Gesicht ab. »Heute Abend ist meine Foto-Ausstellung. Ich muss da hingehen.«

Sie macht ein skeptisches Gesicht. »Hast du deinen Vater gefragt?«

»Ich weiß, dass ich Hausarrest habe, aber das zählt ja nicht als Ausgehen. Das ist für meinen Kurs.«

Ich halte den Atem an, während sie überlegt. Schließlich seufzt sie. »Ich möchte nicht, dass du dich dort lange aufhältst. Maximal zwei Stunden.«

Zwei Stunden sind nicht viel. Aber sie könnten reichen für einen letzten Versuch.

26

Mr Harrisons Galerie ist ein umgebautes Lagerhaus, das von außen große Ähnlichkeit mit der Bourbon Lounge hat. Der Anzahl der belegten Parkplätze nach zu urteilen, bin ich eine der Ersten. Der Himmel ist wolkenverhangen und grau, was dem Tag etwas Schroffes gibt, und mir rieselt ein kalter Schauer über den Rücken, als ich den Parkplatz überquere.

Der Innenraum der Galerie ist mit weißen Stellwänden in mehrere Bereiche unterteilt, in denen verschiedene Exponate gezeigt werden. Mr Harrisons Arbeiten sind vorübergehend ausgelagert und durch unsere ersetzt worden.

Wie erwartet, haben sich erst wenige Kursteilnehmer eingefunden, Gwen und Mack sind nicht unter ihnen. Ich steuere geradewegs die Damentoiletten an und schließe mich in einer Kabine ein.

Auf dem Weg hierher habe ich versucht, Declan anzurufen. Ich habe auch an seinem Haus angehalten. Aber es war niemand da. Oder er hat einfach nicht die Tür aufgemacht.

Ich hyperventiliere fast. Ich muss mich dringend beruhigen, bevor ich ihm gegenübertrete. Mit geschlossenen Augen lehne ich mich an die kühle Metallwand, atme durch die Nase ein und durch den Mund aus.

Er wird es verstehen. Er wird es verstehen, weil … er es einfach verstehen muss.

Ich habe mir einen genauen Plan zurechtgelegt. Als Erstes werde ich ihn von hier weglotsen. Wir werden eine Runde spazieren gehen. Und dann werde ich ihm alles erzählen, und zwar so, dass es nicht nach Ausreden für meine miesen Entscheidungen klingt.

Mit einem letzten befreienden Atemzug drücke ich die Klotür auf und begutachte mich im Spiegel. Heute Abend habe ich mir extraviel Mühe mit meinen Haaren gegeben. Sie sind lockig, so wie Declan es mag. Aber trotz der kühlen Luft schwitze ich aus allen Poren. Meine Hand krallt sich in den klammen Stoff meiner Bluse und zerknüllt ihn.

»Da bist du ja!« Mack federt durch die Tür und ich streiche hastig meine Bluse glatt.

Gwen kommt hinter ihr herein. Sie trägt ein hautenges schwarzes Kleid und ein knallrosa Haarband. Sie bemerkt, wie ich es mit einem unterdrückten Grinsen beäuge, und schiebt es sich ein Stück höher ins Haar. »Mackenzie«, sagt sie lapidar.

»Wäre ich nie draufgekommen.«

Mack lehnt sich an das Waschbecken, das neben meinem hängt. »Alles gut? Du siehst blass aus.«

»Liegt vermutlich am Neonlicht.«

Ihre Nase kräuselt sich. »Oh. Ich dachte, dass du vielleicht noch ein bisschen … unpässlich bist. Wegen gestern.«

»Was war denn gestern?«, fragt Gwen.

Mackenzie wartet, dass ich eine Antwort gebe, und als ich es nicht tue, beginnt sie an ihrem Nagellack zu pulen. »Weißt du, ich war mit Cory zusammen, als dein Anruf kam. Er hat versucht, dich zurückzurufen … Er hat gesagt, du klangst ziemlich fertig.«

Ein anderes Mädchen aus dem Kurs kommt herein und

macht die Klokabinentür hinter sich zu. Ich drehe den Wasserhahn auf und wasche mir die Hände, dankbar für die Unterbrechung. Sie dauert jedoch nicht lange genug. Sobald das Mädchen wieder weg ist, baut Mackenzie sich entschlossen vor mir auf – hundertsechzig Zentimeter, die mich mit sherlockscher Schärfe ins Visier nehmen.

»Der Rest des Abends ist dann also noch gut gelaufen?«

Mein Magen krampft sich zusammen. Sie wird nicht lockerlassen.

»Hm, hm.«

Gwen hält ihre Hand hoch. »Okay, ihr benehmt euch alle beide echt schräg. Was ist hier im Busch?«

An meiner Lippe zupfend lehne ich mich mit dem Rücken ans Waschbecken. »Habt ihr noch nicht mit Declan gesprochen?«

Sie legt den Kopf auf die Seite. »Nein …«

Mack greift nach meiner Hand. »Harper, du zitterst ja. Im Ernst, was ist los?«

Ich werfe mein Papiertuch in den Müll und mein Herz gerät ins Stottern. Ich massiere mein Brustbein. »Ähm ... gestern Nacht ist etwas passiert.«

»Etwas. Was meinst du mit etwas?«

»Da war diese Party. Und Declan sollte auch hinkommen, aber dann sagte er, er würde es nicht schaffen. Also habe ich zu trinken angefangen und dann …«

Er muss es nie erfahren. Ich lege mir die Finger auf die Lippen. Versuche es am Herauskommen zu hindern.

»Und dann …«, hakt Gwen nach.

»Kyle ist aufgetaucht. Und er hatte Gras dabei …«

Sie verzieht das Gesicht. »Kyle?«

Ich beiße die Zähne aufeinander und schließe die Augen, verscheuche die Bilder aus meinem Kopf. »Ich hab versucht,

Sadie zum Gehen zu bewegen, aber sie wollte nicht mal mit mir reden. Also bin ich ins Haus rein, um von ihm wegzukommen, aber er ist mir einfach nach. Er hat mich nach oben gebracht, und ehe ich wusste, was los war, haben wir uns geküsst, und dann hat er hat noch andere Sachen versucht …«

Macks Kopf schnellt hoch und sie lehnt sich zu mir. »Uah, Moment mal. Was meinst du mit *ehe du wusstest, was los war*? Wie betrunken warst du denn?«

»Drei Pfeifenzüge, eine drittel Flasche Wodka. Ich war jenseits von Gut und Böse. Sonst wäre doch gar nichts mit Kyle gelaufen.«

»Okay«, sagt Gwen. »Und wenn du sagst, er hat *noch andere Sachen versucht* … Was genau meinst du damit?«

Unter mühsamem Schlucken schließe ich die Finger fest um meinen Anhänger. »Keine Ahnung. Einfach, dass er mehr wollte, und ich war dermaßen hinüber … aber als mir klar wurde, was ich da grad mache – hört mal, wir waren beide total besoffen. Und ich habe ihn stoppen können, bevor die Sache zu weit ging. Es war saublöd. Ein Fehler.«

Mack geht unruhig auf und ab. Das mag ich nicht. Ich will ihr sagen, dass sie damit aufhören soll, weil jetzt mein Bein zu zappeln anfängt, und das mag ich auch nicht.

Lachen dringt durch die Tür zu uns herein. Alle da draußen haben Spaß und genießen ihr Leben. Das will ich auch. Ich will aufhören, Kyles heißen Atem auf meiner Haut zu spüren.

Meine Finger lassen das Zopfgummi gegen mein Handgelenk schnalzen. Wieder und wieder und wieder.

Macks Hand legt sich auf meine. Meine Beine zittern immer noch. Ich drücke mit der flachen Hand dagegen, versuche, meine Muskeln zur Ruhe zu zwingen. »Wie auch immer, als ich aus dem Zimmer raus bin, stand Declan da. Er hat Kyle gesehen und sein Gesichtsausdruck …« Ich schüttele den

Kopf. »Er hat mir nicht die Chance gegeben, es zu erklären. Ich muss es erklären; ich wollte das alles nicht.«

Sie wechseln einen Blick. Ich bin misstrauisch.

»Ihr müsst mir versprechen, dass ihr's niemandem sagt. Es hatte nichts zu bedeuten; so bin ich nicht mehr.« Meine Stimme schwillt an, wird panisch.

Gwen hebt eine Hand hoch. »Beruhige dich, wir würden so was niemals rumerzählen.«

Ich sehe Mack an. Sie zupft mal wieder an ihren Haarspitzen herum.

»Mackenzie?« Sie hebt den Blick. »Du darfst es auf keinen Fall Cory erzählen. Versprich es.«

Sie lässt ihr Haar los und verschränkt die Arme vor der Brust. »Natürlich nicht.«

Ich drehe mich wieder zum Spiegel um und überprüfe ein letztes Mal mein Gesicht. Ich habe Ringe unter den Augen, und ich glaube, ich bin noch nie in meinem Leben so bleich gewesen.

Mit zittrigen Händen streiche ich mir die Haare hinter die Ohren und trage etwas Lippenbalsam auf. Ich bin so weit.

Sie folgen mir durch die Tür nach draußen. Cory ist gekommen, um Mack zu unterstützen, und sie rennt geradewegs auf ihn zu. Fünfzehn Minuten später ist Declan immer noch nicht aufgetaucht.

Ich drehe eine Runde durch die Ausstellung und sehe mir von allen die Bilder an. Ich bleibe vor Declans Namensschild stehen. Kein Foto.

»Die von Ihnen eingereichten Arbeiten haben mich ziemlich beeindruckt«, sagt Mr Harrison hinter mir.

Ich drehe mich um. Er redet tatsächlich mit mir. »Oh.« Ich richte mich ein Stück auf und lasse den Anhänger meiner Kette los. »Danke.«

Er schiebt seine Brille den Nasenrücken hoch und räuspert sich, dann zeigt er auf mein Bild. »Okay, Miss Sloan«, sagt er mit typischer Lehrerstimme. »Was können Sie mir über diese Aufnahme sagen?«

»Ähm …« Ich verschränke die Arme und sehe das Foto an. Ich habe es auf dem Friedhof geschossen, kurz bevor Declan auftauchte. »Na ja, ich mag dieses Foto wegen der Stimmung, in der ich war, kurz bevor ich es gemacht habe. Die Nacht war so lang gewesen und ich hab mir so sehnlichst den neuen Tag herbeigewünscht. Mir gefiel der Kontrast zwischen Menschen, die nicht mehr da sind, die wir vermissen, und der Vorstellung, dass wir niemals wirklich wissen, was die Zukunft bringt. Möglicherweise habe ich das nicht alles in dem Bild einfangen können, aber das waren meine Gedanken dabei.«

Gwen fängt von der anderen Seite des Raums meinen Blick auf und bahnt sich einen Weg zu mir durch.

»Ich glaube, Sie haben weit mehr in dem Bild eingefangen, als Ihnen bewusst ist«, sagt Mr Harrison. »Sie haben diesen Sommer große Fortschritte gemacht. Ich hoffe, Sie machen weiter mit dem Fotografieren.«

»Danke, das werde ich.« Er geht zum nächsten Bild weiter und ich richte meine Aufmerksamkeit auf Gwen.

»Er ist hier.«

Ich folge ihrem Blick zur hintersten Ecke des Raums. »Okay.«

Okay.

Declan steht an einen Holzpfeiler gelehnt und starrt auf das Schwarz-Weiß-Porträt einer Mutter mit einem Neugeborenen im Arm. Auf dem Weg zu ihm rüber halte ich ihn fest im Blick, um vorzufühlen, was auf mich zukommt. Irgendwas ist komisch an ihm, aber ich komme nicht darauf, was. Es ist die Art, wie er dasteht, so schlaff, als hätte er nicht die Kraft, sich aufrecht zu halten.

»Declan, ich muss mit dir reden.«

Sein Gesicht wirkt verschlossen und über seiner Augenbraue klafft eine übel aussehende Wunde.

»Du meine Güte, was ist mit deinem Gesicht passiert?« Ich berühre seine Stirn und er reißt ruckartig den Kopf weg. Ich lasse die Hand sinken, sein Aussehen macht mir Angst. Ich räuspere mich und wage einen erneuten Anlauf. »Hattest du einen Arbeitsunfall oder so?«

Endlich sieht er mich an. Der blaue Fleck an seiner Stirn ist noch schlimmer, als es zunächst schien. Sein Unterkiefer schiebt sich zu Seite, und er setzt ein Lächeln auf, das nicht seine Augen erreicht und eher bedrohlich als freundlich aussieht.

Er schüttelt den Kopf. »So was in der Art.«

Bevor ich etwas erwidern kann, langt er zu seiner Tasche und zieht einen Flachmann heraus, wedelt damit in meine Richtung.

»Willst du was?« Er hält mir den offenen Flachmann vors Gesicht. Der strenge Whiskeygeruch brennt mir in der Nase und macht, dass mein Magen schlingert. Ich drehe den Kopf weg. »Deine Entscheidung!«

Mit einem verstohlenen Blick über die Schulter versichere ich mich, dass niemand zu uns rübersieht, und beuge mich zu ihm vor. »Dec, steck das weg.«

Stattdessen genehmigt er sich einen kräftigen Schluck. Er lacht und fummelt umständlich den Schraubverschluss zu. »Was, hab ich den falschen Fusel gebracht?«

Der Kragen seines Hemds ist an einer Seite hochgeklappt, und ich verspüre den Impuls, ihn zurechtzurücken, aber Declan anzufassen ist wohl keine gute Idee. Er wirkt wie unter Strom gesetzt und in seinen Augen liegt eine nie da gewesene Feindseligkeit. Ich habe keine Ahnung, was er als Nächstes tun wird. Ob er nach mir ausholen wird oder zusammenklappen.

Er tritt um mich herum. Hält kurz inne. Schnippt mit den Fingern, als hätte er sich soeben an etwas erinnert. »Oh, und da du danach gefragt hast. Ich bin heute Morgen gefeuert worden.«

Damit setzt er sich Richtung Tür in Bewegung und ich bleibe allein zurück mit meiner Verwunderung angesichts dieser Neuigkeit und mit der Frage, ob es irgendeinen Zusammenhang gibt zwischen seinem Rauswurf und der Art, wie er mich angesehen hat. Als wäre ich eine Fremde, die er gar nicht kennt.

Er ist bereits zur Tür hinaus, als ich losrenne, um ihn einzuholen.

»Declan, warte!« Er tut es nicht. »Würdest du bitte warten?«

Meine Flipflops klatschten laut auf den Gehweg, als ich ihm den ganzen Weg zum Parkplatz hinterherlaufe.

Er dreht sich abrupt um, als er mein Auto erreicht, und schwingt sich auf die Motorhaube. Den Blick auf mich gerichtet, hebt er den Flachmann an die Lippen und trinkt einen weiteren Schluck. Der Geschmack scheint ihn nicht im Geringsten zu stören.

»Hör mal, wegen gestern Abend liegst du total falsch.«

Er lächelt halbherzig und winkt mich mit dem Flachmann in der Hand heran. Das ist der Moment, als ich bemerke, dass seine Knöchel aufgeschürft und wund sind. Meine Finger krallen sich im Stoff meiner Bluse fest.

»Ach ja? Was hast du denn dann da oben gemacht?«

Ich lasse das Zopfgummi gegen mein Handgelenk schnippen und er sieht es. Seine Mundwinkel fallen tief nach unten und seine Augen werden ganz schmal. Es ist furchtbar.

»Ich bin ins Haus gegangen, weil ich aufs Klo musste«, sage ich leise.

Declan klopft mit dem Flachmann gegen die Motorhaube.

Klonk.

Klonk.

Klonk.

Klonk.

Ich bin davon wie gefesselt, zucke bei jedem Aufprall zusammen.

»Ich war so traurig«, füge ich hinzu. »Ich wollte einfach weg von der Party. Aber mir sind ständig Leute in die Quere gekommen.«

»Wer zum Beispiel?«

Das Klopfen hört auf. Ich schaffe es nicht, meine Stimmbänder zum Einsatz zu bringen.

»Wer?« Er spuckt das Wort hervor, als würde es einen schlechten Geschmack in seiner Mundhöhle verbreiten.

Kyles Name kommt mir nur als ein Flüstern über die Lippen, und obwohl Declan zu nicken beginnt, bleibt sein Gesicht unverändert: eine sorgfältig aufgesetzte Maske ohne Grübchen, ohne schiefes Lächeln. Seine Augen sind so flach und grau wie der Himmel über unseren Köpfen. Und ich vermisse ihn; ich vermisse meinen Lieblingsdeclan.

Er rutscht vom Auto herunter. »Konntest diesmal anscheinend nicht mal mehr abwarten, bis ich die Stadt verlassen habe, was?«

»Nein, das ist nicht – du verstehst nicht.«

Er starrt auf den Boden. »Die haben mich gefeuert, weil ich mitangehört habe, wie Kyle seinen schnieken Golfkumpeln lang und breit erzählt hat, wie er letzte Nacht mit Harper Sloan rumgemacht hat. Der hat Sachen über dich gesagt …« Declans Kiefer spannt sich an. »Ich hab ihn zur Rede gestellt. Wir sind krass aneinandergerasselt, und ich hab ihm gesagt, er soll die Fresse halten. Ich habe ihn als Lügner bezeichnet.«

Ich blicke wieder auf seine Hand hinunter und plötzlich fügt sich alles zu einem Bild zusammen. Er macht einen Schritt auf mich zu. Die Enttäuschung und die Gekränktheit in seinen Augen schneiden wie ein Messer durch mich hindurch und zerfetzen den letzten Schnipsel Selbstachtung, den ich noch hatte. Seine Lippen bewegen sich kaum, als er wieder das Wort ergreift.

»Aber ich war ja noch nie gut darin zu merken, wenn ich belogen werde, stimmt's?«

»Du musst es mich erklären lassen.«

»Was erklären?«

Mein ganzer Körper zittert. Ich schlinge meine Arme noch fester um meinen Magen und grabe meine Fingernägel in meine Seiten.

»Was willst du mir denn noch groß erzählen?«

Er hat jetzt ein entsetzlich höhnisches Lächeln im Gesicht und mein eigener Mund ist wie mit Magneten verschlossen. Sämtliche Worte, die ich mir im Vorfeld zurechtgelegt habe, stecken unter dem Kloß in meiner Kehle fest. Ich kriege sie nicht heraus. Stattdessen trete ich näher an ihn heran, bleibe abrupt stehen, als ich seine nächsten Worte höre.

»Denn ehrlich gesagt, Kyle hat nicht mit Details gespart.«

»Es ist nicht so, wie du denkst.«

»Nein?«, fragt er mit gepresster Stimme.

Panik steigt in meiner Brust auf. Ich schüttele den Kopf.

»Ist was passiert zwischen euch, ja oder nein, Harper?«

Mir verschwimmt die Sicht und ich bohre mir die Fingernägel noch tiefer ins Fleisch, aber ich kann es kaum spüren.

»Ja«, hauche ich, meine Stimme ist so leise, es ist ein Wunder, dass er mich überhaupt hört.

Aber er hört mich. Seine Lippen pressen sich aufeinander und sein Atem geht schwer und seine Lider blinzeln, auf und zu, auf und zu. Der Anblick tut mir weh; ich muss machen, dass es aufhört.

»Du begreifst nicht«, haspele ich hervor. Meine Tasche rutscht mir von der Schulter und knallt bei dem Versuch, mich ihm zu nähern, auf den Boden. Ich greife seinen Arm, als er sich umdreht. »Ich war völlig von der Rolle. Es war ein Fehler.«

Er schleudert den Flachmann in hohem Bogen über den Parkplatz und baut sich vor mir auf, seine Haare hängen ihm wild im Gesicht. »Dann verstehe ich sehr gut!«

Seine Worte hallen über den halb leeren Parkplatz und ich wiederhole ununterbrochen *Es tut mir leid, bitte, es tut mir so, so leid.* Immer wieder strecke ich meine Hand nach ihm aus, versuche, näher an ihn heranzukommen, nah genug, um meine Stirn gegen seine zu legen, um ihm zu zeigen: *Du und ich*, aber Declan lässt nicht zu, dass ich ihn berühre.

Als er es leid ist, sich immer wieder von mir loszumachen, dreht er sich um und schubst mich gegen mein Auto. Ich kann den Whiskey in seinem Atem riechen und mir gefällt der zornig-betrunkene Declan nicht.

Er schluckt. Sein Adamsapfel hüpft auf und nieder. Er schluckt noch einmal. »Und, bist du bei ihm gekommen?« Ein leises Wimmern entringt sich meiner Kehle und ich wende den Blick ab. Er neigt den Kopf nach unten, sodass er wieder in meiner Sichtlinie ist. Seine Augen blicken wild. »Du wolltest darüber reden! Also lass uns reden. War er gut?«

Meine Hände sind in meinen Haaren vergraben. Ich kann das nicht.

Ich unterdrücke ein Schluchzen und Declan stemmt sich vom Auto weg. »Was immer er erzählt hat – es ist nicht wahr. Er hat mich nach oben gebracht und wir saßen auf dem Bett, und ich hab ihm …«

»Stopp. Mehr will ich nicht hören.« Er weicht einen Schritt zurück. »Glaubst du wirklich, ich halte dir das Händchen, wenn du traurig bist, und steh dann wie ein Trottel daneben, während du mit einem anderen Kerl vögelst? Und lass mich von dir dann auch noch belügen? Ich bin kein Platzhalter, bis du jemanden gefunden hast, der dir besser gefällt.«

»Nein! Ich habe nur …« Jedes Mal, wenn ich versuche, meine Wahrheit auszusprechen, kann ich es wieder fühlen: der brennende Schnaps in meinem Magen, der Raum, der in meinem Kopf Karussell fährt, Kyles Körper, der mich nach unten drückt, mich halb erstickt. Ich kann ihn schmecken. »Ich habe die Kontrolle verloren. Und wir haben uns geküsst, aber es hatte nichts zu bedeuten. Ich wollte es nicht einmal.«

Er fängt an, neben meinem Wagen auf- und abzugehen. Ich versuche verzweifelt, einen Zipfel von ihm zu fassen zu kriegen, und stolpere dabei über ein Schlagloch. Jedes Mal witscht er mir durch die Finger.

»Ich weiß nicht, wie das passieren konnte; ich bin so verliebt in dich …«

»Bullshit!« Er reißt sich von mir los. »Spar dir das. Das ist bloß leeres Geschwafel.«

Das letzte bisschen schwelende Hoffnung in mir erlischt. Ich bin schuld. Und wie soll ich es noch anders sagen?

Er lacht und legt sich die Hand über den Mund. »Ich glaub das einfach nicht. Nach allem, was ich diesen Sommer getan habe – ich hab mich abgerackert, damit ich hier bei dir bleiben kann …«

»Was?« Seine Worte dringen wie durch Watte zu mir durch. »Bist du … Du bleibst?«

Er antwortet nicht.

Ich greife nach seiner Hand. »Declan, du bist mein bester Freund. Du bist alles für mich.« Er versucht, sich von mir zu befreien, aber ich lasse ihn nicht los. »Es hat nichts bedeutet, absolut nichts!«

Er schlägt meine Hand weg und fährt sich mit den Fingern

durch sein wirres Haar, krallt sich an seiner Kopfhaut fest. »Hör auf! Hör einfach auf, mich zu verarschen, Harper. Ich habe von deinen Lügen so die Schnauze voll.«

»Ich lüge nicht. Ich versuch dir begreiflich zu machen, dass das, was mit Kyle passiert ist … ich wollte es nicht. Ich war so verwirrt, ich hab gedacht –« Ich lecke mir die Lippen, gerate ins Stocken. »Aber ich habe Nein gesagt. Es hätte nie passieren dürfen.«

Er funkelt mich an. Taub vor Wut. »Das ist doch völlig scheißegal. Wenn's nicht Kyle gewesen wäre, dann eben irgendein anderer. Stimmt's, Sloan?«

»Wie?«

»Ich mein ja nur, ist ja nicht das erste Mal, dass wir an diesem Punkt sind.« Er hält meinen Blick fest und nickt leise. »Was war letzten Oktober?«

Meine Stirn legt sich in Falten. »Du hast gesagt, das würde keine Rolle spielen.«

Er zuckt die Schultern. »Hab meine Meinung geändert.«

Ich weiche vor ihm zurück. »Du weißt es schon längst, stimmt's?«

»Ich will es aus deinem Mund hören.«

Meine Kehle schnürt sich zusammen und ich kriege kaum einen Ton heraus. »Bitte tu das nicht.«

Er rückt näher an mich heran, nah genug, dass er mich küssen könnte, und unter der Wucht seines Hasses fühle ich mich kleiner und unbedeutender als je zuvor.

»*Du* hast das getan, Harper. Und ich bin fertig mit dir.«

Mein Mund schmeckt nach Metall. Ich beiße mir zu fest auf die Lippe, aber diesmal werde ich nicht weglaufen. Ich muss es in Ordnung bringen. »Es war nicht – Ich wollte nicht …«

»Sprich weiter. Klär mich auf. Ich würde liebend gern erfahren, was du wirklich wolltest.« Seine Stimme ist hart. Brutal.

»Weil ich blöder Arsch nämlich angefangen habe zu glauben, dass du mit *mir* zusammen sein willst. Aber wie man sieht, reicht es, dass dir ein Typ einen Drink eingießt, und schon kann er dich flachlegen.«

In der darauf folgenden Stille hallt seine Rede laut in meinem Kopf wider, schwebt zwischen uns in der Luft. Stürmt wieder und wieder auf mich ein, bis ich nichts mehr fühle.

Die Luft zerspringt in tausend Stücke, und als ich endlich den nächsten Atemzug tue, inhaliere ich Splitter. Scharf ritzen sie in meine Lungen.

»Das ist das Gemeinste, was jemals jemand zu mir gesagt hat«, flüstere ich.

Ich wickle die Arme um mich, krümme mich zusammen.

Er drückt die Augen zusammen, presst sich die Fäuste gegen die Schläfen. »Sag mir nur, warum?«

Er ist nicht mehr da, der Declan, der mich geliebt hat. Ich habe ihn verloren. Es ist aus und vorbei. In seinen Augen gibt es keine Vergebung für mich. Alles, was diese Person vor mir will, ist, sich im Recht zu fühlen.

Und in mir drin ist nichts mehr, was nicht schon zerbrochen wäre.

Also sage ich ihm, was er hören will.

»Du weißt, warum.« Er starrt mich an, als wäre dies irgendein Trick. Ist es nicht. »Ich bin ein verdammt schrecklicher Mensch. Ich bin rücksichtslos.« Mir versagt kurz die Stimme, aber das hält mich nicht auf. »Ich bin eine Schlampe.«

»Nicht.«

»Sag's einfach.«

Ich muss es ihn sagen hören. Muss ihn dazu bringen, mich so zu verletzen, dass auch er Schuld an unserem Scheitern trägt. Sie erdrückt mich, die Last unserer ruinierten Beziehung. Ich kann sie nicht mehr allein tragen.

Wenn er mich hassen will, wenn die Geschichte so enden soll, dann muss er sich mehr anstrengen. Er muss mich so gründlich hassen, dass ich ihn ziehen lassen kann.

Wir haben den Punkt fast erreicht.

Ich verpasse seiner Schulter einen Stoß und gehe mit ihm mit, als er rückwärts wankt. »Komm schon, Declan. Das ist doch, was du denkst. Sag es!«

Er lässt den Kopf hängen, dann hebt er die Augen zum Himmel, bevor er mich ansieht. Sein Blick fällt auf die Halskette und er stößt ein hohles Lachen aus, wobei sein Gesicht einer Fratze gleicht.

»Willst du so von mir behandelt werden?«

Ich antworte nicht. Rühre mich nicht. Halte nur den Atem an, während die Bruchstücke meines Herzens in meiner Brust bluten.

Dann stürzt er sich nach vorn, presst seinen Mund brutal auf meine Lippen, als wollte er sämtlichen Schmerz, den ich ihm zugefügt habe, mit einem einzigen Kuss auf mich zurückwerfen. Seine Zunge verteilt grob den Geschmack von Whiskey in meiner Mundhöhle. Seine unnachgiebige Hand an meinem Nacken verhindert, dass ich zurückweichen kann, und genau das will ich, denn das hier ist nicht, wie Declan mich küsst, das ist nicht, wie er mich behandelt. Ich vermisse die pefferminzigen Küsse und ich habe mich geirrt.

Ich habe mich geirrt, als ich dachte, ich könnte nicht noch mehr innerlich zerbrechen.

Meine Unterarme sind zwischen uns eingeklemmt, und erst als ich aufhöre, mich zu wehren, und zu weinen anfange, werden Declans Lippen weicher. Seine Hand rutscht an mein Schlüsselbein. Seine Stirn ruht an meiner Stirn.

Meine Arme sind frei und ich höre die Ohrfeige, bevor mir bewusst wird, was ich getan habe.

Ein Schluchzen bricht aus mir heraus und ich bedecke meinen Mund. Versuche, alles wegzuwischen. Aber ich spüre noch immer den Druck seiner Lippen auf meinem Mund und der saure Whiskeygeschmack geht nicht ab.

Wir starren einander an, und ich weiß, dass sich mein Wunsch erfüllt hat, denn seine Augen sind voller Bedauern. So viel Schmerz schießt zwischen uns hin und her und er streckt die Hand nach mir aus.

»Fass mich nicht an.« Er kommt einen Schritt näher und ich schubse ihn zurück, so fest ich kann. »Ich hasse dich. Du hast geschworen, dass nichts, was du hörst, deine Meinung über mich ändern würde. Du bist genauso ein Lügner wie ich.«

Seine Stirn legt sich in Falten und er flüstert: »Tut mir leid.«

Ich vergrabe mein Gesicht in den Händen und lasse mich zu Boden sinken.

Es tut ihm leid.

Und mir tut es leid.

Und es reicht nicht, um irgendwas wiedergutzumachen.

27

Ich bin so vereinnahmt von dem stillschweigenden Kampf zwischen uns, dass ich nichts höre und sehe, auch Cory nicht, bis er Declan rabiat von mir wegzieht.

Cory dreht sich zu mir um, und meine Augen huschen zu Mackenzie, die gerade heraneilt. Sie hat es ihm erzählt.

»Sag mir, was passiert ist. Sag mir, was dieses Arschloch dir angetan hat.«

»Ich wollte ihr nicht wehtun«, wirft Declan ein.

Cory beachtet ihn gar nicht. Er will eine Antwort von mir und ich sehe zu Gwen, flehe sie stumm an, mir aus der Klemme zu helfen.

Sie schiebt sich zwischen uns. »Cory«, sagt sie resolut. »Lass sein. Das hilft nicht weiter.«

Corys Blick wird weich.

»Du hast mich angerufen. Ich habe gemerkt, dass du ziemlich von der Rolle warst, aber mir war nicht klar …« Er fährt sich mit der Hand über den Nacken. Er schüttelt seinen Kopf und ich schüttele meinen, weil er unmöglich glauben kann, dass er an irgendetwas schuld sei. »Geht's dir gut?«

Ich sehe auf meine Hände hinunter, als stünde die Antwort in ihnen geschrieben.

Absurderweise fängt Declan an zu lachen. »Das ist großartig«, sagt er und starrt Cory wütend an. »Hey, Mackenzie. Wie fühlt es sich eigentlich an, einen Freund zu haben, der ständig einem anderen Mädchen zur Rettung eilt?«

Corys Gesicht wird knallrot. Seine Hand ballt sich zur Faust, und zum ersten Mal in unser aller Leben glaube ich wirklich, dass er Declan schlagen wird. Doch erneut geht Gwen dazwischen.

»Halt die Klappe, Declan. Du hast keine Ahnung, was du da redest.«

Er hält die Klappe. Er macht einen Schritt nach vorn und sieht sie an – und dann mich. Er ist argwöhnisch bis in die Haarspitzen, als wittere er eine Verschwörung gegen sich.

»Dann sag du mir, was hier los ist«, fordert er sie heraus. »Warum stellen sich immer alle vor sie?«

Gwens Blick schießt zu mir rüber und Declan folgt ihm. Meine Finger zerknüllen den Stoff meiner Bluse. Ich kann das nicht alles noch mal durchmachen.

Ich schiebe mich an ihm vorbei, um meine Tasche vom Boden aufzuheben.

»Du bist wirklich bemerkenswert, weißt du das?«, faucht er hinter mir. Ich finde meine Schlüssel und schließe sie in meiner Faust ein, um meine Hand am Zittern zu hindern. »Wie machst du das? Du lügst und behandelst Leute wie Dreck und trotzdem ergreifen unsere Freunde für dich Partei.«

Hinter ihm fängt Mackenzie an zu weinen und Gwen schüttelt den Kopf, und ich fühle mich nur noch leer in mir drin.

»Du kapierst es immer noch nicht.«

»Doch, ich kapier's schon. Ich wollte es erst nicht glauben, aber jetzt kapiere ich es. Alles, was man sich über dich sagt, ist wahr.«

Cory packt ihn, aber Declan steht da wie ein Fels.

»Dann weißt du über mich ja Bescheid.« Ich bewege mich auf mein Auto zu. Mackenzie steht da. Sie nimmt mir die Schlüssel aus meiner zitternden Hand und führt mich zur Beifahrerseite. »Und nur fürs Protokoll: Ich habe nicht mit Kyle geschlafen.«

Er kommt mit großen Schritten auf mich zu, zeigt mit dem Finger auf mich. »Nein, du – du lügst. Gerade hast du gesagt, du hast es getan.«

»Ich habe gesagt, es ist was passiert.«

Declans Augen schwenken von mir zu Cory und dann zu Gwen. Aber er sagt nichts. Und so bleibt mir nur noch eine Sache hinzuzufügen:

»Das ist ein Unterschied.«

Wir sitzen eine ganze Weile schweigend auf unserer Veranda. Mackenzie streichelt mir mit sanft kreisenden Bewegungen den Rücken und wartet. Darauf, dass es mir wieder besser geht. Dass Cory nach Hause kommt. Dass Declan seinen Fehler einsieht. Warten.

So zu tun als ob, fällt mir leicht. Ich stehe auf, als Cory auf unserer Einfahrt anhält. Hole tief Luft und bedanke mich bei Mackenzie fürs Nachhausebringen. Wische mir die Wangen trocken und lächele. Sage, es ginge mir *primaganzprima.*

Sie glauben mir nicht.

Aber Declan hat mir ebenso wenig geglaubt und jetzt ist alles egal.

Sobald ich allein in meinem Schlafzimmer bin, öffne ich die oberste Schublade meiner Kommode. Ich fasse mit den Händen hinten an meinen Hals und öffne den Verschluss der Kette. Meine Finger schließen sich fest um den Anhänger. Und dann lasse ich los.

28

Zwei Tage und Nächte lasse ich den Schlafanzug an. Ich bleibe im Bett liegen, bis mir alle Knochen wehtun und Mom anfängt zu meckern, ich solle gefälligst runterkommen und etwas essen. Dann sitze ich am Tisch und zerstochere, was auf meinem Teller liegt, weil ich keinen Bissen runterkriege. Mein Magen ist gleichzeitig mit meinem Herzen in sich zusammengeschrumpft und es passt nichts mehr hinein.

Am dritten Tag meines Hausarrestes geben meine Telefonakkus den Geist auf. Ich lade sie nicht wieder auf. Von mir aus können meine Eltern mich in meinem Zimmer eingesperrt lassen, bis ich die Highschool hinter mir habe. Ist mir völlig egal.

Doch Mom hat langes Trübsalblasen noch nie abgekonnt. Als ich zum Frühstücken nach unten komme – eine Tasse Kaffee und vier Brezeln –, fällt sie über mich her.

»Guten Morgen, Schätzchen.«

Mit einem Grunzen stopfe ich mir noch eine Brezel in den Mund, lasse die Salzkrümel auf meiner Zunge zergehen, bevor ich anfange zu kauen.

»So, wir werden in etwa zwanzig Minuten losfahren. Du musst dich sputen, wenn du dir vorher noch die Haare waschen willst.«

Ich halte im Kauen inne. Abgesehen von dem Seitenhieb auf meinen körperhygienischen Zustand habe ich keinen Schimmer, wovon sie redet. »Gehen wir irgendwohin?«

»Shoppen! Du brauchst ein paar neue Sachen für die Schule, oder?«

Was soll dieses vergnügte Eitel-Sonnenschein-Getue? Hat sie vergessen, dass ich noch meine Strafe absitze?

Ich schlucke den Brezelbrei herunter. »Du willst mir neue Klamotten kaufen?«

Sie lächelt. »Ich fänd's ganz nett, etwas zu unternehmen.«

»Bist du sicher, dass du dich fit genug fühlst?«

»Absolut. Heute ist ein guter Tag.«

Ich öffne den Mund, um noch weitere Einwände vorzubringen, aber Mom fällt mir ins Wort.

»Weißt du, mein Schatz, manchmal ist Glücklichsein etwas, für das wir uns aktiv entscheiden müssen. Den Krebs und die Chemo habe ich nicht in der Hand, aber ich kann mich dafür entscheiden, trotz meiner Behandlung noch ein erfülltes Leben zu haben. Und ich weiß, dass du denkst, meine Haltung wäre nur Show und dass ich mich stark gebe für dich und deinen Bruder und deinen Vater, aber ganz ehrlich, ich will einfach nur mal für ein paar Stunden hier rauskommen.« Sie lächelt und umarmt mich von der Seite. »Also, die Mall macht in zehn Minuten auf.«

Und damit ist die Sache besiegelt. Weil, okay, das mag jetzt das Letzte sein, worauf ich Lust habe. Und vielleicht bin ich weit davon entfernt, die perfekte Tochter zu sein. Aber ich werde meiner kranken Mutter sicher keine Abfuhr erteilen, wenn sie mir neue Sachen kaufen will.

»Okay … dann hüpf ich mal schnell unter die Dusche.«

»Gute Idee.«

Fünfundzwanzig Minuten später sind wir im Auto unterwegs und Mom trällert laut die Lieder des Charts-Hit-Senders mit. Sie dreht die Lautstärke leiser und sieht mich von der Seite an.

»Mir ist aufgefallen, dass du deine Kette nicht mehr trägst.«

Meine Finger greifen an den Kragen meiner Bluse. Seit drei Tagen versuche ich, nicht an ihn zu denken. Versuche den Blick zu vergessen, mit dem er mich angesehen hat; die furchtbaren Dinge, die er gesagt hat.

Und am schlimmsten ist, dass ich immer noch nicht weiß, ob er hierbleibt oder wieder fortgeht.

Nein, am schlimmsten ist, dass nicht mal seine Gemeinheiten ausgereicht haben. Ich liebe ihn immer noch.

»Ist irgendwas vorgefallen zwischen Declan und dir?«, fragt sie.

Ich beiße mir auf die Innenseite meiner Wagen. »Es passt einfach nicht mehr.«

Sie fährt ins Parkhaus und findet eine freie Lücke. Als sie ihren Gurt aufklickt, dreht sie sich zu mir um. »Na ja, so was passiert.«

»Wollen wir?« Ich springe aus dem Auto heraus, noch bevor sie weiter nachhaken kann.

Mom manövriert uns geradewegs in die Sportabteilung.

»Sieh mal«, sagt sie. »Die Schwimmanzüge sind um vierzig Prozent reduziert! Warum probierst du nicht einen an – dein alter ist mittlerweile schon etwas zerschlissen.«

Sie beugt sich nach unten, während sie durch einen Ständer mit Einteilern stöbert, sodass ich freie Sicht auf ihren Kopf habe. Vor etwa einer Woche hatte sie genug von den verbliebenen spärlichen Haarfusseln und hat kurzerhand alles abrasiert. An heißen Tage wie heute trägt sie nicht gern Perücke und der Stoff des lavendelfarbenen Schals um ihren Kopf ist halb durchsichtig.

Ich habe mich inzwischen fast dran gewöhnt, sie ohne Haare zu sehen. Und das macht mir Angst. Was, wenn ich sie jetzt für immer so im Gedächtnis behalte? Was, wenn sie nicht mehr die Chance bekommt, sie nachwachsen zu lassen?

Aber das wird sie. Die Behandlung verläuft gut – oder zumindest nach Plan. Und in zwei Monaten soll sie operiert werden. Sie wird den Krebs besiegen. Wenn Mom daran glauben kann, kann ich es auch.

»Hier.« Sie hält mir ein paar Bügel hin.

Ich nehme sie mit in die Umkleidekabine und schließe hinter mir die Tür ab. Drinnen setze ich mich auf die Holzbank in der Ecke und befühle das elastische Material. Die Schwimmanzüge haben nicht die gleiche Qualität wie meine Wettkampfanzüge, aber um die zu kriegen, müsste ich bis nach Raleigh fahren oder sie online bestellen. Nicht dass ich überhaupt einen neuen Schwimmanzug brauche. Mom hat immer noch nicht begriffen, dass Schwimmen ein Teil meines alten Lebens ist.

Manchmal frage ich mich jedoch, ob ich wohl wieder zurückkönnte. In einem hat Mom recht: Ich könnte mich diesen Herbst neu qualifizieren. Klar, Mannschaftskapitän wäre ich nicht mehr. Aber das war nie der Punkt. Der Punkt war, dass ich das Schwimmen geliebt habe.

Ich denke darüber nach, was Mom gesagt hat. Dass man sich fürs Glücklichsein entscheidet.

Die Dinge loszulassen, die man nicht kontrollieren kann, ist nicht so leicht, wie sie es darstellt, aber womöglich ist ihr Ansatz richtig. Also, wenn sie es schafft, trotz des verdammten Krebses das Leben zu genießen, dann gibt es für mich wirklich keinen Grund, dass ich mich in meinen Fehlern suhle oder sie über meine Zukunft bestimmen lasse.

Ich ziehe meine Klamotten aus und schlüpfe in einen der

Schwimmanzüge, dann stecke ich den Kopf durch die Kabinentür. »Mom?«

»Hier.« Sie tritt um die Ecke herum und betrachtet mich mit anerkennendem Nicken. »Sehr hübsch. Wie fühlt er sich an?«

Ich drehe mich wieder zum Spiegel um. Während ich mich in dem Anzug betrachte, geht mir auf, dass ich mich schon längst entschieden habe.

»Fühlt sich gut an«, sage ich.

Es fühlt sich nach einer Veränderung an. Und es kommt mir der Gedanke, dass es ausnahmsweise genau die Veränderung sein könnte, die ich brauche.

Der nächste Tag ist Freitag, das letzte Wochenende, bevor die Schule wieder beginnt. Und in der Luft liegt diese spezielle Energie. Als würde jetzt alles anders werden. Angefangen mit Graham.

»In Ordnung«, sagt er, nachdem er die letzte Tasche in den Kofferraum seines Wagens verfrachtet hat. »Zeit, mich auf den Weg zu machen.«

Er beugt sich zu Mom runter, um ihr einen zärtlichen Kuss aufzudrücken. Sie küsst seine Wange, dann nimmt sie sein Gesicht zwischen ihre Hände. »Keine Raserei, hörst du?«

»Keine Raserei.«

Dad klopft ihm wohlwollend auf die Schulter. »Und du rufst ab und zu mal deine Mutter an, ja? Ich will nicht erst wieder zu Thanksgiving etwas von dir hören.«

»Mach ich. Vielleicht komme ich sogar schon ein Wochenende vorher nach Hause. Mal sehen, was mein Stundenplan sagt.«

Ich bringe ihn bis zur Fahrertür. »Endlich habe ich mein Badezimmer wieder ganz für mich allein.«

Er grinst schief. »Du wirst mir auch fehlen.« Er umarmt mich und steigt ins Auto ein. Er startet den Motor und lässt das Fenster herunter. »Wenn du hier Hilfe brauchen solltest, mit Mom oder bei irgendwas anderem … Ich bin nur einen Anruf entfernt, okay?«

»Ich weiß. Danke, Graham.«

»Abschlussklasse.« Er setzt die Sonnenbrille auf, nickt wie der ach so abgeklärte College-Typ und grinst. »Benimm dich.«

»Ich werde mir Mühe geben.«

Er setzt rückwärts aus der Einfahrt, und ich sehe ihm hinterher, bis er ganz am Ende unserer Straße ist. Als ich wieder ins Haus zurückgehe, fühlt es sich mit einem Mal viel leerer an. Vor allem, weil Mom und Dad auch im Aufbruch sind.

Mom steht in der Küche und packt ihre Tasche. Sie hat heute wieder einen Chemo-Block.

»Liebling, weißt du, wo dieser Gartenratgeber steckt?«, fragt sie meinen Vater. »Eine der Krankenschwestern würde sich den gern mal ausleihen.«

Schon bemerkenswert: Obwohl Mom nur ins Krankenhaus geht, um ihre Chemo zu bekommen, wissen die Leute dort trotzdem, wie gern sie gärtnert und kocht und dass sie mehr ist als nur eine Krebspatientin. Weil sie die Krankheit nicht bestimmen lässt, wer sie ist.

Sie findet das Buch und stopft es in ihre Tasche. »Zum Abendbrot sind wir wieder da«, sagt sie zu mir. »Mittagessen steht im Kühlschrank, okay?«

Dad schnappt sich die Schlüssel vom Küchentresen. »Ruf an, wenn irgendwas ist.«

»Natürlich. Bis später.«

Dann sind sie zur Tür hinaus und das Haus ist mit einem Mal viel zu still. Ich gehe hoch in mein Zimmer und schließe mein Telefon an den Strom an. Brummend erwacht es zum Leben und rund ein Dutzend Nachrichten von Mack und Gwen ploppen hoch. Es gibt auch ein paar von Cory.

Keine von Declan.

Können wir …

Ich drücke auf Löschen und werfe das Telefon auf mein Bett. Dann fange ich an, saubere Wäsche in meinen Schrank einzuräumen, und entferne die Etiketten von den Sachen, die Mom mir gekauft hat. Der neue Schwimmanzug liegt ganz unten in der Tasche.

Meine Gedanken wandern zu meinem Schwimmteam, zu Jenny und zu diesem letzten Tag im Umkleideraum. Jenny und ich haben nie darüber gesprochen, was mit Jake passiert ist. Ich habe mich nie bei ihr entschuldigt. Unweigerlich frage ich mich, ob die letzten Monate anders verlaufen wären, wenn ich es getan hätte. Wenn ich einfach dafür geradegestanden hätte, statt zuzulassen, dass sie von anderer Seite eine verdrehte Version der Wahrheit hört.

Ich habe es satt, Leute zu meiden. Satt, die Schuld mit mir herumzutragen. Ich will nicht, dass mein Abschlussjahr davon geprägt ist, dass ich mich über Mittag in der Bibliothek verstecke oder jedes Mal, wenn ich an Jenny vorbeigehe, innerlich zusammenzucke. Mir wird schon übel bei dem Gedanken, dass ich Kyle über den Weg laufen werde, und die Liste von Leuten, die es zu meiden gilt, ist für so einen kleinen Ort wie Carson ohnehin schon absurd lang.

Aber vielleicht ist es noch nicht zu spät. Bisher endeten alle Versuche, mit ihr persönlich zu sprechen, in einem Desaster, und am Montag in der Schule wird es mit Sicherheit nicht einfacher. Ich muss einen anderen Weg finden, um einen Schritt auf sie zuzugehen.

Ich lasse den Schwimmanzug, wo er ist, und sehe mich in

meinem Zimmer um. Meine Augen gleiten über meinen Schreibtisch und landen auf meinem Notizblock. Ein Brief. Ich schnappe mir den Block und schlage eine leere Seite auf. Ich fülle sie mit Schrift und danach noch zwei weitere Seiten. Dann trenne ich sie vorsichtig entlang der perforierten Linie heraus und suche nach Jennys Anschrift in meiner Mannschaftsadressenliste. Ich schreibe sie säuberlich auf einen Umschlag und klebe ihn zu, nehme eine Briefmarke aus dem Schreibtisch meiner Eltern.

Die Post wurde heute bereits abgeholt und dieser Brief kann unmöglich bis morgen früh im Briefkasten schmoren. Ich muss ihn jetzt sofort loswerden. Ich schnappe mir meine Schlüssel, doch am am Fuß der Treppe halte ich inne.

Ich gehe in mein Zimmer zurück und starre auf die Einkaufstasche auf meinem Bett.

Eigentlich habe ich immer noch strikten Hausarrest. Aber Mom und Dad werden erst in drei Stunden aus dem Krankenhaus zurück sein. Außerdem ist Mom diejenige, die mich ständig wegen des Schwimmteams belämmert. Sie ist diejenige, die mir alle naselang sagt, ich solle trainieren. Ich greife mir den Schwimmanzug und marschiere Richtung Haustür.

Sobald ich den Umschlag in dem blauen Briefkasten vorm Gemeindezentrum versenkt habe, fühlt es sich an, als wäre mir eine gewaltige Last von den Schultern genommen worden. Ich erwarte nicht, dass Jenny mir verzeiht oder die Fehler versteht, die ich gemacht habe. Doch die Verantwortung zu übernehmen, einzuräumen, dass ich sie verletzt und das Team im Stich gelassen habe und dass es mir leidtut – das ist fürs Erste genug.

Der vertraute Geruch nach Chlor schlägt mir auf dem Weg zu den Umkleiden entgegen und ich atme ihn tief ein. Ich ziehe mich um und verstaue meine Sachen, und dann kann ich es kaum noch erwarten. Ich muss ins Wasser.

Als ich in die Bahn eintauche, fühlt es sich trotz der vielen Wochen, die ich außerhalb des Beckens verbracht habe, so an, als wäre ich nie fort gewesen. Im Wasser konzentriere ich mich nur auf meine Atmung. *Beinschlag, drei Kraulzüge, atmen.* Alles andere tritt in den Hintergrund.

Eine Stunde später steige ich aus dem Wasser und gehe mit brennenden Armen und Beinen wie Wackelpudding zurück in die Umkleide. In ein Handtuch gewickelt hole ich mein Telefon aus meiner Tasche.

Können wir sprechen?

Zögernd starre ich auf den blinkenden Cursor. Declan hat Dinge zu mir gesagt, von denen er wusste, dass sie mich zutiefst verletzen würden. Aber ich habe ihn als Erste verletzt, und ich darf nicht zulassen, dass sich die gleiche Geschichte noch mal wiederholt. Ich möchte die Dinge zurechtrücken, ihm ein für alle Mal reinen Wein einschenken.

Ich drücke auf Senden und trockne mich fertig ab. Ich habe mein T-Shirt halb über meinen Kopf gezogen, als mein Telefon brummend den Eingang einer neuen Nachricht meldet. Mein Herz fängt an zu rasen, noch bevor ich sehe, von wem sie ist. Aber sie ist von Gwen, die sich nach mir erkundigt.

Ich bemühe mich, nicht enttäuscht zu sein. Bemühe mich, ein Lächeln zustande zu bringen, als ich Gwens Nummer wähle.

Sie hebt beinah sofort ab. »Wird verdammt noch mal auch Zeit.«

»Du darfst nicht sauer auf mich sein. Ich habe Hausarrest.«

Sie scheint kurz darüber nachzudenken. »Wie strikt?«

Das Telefon zwischen Ohr und Schulter geklemmt, zucke ich mit den Achseln und krame meine restlichen Sachen aus dem Spindfach. Ich habe irgendwie Angst, dabei erwischt zu werden, wie ich gegen die Regeln verstoße. Ich will meine

Eltern nicht enttäuschen, und vor allem will ich nicht Dads Zorn herausfordern, wenn er erfährt, dass ich mich aus dem Haus gestohlen habe. Bis ich ihr Vertrauen wiederhabe, habe ich noch einen langen Weg vor mir.

Aber Tatsache ist, dass ich noch mehr Hausarrest gar nicht kriegen kann. Und vermutlich wird es in absehbarer Zeit keine neue Möglichkeit geben, um meine Freunde zu sehen.

»Ein kleines bisschen Spielraum hab ich.«

Ich treffe Gwen bei Frank's auf einen Pancake und einen Kaffee. Sie versucht angestrengt, Konversation zu machen, aber irgendwie scheint es keine unverfänglichen Themen zu geben.

»Also … Mack hat mir erzählt, dass Declan hierbleibt?«

Ich zucke die Schultern und schaue auf mein Telefon. Zum millionsten Mal. »Ich bin nicht sicher. Klang so, jedenfalls.«

Ihr brennt die Frage unter den Nägeln, wie ich mich dabei fühle, das merke ich. Aber was sie stattdessen sagt, ist: »Und ich habe auch gehört, dass du ihm eine gescheuert hast, bevor wir rauskamen.«

»Ich war sauer … aber das hätte ich nicht tun dürfen.«

»Klingt für mich, als hätte er's darauf angelegt«, sagt sie leise.

»Deshalb war's noch lange nicht richtig.«

Eine lärmende Gruppe kommt hereinmarschiert und lässt sich in der Tischnische hinter uns nieder. Ich werfe einen Blick über die Schulter und drehe mich hastig zurück. Stochere mit meinem Strohhalm in meinem Eis herum. Konzentriere mich auf das Knirschen.

»Was?« Gwen späht über meine Schulter hinweg. »Was ist los?«

Mein Magen ist verschwunden. Da ist jetzt nur noch ein Loch mit ausreichend Platz für die Organe.

Sie sieht ihn. »O mein Gott. Ist das Kyle?«

Ihr bleibt der Mund offen stehen. Sie glotzt ihn an, dann reißt sie sich zusammen. Sie streckt einen Fuß wie zum Aufbruch hinaus und zögert, offenbar hin- und hergerissen, ob sie mich zum Reden oder lieber schnell hier rausbringen will.

»Ist schon okay«, sage ich. Ich fahre mit der Zunge über meine Lippen und nicke. »Wirklich.«

Sie hält ihre Tasche in der Hand. »Bist du sicher?«

»Wir gehen in dieselbe Schule.« Ich steche wieder mit dem Strohhalm auf das Eis ein. »Ich kann ihm nicht für immer aus dem Weg gehen.«

Ich riskiere erneut einen Blick, so diskret wie möglich. Sein Gesicht sieht richtig beschissen aus. Blaues Auge, aufgeplatzte Lippe. Eine tiefe Schramme auf dem Nasenrücken. Ein Lächeln zuckt um meine Mundwinkel, aber dann ist es auch schon wieder verschwunden. Denn mir vorzustellen, dass Declan ihn so zugerichtet hat, macht mich alles andere als froh. Und mir vorzustellen, was Kyle zu ihm gesagt haben muss, dass Declan dermaßen ausgerastet, macht die Sache noch schlimmer.

Gwen wischt sich den Mund ab. »Tja, offenbar ist deine Ehre gebührend verteidigt worden.«

Mein Telefon brummt auf dem Tisch.

Wir starren es beide an. Unter trockenem Schlucken drehe ich das Display zu mir herum.

Das würde ich gern. Kannst du herkommen? Ich bin im Steinbruch.

»Er will sich mit mir treffen.«

Sie lehnt sich nach vorn. »Das ist doch gut, oder?«

Mein Herz wummert »Ja. ich bin nur … Ich weiß nicht, was ich ihm sagen soll.«

Sie lächelt. »Sag einfach alles.«

»Ja, gut. Okay. Ich muss los.« Ich werfe ein paar Geldscheine auf den Tisch. Gwen steht auf und steuert den Seiteneingang an. »Nein. Hier lang.«

Kyle starrt mich finster an, als ich an ihm vorbeigehe. Aber ich halte den Kopf erhoben und blicke ihn fest an. Und ich halte an meiner Wahrheit fest.

Mit aller Kraft halte ich daran fest.

29

Er wartet am Rand des Baggersees, den Rücken gekrümmt, die Unterarme auf die Schenkel gestützt. Er blickt auf, als er meine Schritte hört. Ganz langsam gehe ich die letzten Meter und setze mich neben ihn. Wir starren beide aufs Wasser.

Er stößt einen zittrigen Atemzug aus. »Geht's dir gut?«

»Das ist ein Unterschied«, flüstere ich. »Ich war betrunken. Kyle hat die Situation ausgenutzt. Und ich weiß, ich hätte mich erst gar nicht in diese Lage bringen sollen, aber ich wollte nichts von Kyle. Das musst du mir glauben.«

»Ich weiß.« Er sieht wieder hoch und mein Schmerz ist sein Schmerz ist mein Schmerz. »Aber dir geht's gut?«

Ich schlinge mir die Arme um den Körper. »Mir geht's gut.«

Er steht auf und hält mir seine Hand hin. »Komm, lass uns spazieren gehen.«

»Spazieren?« Skepsis schwingt in meiner Stimme mit.

»Nicht weit. Es gibt da etwas, was ich dir zeigen will.«

Meine Hand ergreift seine und er hilft mir hoch. Er hält meine Hand einen Moment länger fest als nötig, dann lässt er sie los.

Ich folge ihm durch den Steinbruch. Er schwenkt in den

Wald ein, aber ich zögere. Ich weiß bereits, wohin er mich bringen will.

Er sieht über seine Schulter. »Okay?«

Die Nervosität angesichts der Vorstellung, zu unserem alten Platz zurückzukehren, wird nur noch übertroffen von der Angst, dass er inzwischen nicht mehr existiert. Aber ich nicke und wir gehen weiter. Den Rest des Weges legen wir schweigend zurück. Endlich erreichen wir das Baumhaus. Ich bleibe vor dem Stamm stehen und unterdrücke den Drang, ihn zu umarmen. Ich lasse meinen Blick aufwärts wandern und erinnere mich an uns beide, als wir das letzte Mal hier waren. Ich in meinem grünen Kleid und Declan in seinem Button-down-Shirt. Wie wir die Leiter hochhasteten, um dem Regen zu entfliehen.

»Warum hast du mich hergebracht?«

Er holt tief Luft. »Weißt du noch, was du zu mir gesagt hast an dem Abend, bevor ich aus Carson weg bin?«

Meine Hand wandert an die Halskette, die nicht mehr da ist.

»Du hast gesagt, es würde keine Rolle spielen, dass wir nicht am selben Ort leben. Weil wir uns für immer hätten. Du hast gesagt, du würdest warten. Und dann, sechs Wochen später, war's bei dir vorbei mit Warten.« Er macht eine Pause. »Immer wieder bin ich in Gedanken unsere Gespräche durchgegangen, um rauszufinden, was ich falsch gemacht habe.«

»Du hattest gar nichts falsch gemacht.«

»Aber ich war dir nicht genug.«

Ich blinzele gegen das Brennen in meinen Augen an. »Sag so was nicht.«

Er verlagert das Gewicht, und es ist furchtbar, es in seinen Augen zu sehen. Wie viel Schaden ich angerichtet habe. »Ich war so lange so böse auf dich, Harper. Aber als ich dann diesen

Sommer hierher zurückkam, hab ich beschlossen, über meinen Schatten zu springen. Ich wollte für dich da sein, auch wenn du nicht für mich da gewesen bist. Weil ich dir beweisen wollte, dass du mir nicht mehr wehtun kannst.«

Die ersten Tränen quellen zwischen meinen Wimpern hindurch. Ich wische meine Wangen ab und bedecke mit einer Hand meinen Mund.

»Aber dann hast du mich auf dieser Party geküsst.« Er schüttelt den Kopf. »Und alles ist über mir zusammengebrochen.« Er kratzt sich an der Augenbraue und verschränkt die Arme. »Ich wollte dich zurückküssen. Und das hat mich aufs Neue wütend gemacht. Aber als ich dann die Dinge für mich endlich klarhatte und mit dir reden wollte, hattest du das Ganze bereits abgehakt.«

Ich federe auf den Ballen nach vorn. »Ich war so dumm. Und ich dachte, du stehst auf Mackenzie. Aber Kyle hat mir nie etwas bedeutet, das musst du wissen.«

»Wie hätte ich das wissen sollen? Ich meine, wenn das stimmt …«

Es fühlt sich an wie ein Schlag in die Magengrube. »Du glaubst mir immer noch nicht wegen neulich Abend, oder?«

Er fährt sich mit den Händen übers Gesicht. »Ich …«

»O mein Gott.« Ich weiche zurück und stolpere über eine Wurzel.

»Harper, warte.« Er nimmt meine beiden Hände. »Natürlich glaube ich dir. Wirklich. Und wenn ich mir vorstelle, dass er dich angerührt hat …« Er beißt die Zähne zusammen und stößt zischend Luft aus. »Aber es war so einfach zu glauben, dass sich alles noch mal wiederholen würde. Dass du jemand anders wählst und mich wieder zurückweist. Ich war so irrsinnig eifersüchtig und gekränkt …«

»Aber das versuche ich dir doch die ganze Zeit zu sagen!

Kyle ist mir egal und alle anderen sind es auch. Für mich gab's immer nur dich.«

Er kneift die Lippen zusammen. »Und deshalb hast du weiter meine Kette getragen?«

Eine Woge der Erleichterung flutet durch mich hindurch. »Ja!«

»Aber jetzt trägst du sie nicht mehr.«

Ich lasse meinen Blick über den Wald schweifen. »An diesem Abend neulich warst du so …« Ich schlucke. »Du hast mich so niedergemacht. Ich hätte nie gedacht, dass du zu so etwas fähig wärst.«

Seine Augen schließen sich. Unter Zwinkern öffnet er sie wieder und drückt meine Hand. »Es gibt keine Entschuldigung für das, was ich gesagt habe. Dafür, wie ich dich behandelt habe …« Er verzieht das Gesicht zu einer Grimasse. »Es tut mir so unendlich leid. Du hast ja keine Ahnung, wie leid es mir tut, dass ich dir so wehgetan habe.«

Doch, habe ich. Ich weiß genau, wie es sich anfühlt, jemandem gegenüberzustehen, dem man sich gerade von seiner allerhässlichsten Seite gezeigt hat.

Sag alles.

»Mir tut es auch furchtbar leid. Du hast von mir etwas Besseres verdient. Du hast die Wahrheit verdient.«

»Du hast versucht, es mir zu erklären …«

»Ich spreche nicht von neulich Abend.«

Sein Gesichtsausdruck verändert sich. »Oh.«

Ich schlinge mir die Arme um den Körper. »Das, was im Oktober passiert ist … Ich hatte wahnsinnige Angst, dir davon zu erzählen. Ich wusste ja, wie du über meinen Alkoholkonsum denkst, und ich war noch nie zuvor dermaßen betrunken gewesen. Ich hatte einen Filmriss. Und am nächsten Tag, als mir klar wurde, was ich getan hatte … da habe ich Panik gekriegt.

Ich wollte dich nicht noch mehr verletzen, als ich es ohnehin schon getan hatte, und ich war mir sicher, dass ich dich so oder so verlieren würde … Ich habe dir die Entscheidung aus den Händen genommen. Und das hätte ich nicht tun dürfen.«

Wir schweigen einen Moment lang, während ich mehr als alles andere wünsche, dass wir umkehren könnten. Um etwas oder auch alles zu verändern, damit uns das hier erspart bleibt. Damit wir nicht noch die nächste Woche oder den nächsten Monat oder das nächste Jahr daran zu knabbern haben, wie wir uns wehgetan haben. Dass es uns immer noch wehtut.

Aber wir können nicht umkehren. Die einzige Möglichkeit, unsere Vergangenheit zu ändern, ist, ihr etwas hinzuzufügen.

»Hier«, sagt er. »Die Sache, die ich dir zeigen wollte …«

Er führt mich um den Baum herum und lässt meine Hand los, deutet auf etwas am Stamm. Ich mache einen strauchelnden Schritt vorwärts, ohne zu wissen, wonach ich Ausschau halten soll. Und dann entdecke ich das, was in die Rinde geritzt ist.

Ein Unendlichkeitssymbol mit unseren Initialen darin. Ich fahre mit den Fingerspitzen über die liegende Acht.

»Wann hast du …«

»Letzten Winter. Als ich über die Ferien nach Hause gefahren bin. Ich hatte diese verrückte Idee, dass du es vielleicht entdeckst. Dass du deine Meinung dann vielleicht änderst.«

Ich schließe die Augen und ein Tränenrinnsal läuft an meinen Wangen hinab. Blinzelnd versuche ich, meine verschwommene Sicht zu klären und drehe mich zu ihm um.

»Ich muss wieder weg.« Er starrt den Waldboden zwischen uns an. »Dad hatte bereits zugestimmt, dass ich hierbleiben darf, aber dann habe ich mir diese Schlägerei geliefert …« Er legt den Kopf schräg und lächelt verkniffen. »Er war nicht sehr erfreut darüber.«

»Und … was bedeutet das jetzt?« Ich sage nicht *für uns*.

Ich halte den Atem an, als er näher heranrutscht. »Egal, was ich gesagt oder getan habe, unser Versprechen habe ich nie gebrochen. Ich möchte die Sache zwischen uns wieder ins Reine bringen und ich kann warten. Ich werde warten, bis du so weit bist. Ich werde wieder öfter nach Hause kommen, an den Feiertagen und Wochenenden. Ich werde tun, was nötig ist. Aber nach allem, wie ich dich behandelt habe … Wenn du nicht …«

Ich konzentriere mich auf meine Hände. »Ich habe auch gewartet, weißt du. Ich hab mein Versprechen gehalten.«

Er blickt mir forschend ins Gesicht. Dann berührt er meine Wange. »Harper … Ich kann verstehen, wenn jetzt endgültig Schluss sein sollte. Ich muss es nur wissen.«

Ich lehne mich ihm entgegen, hungrig nach seiner Zärtlichkeit, trotz allem, was passiert ist. Sein Blick flackert zwischen meinen Augen hin und her. Die Falte auf seiner Stirn glättet sich nicht, aber der Zug um seinen Mund wird weich. Langsam nähern sich seine Lippen meinem Mund, dann verebbt die Bewegung. Er verharrt nur Millimeter von mir entfernt und dann drückt er sacht seine Lippen auf meine.

Ein erinnerter Schmerz schneidet mir durch die Brust und ich zucke zurück. Declan fährt erschrocken zusammen.

Aber das ist nicht der Mensch, der mich auf dem Parkplatz zum Weinen gebracht hat. Das ist mein bester Freund. Mein Lieblingsdeclan.

Ich lege meine Hand über seine, drehe den Kopf und wandere mit meinen Lippen über seinen Handteller. Dann hebe ich das Kinn empor und unsere Lippen treffen aufeinander und der Kuss ist zärtlicher als alle anderen zuvor – unser neuer bester Kuss.

Declans Daumen streicht über meine Kinnpartie, während sich meine Hände um seinen Nacken schmiegen, und ich kann Declans Lächeln spüren und es ist dermaßen ansteckend. Er lächelt noch breiter, und dann küssen wir uns nicht mal mehr, sondern strahlen einander nur noch an.

In diesem Moment versuche ich, alles zu verzeihen. Ich verzeihe Declan, dass er seinen Glauben an mich verlor, als ich ihn am nötigsten brauchte. Dass er mich verletzt hat. Und ich versuche auch, mir selbst zu verzeihen. Sämtliche verheerenden Fehler und dass ich mich in ihnen verloren habe. Es wird nicht sofort passieren, aber irgendwann werde ich an dem Punkt sein, an dem alles verziehen ist.

Irgendwann wird all dies hinter uns liegen und nur noch ein kleiner Teil dessen sein, was uns ausmacht. Womöglich werden wir niemals ein Leben erreichen, das ganz ohne Bedauern ist, oder nie die Fehltritte vergessen, die wir auf unserem Weg begangen haben. Alles, was wir tun können, ist, in Bewegung zu bleiben.

Und so bewege ich mich näher an ihn heran. Ich schlinge ihm meine Arme um die Taille und lege meine Stirn an seine.

»Du und ich, Declan … Wir werden niemals aus und vorbei sein.«

Danksagung

Ich kann mich furchtbar glücklich schätzen, dass ich auf meinem Weg zur Veröffentlichung dermaßen viele liebenswerte und talentierte Menschen aus der Schreibcommunity kennenlernen durfte, und ich bin auf ewig dankbar für all die Unterstützung, die sie mir im Laufe der Zeit zuteilwerden ließen.

Mein tief empfundener Dank geht an meine Agentin Lara Perkins, für ihren unschätzbaren Rat und dafür, dass sie Harper und Declan genauso sehr in Herz geschlossen hat wie ich. Danke, dass du an mich glaubst, und für dein sorgsamen Vorgehen bei allem, was du tust. Ich bin ein wahrer Glückspilz, dich auf meiner Seite zu haben.

Ich danke von Herzen meiner unvergleichlichen Lektorin Sara Sargent. Dafür, dass du für Declan schwärmst und dass du – noch wichtiger – das Beste aus mir herausgeholt, mich gefordert und mir Raum zum Wachsen gegeben hast. Und für mein allererstes Butterbier.

Dank an das Team von Simon Pulse, das meine Cover-Ideen weiterentwickelt und etwas so Grandioses daraus gezaubert hat. Ich schulde euch grenzenlosen Dank für all das, was ihr getan habt, um dem Buch Leben einzuhauchen.

An meine liebe Freundin Olivia, die unzählige Telefonate, E-Mails und Textnachrichten voll Geschwafel über Figurenentwicklung ausgehalten hat und stets darauf beharrte, dass Harpers Geschichte erzählenswert ist, selbst noch nachdem sie den allerersten unterirdischen Entwurf gelesen hatte. Ich liebe dich mehr als Süßkartoffel-Pancakes und hätte es ohne dich nicht geschafft.

Diese Geschichte hat ihre Flügel im Rahmen des Pitch-Wars-Wettbewerbs bekommen. Mein aufrichtiger Dank gilt Evelyn Skye, die sich mein Manuskript aussuchte, um es als Mentorin zu betreuen, und es dabei vor so vielen meiner Lieblingsstellen bewahrte. Declan und ich stehen tief in deiner Schuld. Außerdem danke ich Brenda Drake, dass sie die Pitch-Wars-Community begründet hat und so viel Zeit und Kraft darauf verwendet, andere Schreibende zu unterstützen und zum Erfolg zu führen. Danke dafür, dass du so großartig bist!

Ein Riesendankeschön auch an die wundervolle Laurie Elizabeth Lynn für ihren unerschütterlichen Enthusiasmus und ihre anhaltende Unterstützung während dieser ganzen verrückten Reise.

Ich bedanke mich bei meinen ersten Lesern, vor allem bei denen, die sich durch mehr als eine Entwurfsfassung kämpften: Jenna, Katie, Emily und Lindsey – ihr seid Heldinnen!

Mein Dank gilt meiner Familie, allen voran meinen Eltern, die mich ermutigten, meine Träume zu verfolgen; mit Geduld und Liebe standen sie mir in all den Jahren zur Seite, die ich brauchte, um herauszufinden, welche Träume das überhaupt sind. Zu guter Letzt geht mein unendlicher Dank an Jim. Danke, dass du mir die Kraft gegeben hast, immer weiterzumachen, sogar an den Tagen, an denen ich überzeugt war, nur meine Zeit zu vergeuden. Danke, dass du mich mit

Essen versorgt hast, wenn ich mich von der Muse geküsst in den Text verbissen hatte, und dass du hinter mir hergeräumt hast, als ich im Abgabestress war. Ich liebe dich auf immer und ewig.

dtv

Emotional, berührend, wahr –
typisch Sarah Dessen

ISBN 978-3-423-**71722**-9
Auch als **eBook**

Sydney hat es satt. Zu Hause dreht sich alles nur um ihren Bruder, der im Gefängnis sitzt. Doch als sie Mac und Layla kennenlernt, fängt Sydney wieder an sich wohlzufühlen.

www.dtv.de